無聲的

A NOVEL

暗影

THE SHADOWS WE HIDE

ALLEN ESKENS

亞倫・艾斯肯 著

趙丕慧 譯

獻給班

第一部

1

我躺在引擎蓋上，背靠著擋風玻璃，曲著膝蓋，十指交錯，放在肚子上，放鬆呼吸，減緩疼痛。我想說被海K一頓是我今天的谷底，但這是撒謊。那個惡棍施加在我身上的拳腳還比不上我給自己的傷害。四周的夜色遼闊無邊，這種晚上會讓你老老實實的沉思，而我是用盡全力在思索。

我覺得自己被放逐了，像個遊牧民族，跟星星樹木和偶爾被夏季的微風吹來的薊草種子分享夜色。我努力思索把我帶到這裡的錯誤轉彎，可我好像找不到什麼可悲的藉口來說這件事不該是我的錯。我想跟亞當一樣，指著給我蘋果的那個人，或者更好，找個辦法怪罪給毒蛇，可是我的良心不肯讓我這麼做。我想要相信我是個更好的人，但是我知道我不是。這次都怪我，不怪別人。

我不知道是幾時發生的，但是在某個時候我狂妄自負了起來。我不再數落自己的不是，被我裝給外界看的形象迷住了——這一面的我讓別人能在我的苦痛中找到他們的博愛。知道嗎，我一直在照顧我有自閉症的弟弟傑若米，已經整整六年了，我有女朋友，我幫著她讀完了法學院。別人看在眼裡，就覺得喬．塔伯特可真是個大好人。他們被我的盔甲的光芒弄瞎了眼，沒發覺那只是錫箔糊的。我老是在等世人某天發現我不屬於這裡，我是從勞動社會的底層爬出來的，所以一切開始瓦解時我是不該驚訝才對。

許多年前，我逃家去上大學，傻不隆咚的，口袋裡沒有半毛錢，我並沒有真的想到我會靠頭腦賺錢而不是靠雙手。我當保鑣念到畢業，經常發現自己對那些較高階層的人懷著等量的輕視和羨慕，那些人的長褲因為坐了一整天而發皺，柔軟的手握著盛著高檔伏特加的酒杯——他們工作的地方不需要鋼頭鞋。要是我也是其中之一，我心裡想，我會很開心。

我仍記得從美聯社拿到第一筆薪資支票，我拿在手上瞪著看了幾個小時才拿去銀行。真的有人付我錢來讓我思考——使用我的大腦。沒有擦傷的指關節，沒有腰痠背痛。跟我十六歲那年首次加入勞動行列差得遠了——那年夏天我幫我媽的房東裝修公寓。他叫泰利．布瑞摩，我從他那兒學了很多，可是，唉，那份工作有夠鳥。

有一次，在一個能把人烤焦的八月天，眼睛裡刺人的汗水弄得我半盲，我爬上了一處滿是灰塵的閣樓，把厚厚的玻璃纖維隔熱材拖到閣樓最遠的角落，害得我癢了一個星期。另一次，我為了挖一條真正臭氣沖天的水溝，更換壞掉的下水管線，磨破了一雙皮手套。誰會想到我能搞砸一份辦公桌的工作，而且還砸得那麼徹底，讓我竟然懷念起鏟下水道的時光？可我就有那麼倒楣。

說到倒楣的一天，還有比從一個禿頭矮小男手裡接過傳票和訴狀書當開始的一天更倒楣的嗎？我正聚精會神寫著我那天的文章，根本連他的敲門聲都沒聽見——走進美聯社的辦公室是需要密碼的。在聽見他叫我的名字之前我完全不知道他在房間裡，另一個記者指出了我，那人就面帶微笑走向我的辦公桌。

「喬．塔伯特嗎？」他問道。

「對。」

他遞出一個信封，我伸手就接。然後他說：「你被傳喚了。」

起先我沒聽懂，因為他的態度愉快得像是以為會收到小費。「傳喚？」我問道。

他的笑容變大。「你被控侵害名譽。祝你有愉快的一天。」說完他轉身就走出辦公室了。

我拿著信封傻傻站在那裡，不確定該怎麼想，然後我東張西望，看著記者同事的臉孔，希望能看到某個惡作劇的傢伙露出笑容，某個人在憋笑或是咬著嘴唇，但是我只看到同事的眼中混合著恐懼和同情，他們比我先一步想通了是怎麼回事。我拆開信封，抽出文件，認出了原告的名字。州參議員陶德．達賓思。我這才明白不是惡作劇。

我不應該會發生這種事的。我沒做錯一件事，我是一個多月前寫的報導，每樣元素都不缺：性、醜聞、政治權力——樣樣齊全，就只少了一樣，第二手資料，當時還讓我的編輯愛麗森．奎斯不只一點點緊張。可是我給了愛麗森我自己消息來源的真實性，也用確認過的證據來支持我的報導。我說服了愛麗森資料是沒有問題的，最後，愛麗森刊登新聞主要是聽信了我的說詞。

我走向愛麗森的辦公室，給她看指名我以及美聯社為共同被告的文件，希望能聽幾句安慰話，諸如：這種事很常見，或是放心吧，只是腐敗政客的花招。可是她說的話卻害我全身發冷，險些就吐了出來。她讀著文件，臉色變白，接著就叫我關上門坐下。

「完了，喬，」她說。「真的完了。」

「可是故事是真的啊，」我說。「真相可以是侵害名譽的辯詞。」

「那也得要我們證實故事是真的才算是真的。只有一個消息來源的報導就會有這種問題，尤其是還是匿名來源。」

「可我有來源啊，這才是重點。」我說，希望愛麗森會同意。

「你上次不是說你的吹哨人不願意身分曝光嗎。這就有問題了。要是我們弄不出證人——尤其是這篇報導的客觀環境——就會像是我們捏造的。就會變成你跟他各執一詞。」

「是跟他們，」我氣虛地說。愛麗森一臉迷惑。「達賓思太太寫了一份宣誓書替她先生的說法背書。」

愛麗森有一雙大大的巧克力色眼睛，讓她想要板著撲克臉都會失敗。我看得出她是在盡量保持冷靜，但是我也能看出恐懼漸漸萌芽。「吹哨人願意出面的機會有多高？」

出面？我的消息來源放掉了繩索，現在只靠我死命拉住，她相信我不會讓她墜落。揭開她的身分不但是毀棄了我的承諾，也會害她輸掉一切。有些界線就是不能跨越。「可是記者常常都使用匿名消息來源啊。」我說。

「對。而那些記者都知道會有這種風險。」愛麗森慢慢搖頭，繼續讀著起訴書。我靠著椅背等待著。等她讀到最後，達賓思列出要求的那部分，她抬起了頭。「他要公開道歉，還要你被開除。」她說。

「他也要一大筆錢。妳看到了嗎？」

「看到了，不過我覺得這不是錢的問題。你的報導毀了他的政治生涯，他在國會山莊完了。而起死回生的唯一一個辦法就是弄到個宣言，說報導是假的。所以他需要公開道歉。我覺得開除你只是附加的紅利。」

「他們不會開除我吧？」

愛麗森帶著難過的表情看著我，差不多就等於是說：喔，可憐天真的小男孩。然後她告訴我有個記者去年被開除，只因犯了一個錯。他的紀錄無懈可擊——二十八年來零錯誤；可是他誤看了一份文件上的一組縮寫字母，誤植為另一個政客，就這樣簽下了死刑令。

我瞪著愛麗森角落辦公室的窗外，外頭的風景我看過許多次，最後一次是上星期，愛麗森跟我在討論我的報導是否能角逐普立茲獎。現在我們卻在討論我的事業夭折。她十指交叉握拳，身體前傾，法律文件壓在手肘下，指關節抵著嘴唇。「會有調查，」她說，頭也不抬。「我跟你是一根繩子上的兩隻蚱蜢。是我核准了你的報導。要是他們開除你，也會開除我。」

我沒想到還會感覺更差勁。

「美聯社會給你一位律師。我自己當記者的時候也有過一次經驗，糟糕透頂。你必須放棄一切的利益衝突，不然你可以自己請律師。」

「莉拉快資格考了。」我不確定為什麼說這句話，我猜我只是無意間說出了心裡的想法。

「你需要一個專攻新聞法的律師。我相信莉拉很聰明，可是別太輕忽了。要是你被開除了，就不會再有一家合法的新聞媒體會雇用你。你會被封殺。簽好放棄書，讓美聯社的律師去處理。」

「好，我想那才是聰明的做法。」

我等著愛麗森說什麼來給我加油打氣，卻等了個空。我走出她的辦公室時，頭痛，胸口收縮，呼吸不順。接下來一整天我都盯著電腦，我沒了自信，連一個鍵都不敢敲。我老是看見起訴書上的指控，一字一句都在我的視界裡飄浮。我的事業可能就此結束，然後呢？回去挖水溝？每次我讓這些想法亂竄，我都差點被勒死。

我再也受不了了，就回家去告訴莉拉壞消息。二十分鐘的路程我從明尼亞波里市中心晶瑩透明的高樓回到聖保羅密德威區的勞工階級住宅區，這裡是老市區，矮小的屋子一棟挨著一棟，方方正正的公寓和落伍的臨街商家都披著同樣骯髒的黃色磚衣。

莉拉和我同居的公寓是有八個單位的複合式建築，只有兩間臥室，大多數的人只會開車經過，想都不會多想。公寓沒有陽台，沒有草皮，沒有景觀，只能看到對街的公寓，而且因為對面住了個怪人，老愛瞪著我們的窗戶看，所以我們的窗簾總是合著的，讓公寓更有一種監獄的感覺。不過房租便宜，又鄰近莉拉的法學院，暫時符合我們的需求。

莉拉．納許仍然只是我的女朋友，我說「只是」，意思是我還沒做那種單膝下跪的事。我常常想到，但時機似乎總是不對，先是上大學，接著又念法學院。我不想在她還有這個期末考或是那個法律備忘錄得做的時候求婚。如果我求婚，我倒是滿肯定她會答應的，可之後她就會把戒指放一邊，又回頭念書去了。我要等到我們都能享受那一刻，給它應該有的關注和莊重的時候。我本希望適當的時刻會在她法學院畢業之後來臨——可是又有律師資格考試。

這場折磨心靈的試煉還有八天，而莉拉咬緊牙關、指關節變白，拚命駕馭這頭蠻牛。亨內平郡地檢署提供了她一個職位，可萬一她考試沒過，這份工作就會消失。所以兩個月來她埋頭苦讀，諸事不管——當然不能不管傑若米。在一團混亂之中，莉拉還是能找出時間陪我弟弟。

打從一開始莉拉就是照顧傑若米的主力，是她跋涉過官僚制的迷宮幫傑若米找到第一份工作的，在一個資源回收中心做分類。在傑若米和我們同住之後，莉拉自學自閉症的知識，讀了十來本書。她減少了跟我在一起的時間，擠出時間做這些事，因為法學院在「給她好看」。她以前跟我幾乎每晚都會玩金羅美或是克里比奇紙牌的。我都想不起上一次我們是幾時玩的了。

她最近的課題是跟傑若米一塊讀書。我弟弟在上學時學會閱讀，可是我們的媽並不重視念書識字，所以他在家裡只看電視。莉拉從童書開始，諸如《白雪公主》、《美女與野獸》這些經典作品。雖然傑若米一開始不喜歡讀，莉拉卻不氣餒，每天在他下班回家之後就陪他一起讀，一字一行，每一幅插圖，比較書本上的故事和錄影帶上的。幾個月後，這些書變成了他的固定作息。

這天我回家就發現他們在讀書，一塊坐在沙發上，唸著一本新書——《小飛象》。我進門後兩人都抬起頭來，傑若米只一秒就又回頭去看書。他完全不知道我提早三小時回來，可是莉拉就不一樣了，她看看我，再看看時鐘，再回頭看我，疑惑的皺紋出現在額頭上。

「你早回來了。」她說。不是問題也不是指責，比較像是她在思緒中寫下一條註記。

我走向沙發，坐在莉拉旁邊，把傳票和起訴狀拿給她，然後向後靠，等著她看。

「天啊，」她低聲說。「這是……」她看著我，疑惑的表情漸漸變為關切。「你被告了？」

我點頭。

「你做了什麼？」

「我什麼也沒做。」我說，語氣太衝了一點。

「對不起，我不是這個意思。」她在沙發上轉身看著我，彷彿是想在提出下一個問題時看著我的眼睛。「他們說你捏造了一篇報導。你沒有吧？」

「當然沒有。我才不會捏造報導。」

「陶德．達賓思……他是參議員，你說他……打老婆。」莉拉轉而注意起訴書。

「對，他打老婆。」

「可是……」莉拉往下讀，我能看出她是在讀宣誓書，達賓思太太在書上發誓她去急診室是因為從樓梯上摔下來。她冒著作偽證的風險發誓說她先生不僅沒有打她，甚且還因為送她去就醫而救了她一命。

莉拉抬起了頭。「要是他說她是從樓梯上摔下來的……而她也說她是從樓梯上摔下來的……那……」

「我有消息來源。」

「誰？」

「我不能洩漏——連妳都不能說。我保證過的。」

「喬，這件事很嚴重。」

「妳以為我不知道？」我聽到自己的聲音拉高，立刻覺得有愧。莉拉不是敵人。我深吸一口氣平靜下來。

「要是你不把消息來源說出來，你要怎麼證明？誹謗法……紐約時報訴沙利文……」莉拉像是在宣讀一張提示卡——這是她偏愛的讀書方法。「如果達賓思是公眾人物就有不同的標準，而他既然是參議員，當然就是公眾人物。他們必須證明你是懷有真實惡意所寫的報導——就是你明知是假的還是寫了。」

「我的報導不是假的。」

「可是你的證人是你不能洩漏的，你沒辦法反駁他們的說詞。你也看出事態有多嚴重了吧？你把自己的手腳綁死了。」

「我不能供出吹哨人，」我重複說。「我也不會。」雖然話是這麼說，我卻知道莉拉是對的。我完蛋了。我的心思飛回我和愛麗森的談話，以及我會因為這事被開除的可能，而我又一次想嘔吐。我向前傾，一手托腮，慢慢吸氣，慢慢吐氣。莉拉輕輕撫摸著我的背，沒有幫助，但心意到了。

然後傑若米說話了。我都忘了他跟我們一起坐在沙發上了。「喬，」他說。「也許最後都會好好的。」

我站了起來，看著我弟，他兩手放在大腿上，書放在一邊，臉上的表情帶著不確定，可能是在懷疑在這種情況下他的反應是否適當。我一點也不懷疑他完全不懂什麼是打官司，但是他懂我對這件事的反應。他懂莉拉手裡的紙張傷害了我，而他知道這一點就夠了。而他想到要說的話就是我想要聽的話——一切都會沒事。

我微笑。「當然會好好的。」

「沒錯。」莉拉說，把紙張丟在地板上。

這句話一說，莉拉和我就達成了一個默契，就是至少在傑若米的面前，這天沒發生什麼壞事。我們丟下這個話題，假裝是個正常的星期二。她回去念書，我進廚房去，我可以坐在地板上，離開傑若米的視線範圍，讓四周的世界加速旋轉失控。然而，儘管這天已經夠糟了，第二天還是會證明沒有最糟，只有更糟。

2

我考慮過今天請病假，在家裡舔傷口。我不想走過眼睛向下瞥的同事，或是聽見休息室裡討論我的諸多失敗的壓低的喃喃聲。但是我需要面對這件事。我沒做錯，待在家裡只會讓我的自憐更往我的大腦裡鑽。處理另一則新聞或許可以不讓我去想官司的事。誰知道呢，我說不定還能把胃口找回來。

美聯社的辦公室是在穀物交易大廈裡，樓高九層，一九〇二年起造時可能算摩天大樓——那時候的天空矮多了。它座落在市中心的北邊，拱肩縮背的，像明尼亞波里天際線的一個矮壯阿伯。四年來，我把辦公室看成了我第二個家，而現在，我走進電梯，腦子裡浮現了一幅影像：我捧著一個箱子，裝滿我的個人物品，被押送出去。他們開除某人時真的會這麼做嗎？

我在五樓鍵入了密碼，進入了美聯社的辦公室。這裡的空間比大家猜想中要來得小，尤其是看過《大陰謀》這類電影的話，電影中整個樓層坐滿了記者，像一小支軍隊。美聯社辦公室雖然報導四個州的新聞，卻只容得下六名記者，一間休息室，一間會議室，以及一間愛麗森・奎斯的辦公室。

我們坐在工作站裡寫新聞，就是現代的那種小隔間，隔牆低矮，所以有隔間的限制，卻沒有隱私。整個格局只有六根內管綁在一起組成一個大木筏的樣貌。不過沒有隔牆我是無所謂的，因為我是在木筏無窗的那一面工作的。不忙的話，我可以從各扇窗戶看出去——我的視線躍過葛思．麥克法連的頭頂——讓我的白日夢隨風遠颺。這些沉思通常會把我帶到曼哈頓的玻璃高樓，或是首府華盛頓的花崗岩飛地去，這些都是我一度希望我的事業能把我帶去的地方。而現在，我最大的野心是能撐到下班時間而且仍然有工作。

我才剛一屁股坐下，葛思就靠過來，低聲說：「嘿，喬，愛麗森要你一進來就去找她。」

我的胃破了個大洞。「她什麼表情？」

葛思沉吟了一秒才說：「很嚴肅。」

我作勢起立，又改變了主意，又坐了回去，花點時間整理我的瀏覽紀錄。倒不是說我要藏什麼見不得光的東西，我只是不想讓取代我的人知道我有多常使用我的同義詞詞典，以及我仍然分不清 *lie*、*lay*、*laid* 和 *lain*。我打開抽屜估計我會需要多大的一個箱子，而答案讓我沮喪。我全部的個人物品八成只用一個鞋盒就裝完了，或許在下意識裡我一直在為這一天做準備。

我走向愛麗森的辦公室時，胃咕嚕了一聲。她一直是個好上司，聰明、沉穩，我會想念她的，而且我害她蹚進了這池渾水，我簡直是無地自容。我停在門口，振作起來，這才敲門。

「進來。」愛麗森說。

她一看見我中性的表情就變得沉重。

「嗨，喬。坐。」她比著一張椅子，我關上了門，坐了下來，放在塑膠椅臂上的手已經汗濕了。

「我被開除了嗎？」我問道。

「什麼？」

「如果妳是要開除我，那就給我一個痛快。」我睜大眼睛，卻憋著氣。

「不是的，喬，我要找你不是為了這個原因。」

我緩緩吐氣。

愛麗森露出半個笑臉。「如果是那種情況，」她說，「我八成也會跟你一塊走出去。」

我想說對不起，但是我滿肯定她已經知道了。

「喬，你在卡斯本郡有親戚嗎？」

「卡斯本郡？沒有啊，我沒聽說過。怎麼了？」

「你沒聽說過？」

「我的族譜比較像是拼貼的，我說不上還遺漏了誰。我有個弟弟，傑若米，不過妳早就知道了。」

「那你其他的家人呢？」

我愣了愣才回答。「我母親在奧斯丁，不過我很多年沒跟她聯絡了。」

「那你父親呢？」

「我父親？我剛出生他就離家出走了，除了姓氏之外什麼也沒留給我。」

「你和你父親同姓？」

「對，可是我從沒……」我往後坐，看出了愛麗森是有一個特殊的目標。「怎麼回事？」我問道。

她拿起一張紙。「你知道你父親現在可能住在哪裡嗎？」

「問倒我了。」我說，帶著一絲得意。我這一輩子自立自強，跟那個和我同姓的男人一面也沒見過。我說服自己我父親除了捐精之外，差不多就是神話中的人物，滿足我童年想像的童話，早在許久之前就被我拋在腦後了，像是一雙穿不下了的運動鞋。

「這是怎麼回事？」我問道。

她把一張紙滑過來，我讀了。是一份新聞稿，說是明尼蘇達州卡斯本郡的副警長發現了一個名叫喬瑟夫・塔伯特的男子死在一間馬廄裡。新聞稿上說死因可疑。

「你覺得有可能是你父親嗎？」她問道。

地球上的喬・塔伯特一定有一卡車那麼多，可是這一個死在明尼蘇達，而且涉及命案；兩個因素加起來，這個人可能是我父親的機率就增加了。

「不知道，」我說。「除了我媽說過的幾件事以外，我對他一無所知。」

「你覺得你媽會不會知道他是不是住在巴克利？」

「我說過，我不跟我母親聯絡。」

「抱歉，我不是在刺探。我只是覺得你應該知道。我是說，如果是我父親——即使從沒見過面，我也會想要知道。」

「我了解。」我說。我的語氣變得冰冷；我不是有意的。

「你還好吧？」

「說真的，愛麗森，我也不知道。」

「還有一件事，」愛麗森說，從抽屜裡又拿出一張紙。「我請卡斯本郡的警局傳了張死者的照片來。你想看嗎？」

我瞪著她手上的紙，無法回答。這個人對我來說等於零——甚至是負數。我應該直接從愛麗森的辦公室走出去，不管這件事，但是我沒有。我伸出了手，她遞給了我一張舊的嫌犯大頭照。

而就這樣，神話人物的我父親有了血肉。

3

四年級時，有個叫凱斯．拉賓諾的小子罵我雜種，我不是很確定這個字眼的意思，不過我聽見我母親用過的次數夠多了，是她對那些騙了她的男人射出的鈍箭。當時「雜種」這兩個字是我可以挺流暢運用的那一籃子髒話裡的一個。不過四年級那一天我學到了雜種還有別的意思，比起別的人來，用在我們某些人身上更像一隻合手的手套。

拉賓諾的攻擊來得莫名其妙。我們不是在吵架——不過我跟他是動不動就會吵架的。凱斯是班上少數幾個知道我媽的事的同學。我自己拼湊出的故事是我們的母親有一度是朋友，那時她們還年輕，在奧斯丁酒吧裡是新鮮人。我媽對兩人失和的說法是麗碧．拉賓諾那個婊子把一個叫威勒的人渣從她身邊偷走了。我以前老是納悶，既然威勒是個人渣，那她何必在乎有人把他偷走了。等我越來越了解我媽之後，這個謎團也就解開了。

凱斯罵我雜種，我立刻回敬他，也罵他雜種，而他說：「我不是雜種，我有爸爸。」他的話讓我沒反應過來，因為我不懂我們兩個相罵跟爸爸又有什麼關係。在我想到回嗆的話之前，凱斯已經看懂了我的心思，開始乘勝追擊。

「你連雜種是什麼都不知道吧？」

「我當然知道，」我說。「你只要去照鏡子就會看到。」

「雜種就是沒爸的孩子，」他說。「你沒有爸爸，所以你是雜種。」

「我有爸爸。」我吼回去。

「你才沒有。」凱斯冷笑。「我媽說你媽是酒鬼，是賤貨，留不住男人，所以你是雜種，雜種喬伊，這才應該是你的名字。雜種喬伊。」

遊樂場上的其他男生察覺到緊張的氣氛，開始包圍著我們。有兩個以嘲笑的口吻跟著說「雜種喬伊」。我一直想不通凱斯怎麼會沒想到會發生接下來的事情。

憤怒塞住了我的耳朵，把凱斯的話轉變成一種濃濁的、水水的嗡嗡聲。我衝了過去，兩手按住他的胸口，用力一推就把他推倒在地上。他抬頭看我，瞪著大眼，活像他壓根就沒想到我會攻擊他。我盯著他看，看著他震驚的面具換成狂怒——然後好戲就上場了。

凱斯手忙腳亂爬起來，低著頭就向我衝過來，一邊肩膀撞上我的胸口，手臂緊緊箍住了我的軀幹。我的屁股撞到地面，他騎在我身上，我向右扭，又向左扭，想要把他甩掉。他重心不穩，讓我可以翻到他的旁邊，然後換我的手臂箍住了他的脖子。我夾住了他的頭，拚命加壓。

這時，一群小孩圍在旁邊，有些在幫我加油，有些大喊凱斯的名字，正中我的下懷。我們的小衝突引起了這麼多的喧鬧，不用多久就會有老師來阻止，那我們兩個就算扯平了。

我的眼睛離開了凱斯一秒，看著人群後面。還是沒有老師。說時遲那時快，凱斯一邊肩膀下斜，使出了某種巴西柔術的招數，把我從背上摔了出去。我頭著地的時候閉著眼睛，等我再張開眼睛，凱斯正爬在我的胸口，一條胳臂往後縮。我抬起頭，希望能用頭而不是臉接下他的第一拳，我在電視上看過。卻失敗了。

他一拳打在我的左臉頰上，我的眼前金星亂冒，一片漆黑。我等著下一拳，而且坦白說我想不出要如何迴避，但是第二拳沒有來。我感覺到凱斯被人從我的胸上拉開，人群的呼叫聲在微風中停歇。我睜開眼睛，有一位老師正把凱斯架開，大聲叫我起來，跟著他走。

亞德金斯副校長問我為什麼打架，我沒回答。分開我們兩個的老師告訴亞德金斯先生凱斯騎在我身上，所以他們就假設挑釁的人是他。可是凱斯說是我起的頭，我發了瘋無緣無故攻擊他。最後，亞德金斯讓我們兩個接受一樣的處罰。我們必須到圖書館去，翻開一本字典，找特定的一頁，寫下那一頁上的每一個字和解釋。他大可指定一百頁，對我反正也沒差。留下芥蒂的並不是處罰。

凱斯一走進圖書館就衝去找最薄的一本字典，先佔先贏，把大本的《韋氏辭典》留給了我。凱斯顯然以前就被這樣處罰過了。我翻開字典，開始找亞德金斯指定的頁數，又停下來往回翻，找到了「雜種」。

雜種：

(1) 父母親未結婚所生的孩子；私生子；

(2) 某種非正規、低等、虛假、異常的事物。

這兩種解釋還有衍生義，但是我沒往下讀。我開始寫處罰，我的世界變色了，因為我了解了我是私生子，是低等的。我是個雜種。

我在學校裡遭受的辱罵跟家裡等著我的相比只是小菜一碟。學校打電話給我母親，說我跟人打架。這樣已經夠糟了，但更糟的是我居然是被麗碧．拉賓諾的兒子修理，這才讓我媽覺得特別窩囊。我一進家門，她就一手拿著啤酒，滿臉不高興等著我。「你是吃錯什麼藥了，喬伊？」她開口就是這句話。

我沒想到她會在家裡，因為那時她還有工作，在「乳品皇后」賣冰淇淋，這是有記憶以來她少數幾次能做幾星期的工作。我走進公寓，她的憤怒已經把空氣都燒得沸騰了，所以我沒有回答。

「我今天得蹺班，就因為你，我的薪水少了五十塊。」

我想問我被打了怎麼會害她蹺班，她又沒有被叫去開會。他們清楚得很，我母親是顆手榴彈，一天到晚在等某個人拔掉插銷。

「你覺得不得不請病假就因為你兒子不能停下來好好想一想，那是什麼感覺？還偏偏是凱斯．拉賓諾？整個學校有那麼多人，你就非得跟凱斯．拉賓諾打架？你還讓那個小混蛋惹火你？我敢說他的臉上可沒有黑眼圈。」

我羞愧得抬不起頭來。

「當然沒有，」她說。「我都能聽到麗碧那個賤貨笑了，因為她的兒子揍了你。你到底是為什麼打架？」

我抬頭看她的問題是不是只是反問，只是在她的斥罵裡的另一波漣漪，但是她瞪著我，一手扠腰，等著我回答。

「他……罵我是雜種。」我說。我沒跟她說凱斯罵她是酒鬼和賤貨。雖然才十歲，我也知道這種坦白是沒有好處的。

「哼，你是雜種啊，媽的。你那個屁都不如的老子不想要你。你就為了他跟人打架？那你還不如……不如……」她揮動著手上的啤酒，彷彿這動作幫她把沒說完的話都補上了。然後她喝了一口酒。「認清現實吧，他把我們兩個都害了。你不爽當雜種嗎？那就去找你老子出氣。想找到他，祝你好運。」

她後面的這些話我沒來得及阻止。我說：「既然他連屁都不如，那妳幹嘛還跟他在一起？妳幹嘛還給我取一樣的名字？」

這些話大大打了我媽的臉，她臉上的每束肌肉都在扭動，從臉到脖子都紅了。她把啤酒罐重重摜在桌上，向我跨了一步，一條胳臂往旁邊甩，手指指著我的臥室門。「**進－你－房－間－去！**」她高聲大叫。

她不必再說第二遍，我跑回房間，關上了門，背靠著門坐下，十歲的身體準備擋住她破門而入的任何舉動。我不想聽她說話，但更重要的是，我不想放鬆盤踞在我的腦海中的那個惡毒的想法。有些事還是別說出口的好。我是私生子，她是酒鬼和賤貨。這就是我們給彼此樹立的紀念碑——在我們的關係最終瓦解之後還會殘留下來的東西。

我的怒氣消退，看見傑若米在下鋪前後搖晃，下巴肌腱拉緊，咬牙切齒，右手大拇指揉著左手的指關節，皮膚都搓紅了。我從門口站起來，快步衝到他的視線前。

「傑若米，別這樣，」我說，一手按住他的大拇指。「你會破皮的。沒事了，傑若米。」

傑若米沒停止，所以我就唱起了《玩具總動員》裡的歌〈我是你的好朋友〉，那是他最愛的電影。我輕輕地唱，走調的音符滲入他的意識層，減緩了他的急墜。我唱到第二段他腦子裡的混亂才被歌曲征服了，他也跟著唱起來，他的音域只有三個音符，根本就不著調，但是無所謂，他把歌詞背得滾瓜爛熟，而且唱出來——荒腔走板——卻帶給傑若米平靜。

我把傑若米安撫好之後，就爬到上鋪，瞪著天花板上旋轉的灰泥，思緒不是飄向母親，也不是傑若米，更不是凱斯．拉賓諾，而是我的父親，一個不要我的男人。我一直都知道，但是在那天之前，我始終不懂他的怯懦為什麼會給我烙上了雜種的印記。我是不合法的，我是低等的，都是他害的。

我的人生在那天來到了分水嶺。在我和凱斯．拉賓諾打架之前，我有時會夢到我父親，想像他是被硬生生拉走的，是被他無力抵抗的力量壓制住了。但是那天之後，我明白了——我父親是自己選擇離開的。他的行為造成了今天的我。他是我和凱斯．拉賓諾打架的原因，他是我母親吼我的原因。我父親不是大英雄，他是壞人，而我壓低聲音咒罵他，同時第一波眼淚從我的臉頰滾落。我向自己發誓我絕不會再去想我父親，我絕對不會去找他。結束了。我會把這個人的影子塞進一個盒子裡，埋到記憶深處，讓它再也不會看見天光。

我慢慢長大，逐漸了解了網路搜尋引擎的力量，但是我信守誓言，一次也沒在網上搜尋他的名字，也就是說我沒搜尋過我自己的名字。就像個恢復中的癮君子瞪著一管海洛因，我偶爾會發現自己坐在電腦前，手指放在鍵盤上，巴不得能敲下「喬・塔伯特」這幾個字，只是看看可能會有什麼結果。但是每一次那份衝動湧上，我就會把它按回去。我一次也沒尋找過我父親。

我發過誓後的十七年後，我發現自己坐在美聯社辦公室的位置上，手邊有份新聞稿，宣布一個與我同名同姓的人的死訊。我做個深呼吸，生平第一次，我在網路的搜尋欄敲下了我的名字，而且按了確認鍵。

4

我在網路上第一次搜尋的喬．塔伯特一世給了我超過四百條的結果。我花了半小時剔除連結，尋找相關的東西，最後放棄了。

第二次嘗試，我用了圖片搜尋，尋找名叫喬．塔伯特的人，使用那張嫌犯大頭照當基礎。不用多久，我就找到了這人的另一張照片，也是大頭照，卻是稍微年輕的版本。我點了進去，它就帶我進了一頁陳述喬．塔伯特從圓筒穀倉偷竊玉米的故事。那張照片上的人嘻皮笑臉的，活像是剛和照相的警員說了個笑話，我猜那種熟絡是來自於經常被逮捕吧。

他的臉比我的多了一種更強悍的掩飾，但只需要些許的想像力我就能從舊的大頭照上看到我自己，尤其是那雙眼睛。他有一種我偶爾會在鏡中看見的激烈。我瞪著這個人的臉，恍然大悟，這下子我有父母雙方的嫌犯大頭照了，可以放進家庭相簿裡了。

挖掘了幾個小時，利用網路以及少數我能夠進入的美聯社資料庫，之後我設法列出了一張塔伯特先生的犯罪紀錄。除了圓筒穀倉失風被捕之外，我還發現了九件前科，包括刑事破壞屬於他人的財產、妨礙治安、違反限制令、攻擊、兩次暴力恐嚇和三件酒駕。不過我有點驚訝，發現喬．塔伯特一世在過去十七年沒有被捕紀錄，從他最後被因酒駕在卡斯本郡被捕之後。也就是說他不是變成更高明的罪犯就是洗心革面了。

我從明尼蘇達州法庭資訊系統資料庫抄下了這些基本資料，注意到比較舊的一樁案子，一項攻擊罪，是發生在我的家鄉奧斯丁的，當時我母親應該是懷了我三個月。這個關係讓我的手指起勁地抽動，敲著鍵盤，點擊滑鼠，更深入挖掘這個人的過去。

明尼蘇達州法庭資訊系統並沒有詳述那樁案子的經過，只有一行字描述不同的法庭程序。我打電話到摩爾郡法庭行政辦公室，得知案件檔案在十年之後就會清除。我打給郡檢察處，結果相同。我最後的希望是起訴書仍然可能由司法單位保留。我暗中祈禱，打給了奧斯丁警察局。

「我在找一份發生在二十七年前的起訴書，」我說。「那還會在你們的系統裡嗎？」

「喔，沒了，」她說，禮貌得像牧師娘。「我們的紀錄沒有溯及那麼遠。我都不確定那麼久之前我們是不是在起訴書系統裡呢。」

我的肩膀下垂。一定有什麼法子能揭開那次攻擊的真相。我母親會知道，但如果那是我唯一的選項——免了。

「如果你在找那麼舊的資料，」那位女士接著說，「我得到資料庫去用微縮膠片找。」

我愣了愣才聽懂。「等等。你們的舊報告都有微縮膠片？」

「是的。」

我想跟她說她應該一開始就提，但是我只是說：「我非常感激，如果可以幫我找到一件發生在——」我瞇眼看著電腦螢幕，找到確切的日期。

「我需要一份書面請求，」她打斷了我。「我不能只憑一通電話就交出資料。」

我叫出了一張有美聯社抬頭的頁面，一面說話一面打字。「信裡需要什麼？」

「我看看。我需要需求方的姓名，以及事件的日期。如果不知道日期——」

「我知道，」我說，看著明尼蘇達法庭資訊系統的報告。「我也知道法庭的檔案編號，不知道有沒有幫助。」

「沒有，只要姓名和事件日期。如果案子仍在辦理中，我就什麼也不能提，不過如果是那麼舊的——」

「他被定罪了，所以案子辦完了。」

她給了我電郵地址，跟我說如果不是很多頁，她或許能夠在幾分鐘之後就寄給我。我謝了她，掛上了電話。

我從放在抽屜裡的一盒穀物棒裡抓了兩條，當作午餐吃，正要回去搜尋就發現我的信箱裡有郵件在等著我。也太快了吧，不可能是摩爾郡，我心裡想。我點入信箱，發現是美聯社的法務部的。

我僵住，胃又一次油膩膩的。我沒有立刻打開來看。美聯社會用電郵來開除我嗎？我一點概念也沒有。我又沒有被開除過。我看著愛麗森的辦公室，她的門開著，我能看到她在辦公桌後，表情似乎沒有什麼不對——比如說是被開除之類的。而要是他們還沒開除她，那這封電郵可能就不是壞消息。

最後，我點開了電郵，讀了起來。

哈囉，塔伯特先生。我叫喬愛特．布雷克，被指派處理針對你和美聯社的官司。我看過了你寫的報導以及陶德．達賓思先生的訴狀，得到的結論是你以及美聯社的權利是一致的。就初步事項來說，我看不出有利益衝突之處。因此，如果你有需要，我們會提供服務。我附上了一份利益衝突棄權聲明書，請仔細閱讀三頁的說明。如果你了解也同意了，請在表格上簽名再寄回。等我收到表格之後，我會再和你聯絡。

J．布雷克謹上

我讀了她說的附檔，大多數是囉哩吧嗦的廢話，卻有一行特別醒目。他們通知我代表我打官司並不排除開除我的可能。事實上，他們在代表我時，除了法律上不得洩漏的消息之外，可以利用蒐集來的任何資料作為開除我的正當理由。讀過這一行之後，我對於簽署聲明書就有了遲疑，但是我把疑慮揮開。我得到了免費的律師，我可不會雞蛋裡挑骨頭。

簽名，掃描，傳送給布雷克女士，接著我又回去忙我的，把「喬．塔伯特」幾個字鍵入搜尋引擎，加上明尼蘇達巴克利。這一次終於讓我找到了一條新聞。新聞附帶的照片中喬．塔伯特的頭頂被灰髮入侵，眼睛下的皺紋也多了，讓他的樣子更接近五十歲。他站在一處講壇上，張著嘴，臉上刻劃著憤怒的線條，食指比著上方，好像就要朝某人甩過去。新聞是兩年前的《卡斯本郡信使報》，記錄了一次的市議會，而「托克」喬．塔伯特在和市府抗爭，為了市府判定他的土地是公共妨害罪，因為草皮上停滿了太多廢棄車輛。

「托克？」我唸了出來。他的綽號是托克——而且他收集報廢車輛。感覺滿貼切的。

我讀了其餘的部分，並沒有再透露什麼。然後我查看我的郵件，發現奧斯丁警察局回覆了我的申請。我點開來，讀了一份麥當勞停車場的爭吵紀錄。

一個名叫喬．塔伯特的人——這一定是發生在他得到那個油滑的綽號之前——據報向一名女性吼叫，同時用手指往她的臉上戳。一名麥當勞員工報了警，並在爭吵變激烈時從餐廳內全程監視。該名員工聽不見爭吵的內容，卻說他看見男人推了女人，又在她的肚子上打了一拳，打得她雙膝跪地。報告上說女性叫凱西．尼爾森——我的母親。

他打我母親，而我還在她子宮裡。

調查的警員訊問了我母親，她證實了她的男朋友情緒失控打了她。在被問到塔伯特為什麼情緒失控時，我母親告訴警員是因為她懷孕了卻不肯去墮胎。

他不想留下我。那個狗娘養的！我的臉頰變燙，一時間，官司以及我這一生中所有的鳥事都消融了，我的視線中只留下這個人渣垃圾。我都不知道我對喬．塔伯特的憎恨還可以更多，可現在這個人被發現死在馬廄裡卻讓我多了一點奇怪的滿足感。我不覺得荷馬克公司會為我這樣的家庭製作過卡片。

我回頭去搜尋，點開了下一條托克．塔伯特的資料，發現了有一份吉妮．塔伯特的訃聞，四十二歲，六個月前在她在卡斯本郡的鄉下農場上過世。訃聞上說吉妮的娘家姓希克斯，巴克利中學畢業，到曼卡多州立大學念書，拿到了律師助理的學位。之後，她回到巴克利，進了一家當地的律師事務所工作。

在新聞底部我看到了吉妮身後留下了一個丈夫，「托克」喬瑟夫．塔伯特，和一個女兒安潔．塔伯特。我停住，心思緩緩包圍最後的幾個字：一個女兒，安潔．塔伯特。

我有個妹妹。

5

等我到家，傑若米已經完成了閱讀作業，正坐在電視機前看他最新愛上的電影《銀河異攻隊》；莉拉讓他看，獎勵他又熬過了一天。曾經傑若米的獎勵是和完成了閱讀作業相關聯的，但後來他慢慢愛上了閱讀。現在傑若米最大的挑戰是他的新工作，他從在資源回收中心分類瓶子升級到附近的中學去打掃教室。這個晉級也帶來了許多新的壓力，而我們仍然在幫忙傑若米調適新生活。

像傑若米這樣的人，一成不變和食物是同等重要的。他偏好深色的衣服而不是淺色的，綠色是他的最愛。他吃飯一定先吃肉，再吃馬鈴薯，最後是蔬菜。要是我們給他湯或辣醬，大塊的東西一定先消失。穀片——肉桂味的桂格Life，其他一概不吃。對大多數人來說是平淡無奇的日常公事，對傑若米卻是一堆舞蹈，編舞必須要能讓他盡可能從一天開始就平順地跳到最後。而新工作帶來的干擾讓我們給傑若米稍微多一點看電影的時間。

我走進門就照平常說：「嘿，小弟。今天怎麼樣啊？」

他看著我，臉上綻開遲疑的笑容，說：「我是格魯。」

我擠出笑聲，他也笑了兩聲，立刻就又回頭去看電影了。他最近常常這樣跟我打招呼，模仿《銀河異攻隊》裡的那個樹人，他總是用這四個字來回覆各種的話題。起初我覺得有趣，甚至還鼓勵傑若米了解那個概念，但最近，我慢慢變得越聽越煩了。

我走去和莉拉說話，發現她坐在老位子上，我們的床鋪中間，書本四散在旁，膝蓋擺著一本筆記，頭上戴著耳機，擋掉了傑若米的電影聲響。她一看到我就露出笑容，摘掉了耳機，疲憊地揉眼睛。

「仗打得怎麼樣？」我問道。

「我討厭財產法，」她說。「要是他們問了財產法的申論題，我一定會完蛋。」

我居高臨下站在她旁邊，估量著用什麼方法可以帶入我的人生已經發生的瘋狂左轉。我想拉長我的簡報，說不定弄成像猜謎遊戲，她怎麼猜都不會贏。可是我一看到她有多累，知道讀書的壓力有時可能會害她沒有耐心，我就決定要摒棄我的遊戲，直截了當把托克．塔伯特的嫌犯大頭照拿給她。

「這是誰？」她問道，只一半感興趣。

「他是喬．塔伯特，一世。」

她坐得直了一點。「就……你爸？」她看著照片，再看看我，跟我幾小時前一樣在比較。「我不懂。這麼多年了……我是說你怎麼會……？」

「他昨晚死了。」

莉拉變得沉默。

「我不是很清楚，但是新聞稿上說他們懷疑是命案。」

「他們覺得你爸是被殺的？」

我在床上坐下。「新聞稿上沒說什麼，只說他一直住在明尼蘇達州巴克利鎮。」

「巴克利在哪裡？」

「距離愛荷華北部邊界大概一個小時，鳥不生蛋的地方。」

她靠向我，一手按著我的前臂。「很遺憾……我覺得……我不確定該說什麼。」

「還有一件事，」我說。「我有個妹妹——嗯，同父異母的妹妹。她叫安潔。我找到了一份訃聞，她母親過世了，她的媽叫吉妮・塔伯特，六個月前死的。」

「那如果她媽媽六個月前死了，而她爸昨天死了……」

「也就是說我妹妹是孤兒。」我說。

「她多大了？」

「我不知道。」

莉拉拿起了筆電，鍵入安潔的姓名。稍微篩選之後才找到了正確的安潔・塔伯特，但是我們是在一個社群網站上發現她的，她的帳號無論是在內容或是在追蹤人數上都寥寥無幾。她貼了一張照片，小老鼠似的一個女孩，頭髮和舊乾草的顏色一樣，糾纏在一起，披散著，遮住了大半的臉龐。她的帳號上說她是十四歲。

我伸手放大了照片，在下垂的頭髮後尋找相似處，卻一個也沒找到，反而找到了一雙陰影很深、偷偷摸摸的眼睛。我妹妹，孤兒。她哥哥，雜種。

她最新的動態是一帖那天早晨的貼文，發自一個叫安珀的女孩子，寫著：好起來，安潔。我們為妳祈禱。底下是某些回覆。莉拉點開來看。

布藍登：好起來？祈禱？發生了什麼事？

安珀：他們發現她昨晚昏倒在屋子裡。

杰斯：我聽說她死了。

安珀：她爸死了。她沒有吧。

布藍登：有誰知道是怎麼回事嗎？

泰勒：歐買尬！先是她媽現在是她爸。她還有誰嗎？

安珀：親戚？我覺得沒有。

羅伯：我媽是急救員，我聽到她跟我爸說安潔是想自殺。

喬丹：很像安潔。她什麼都做不好，連自殺都搞砸。真是個廢物。

泰勒：少酸了，喬丹。尊重一點。

喬丹：你們才少假了，少假裝你們是朋友。她要不是企圖自殺，你們誰會鳥安潔・塔伯特。這才是大實話，你們自己都知道。我只是實話實說。

泰勒：安潔還在生死關頭，你個白痴。你想當混蛋，別在這裡當！

這是最後一句。

「可憐的女孩子，」莉拉低聲說。「他們怎麼能對她這麼壞？」

「那裡的人沒有一個知道還有我這個人，」我說。「沒有一個知道安潔可能有哥哥。」

「像那樣抨擊她，還因為自殺未遂罵她是廢物。怎麼會有人……？」

「我需要去巴克利。」我說。

「去巴克利？」我的聲明似乎攻了莉拉一個猝不及防。「你在說什麼啊？你現在不能去巴克利。」

「安潔可能是我妹妹，她是孤兒。我可能是她唯一的親人，而誰也不知道。」

「對，可是……」莉拉看著我，彷彿她的觀點太明顯不必把話說完，可她還是說了。「資格考是下星期，我還沒準備好。要是我沒通過，我就失業了。」

「萬一這個托克．塔伯特是……是我的父親呢？我不能待在這裡，當作沒這回事。」

「如果你真的想知道你父親的事，也許你應該先從去跟你母親談一談開始。」

我全身一僵，像隻狗被項圈電擊似的震動了一下。我的表情就足以讓莉拉低下視線。「我母親死了。」我說。

「她沒有死，不要再這樣說了。萬一讓傑若米聽到呢？」莉拉朝打開的門點個頭，我走過去關門。

「她跟死了也差不多。妳明明知道。」

「不，我不知道。」莉拉柔聲說，思緒似乎是向內縮。

我瞪著莉拉，不確定有沒有聽錯。

「五年了，喬，」莉拉說，聲音很小。「人是會變的。」

這是怎麼回事？她難道忘了我母親把我們害得有多慘？人是會變的？她說這句話是什麼意思？我的眼神變得冷硬，聲音卻保持平淡，說：「不。」

「我只是說——」

「不。」我再說一次，但這一次不淡定了。

莉拉瞪著我，像隻貓要發飆了。

「對不起，莉拉，」我說，希望能撫平一些稜角。「妳知道我為什麼不能再打開那扇門。她是怎麼對傑若米的？她在監護權聽證會上是怎麼說我的？我們不能再來一遍——絕對不行。」

莉拉沒回應。

我想換個話題，讓我們遠離我的母親，所以我又提起了巴克利。「如果安潔住院了，妳覺得他們會讓我探望她嗎？」

「嗄？」

「安潔……我。醫院會讓我進去看她嗎？」

「你要去看她？你根本都還不確定她是不是你妹呢。你不覺得該等一等？」

我其實並沒有去探望安潔的打算，我只是想找個中性的話題再回去討論我出門的事情，說不定能敲掉在我們之間壘起的高牆上的幾塊石頭。「我想妳說得對。」我說。

「你仍然打算去巴克利？」

「我不會去很久，頂多過一夜。」

「你不在的時候誰要照顧傑若米？」

「傑若米沒事。他——」

「傑若米有事。」莉拉又找到了立足點。「他討厭他的新工作。他回家來之後我花了半個小時安撫他他才不再搓指關節，而且早晨我幫他準備上班你也不在，讓他坐上那輛公車害我難過死了。他討厭他的工作。」

「他會習慣的。他在資源回收中心的時候一開始也是這樣。」

「問題就在這裡，他不習慣。現在是律師考之前的最後一個星期。我不需要這個，喬，現在不行。」

「安潔只有一個人，她只是個孩子。」

我這一招很賤，瞄準了莉拉對無助者和弱者心軟的弱點。她瞇著眼睛，但我能看出她的思緒飛轉：我母親、律師考試、傑若米——五顏六色拒絕融合。我看得出對這三點她都有很多話要說，但是她忍住了，只是閉上眼睛，輕輕搖頭，然後把耳機又戴了回去。

我們的對話沒有結束，但是她戴上了耳機，就表示暫時結束。晚餐後會繼續，在我收拾行李動身去巴克利時也是——兩次都會是誰也說服不了誰。到就寢時間了，事情還是沒解決。

那晚我把傑若米送上床之後，就捲了幾條毯子去睡沙發——當然是不可能睡得著的。我躺在那裡，瞪著烤箱時鐘的亮光投射在牆上的影子。一種疲憊滲入了骨髓，影子變得模糊，我看到了托克・塔伯特的嫌犯大頭照瞪著我。我閉上眼睛，新聞稿的句子入侵了我的思緒：喬瑟夫・塔伯特被發現死於馬廄——我爸，死了。

我這輩子一直在假裝有沒有我父親這個人並不重要，但現在他可能死了，他反而變得真實了。得知這個人的死扯掉了我用來掩藏他的腐爛木板。在寂靜的深夜裡，我的思潮翻捲過多年的憤怒和怨恨，最後只剩下一個可悲的真相：我想要認識我父親。

大約到午夜，我瞪著那個影子，聽到我們臥室的門吱吱響，然後是腳步聲走向沙發。莉拉來了，坐在沙發邊緣。

「我睡不著。」她說。

「我也是。」我用手肘撐著，側身而躺，讓位子給她。「我很對不起，這些事，」我說。

「我也說不上來，可是我就是需要去巴克利。」

「我知道，」她說。「我太激動了，對不起。」我在她說話時摩挲她手臂上的柔軟肌膚。「這次考試我真的壓力很大。我知道你必須去，我只是希望時機沒有這麼……」

我環住她的腰，把她拉近。「我不會去很久。」

我感覺到她全身僵硬，隨即放鬆下來，吻了我的頭頂。「到床上來睡。」她說。

6

隔天早晨天剛亮我就醒了，小心翼翼溜下床，以免吵醒莉拉或是打破了我們昨晚達成的脆弱休戰。我不確定莉拉是真的能體諒我的想法，還是做了讓她能得到睡眠的一些讓步。還有很多話都沒說，很多可能會讓兩種想法坦白以對而產生衝撞的細節，但是我照舊勇往直前，填補了那些空白，偏袒我自己。她同意了我應該去巴克利——至少我聽見她是這麼說的，所以我就去定了。

我為車程煮了一壺咖啡，在袋子裡塞了一點點心。巴克利在兩個半小時的車程之外——又趕上尖峰時刻，大概要快三小時。兩個不新鮮的甜甜圈可以幫我墊墊肚子，我也在愛麗森的語音信箱裡留了言，讓她知道我要請一天、也許兩天事假。我想像不出她會有什麼異議，尤其是最近我又霉運當頭。

我把咖啡裝進了旅行杯裡，躡手躡腳回臥室去給莉拉一個道別吻。我以為她還在睡，但是她已經坐在床沿，手裡拿著什麼東西，早晨光線不夠亮，我覺得是像信封之類的。我不理會這一幕的不協調，傾身給了她一吻。她沒抬頭來迎接，所以我就吻了她的頭頂。

「妳還好吧？」我問道。

「不好。」她低聲說。

我坐在她身邊，等著又一回合的我該不該走，但是她的注意力仍在她手上的信封上。

「喬，有件事我們需要談一談。」她說話時不看我，而語氣之嚴肅讓我發冷。「昨晚，我告訴你……你應該找你母親問你爸的事，我……」

莉拉把玩著信封，揉搓得就像傑若米難過時搓指關節一樣。我能看到封面上的草寫字母，卻看不出是誰的名字。

「這是什麼？」我問，朝信封點頭。

「我知道你說過不想再聽到你母親的事……」

「妳也知道是什麼原因。」我說。

「喬，她是你母親。她──」

「妳手上拿的是什麼？」我知道是什麼，即使她還沒回答。

「是凱西寄來的。」

「丟掉。」我站了起來。「不通信，不打電話，不聯絡。這是規矩，忘了嗎？她不在我們的生活裡，而且必須保持下去。」

「拿去看就對了。」莉拉把信遞給我。

「妳……妳看了？」

「對，而且你也應該看。」

我一步步退開，彷彿她拿著的那張紙活了過來，向我伸出了魔爪。「妳是幾時收到的？」

莉拉頓住，看著地板。

「莉拉，妳拿到這封信多久了？」

「聖誕節之前寄來的。」

「天啊！七個月？妳藏了七個月……」我沒說完。莉拉跟我多年來一直都有意見不同的時候——可是這個？我在驚愕之下倒退出了房間。

起初莉拉沒有跟上來，我停下來拿袋子，抗拒著跑到別的地方躲開她的衝動，等著她來道歉。沒等到，我拎起袋子就往門口走，忘了我的咖啡還放在廚房流理台上。我才走到門口，就聽見了我一直希望會聽見的話。

「喬，等等。」

我停在打開的門口，背對著她，耳朵聽見她光腳踩在地毯上的熟悉聲音。她趕上了我，抓住我的手臂，我轉過去看她，以為會在她的眼中看到懊悔——而不是憤怒。我還沒能開口，她就把信塞進我的手裡，退後一步。

「你想看就看，不想看就丟掉。」她說。

這不是我等著的懺悔表現。「妳以為妳是誰？」我說。「憑什麼……」我的腦子裡滾動著一堆難聽的話，推推擠擠想鑽出我的嘴唇，但是我忍住了，知道一開口準沒好事。我看著莉拉說：「我得走了。」然後我就轉身走了出去。

坐進了車上我就把信揉成一團，丟在地板上，加入乘客座上那堆空水瓶和皺速食袋裡。斯奈林的早晨交通慢如牛步，通常會讓我連連咒罵四周的車輛，但是我現在卻幾乎沒注意，因為我滿腦子只想著莉拉把凱西的信塞進我手裡的動作，就跟那個矮小的卑鄙小人把傳票給我的動作一模一樣。不過，我不能怪那個人，他只是在工作。可是莉拉的動作卻蒙上了一層背叛，打了我一個措手不及。她把凱西的信藏了七個月，她還看了，她打破了我唯一要求她的規則。

我氣得冒煙，南下的一路上唸唸有詞，我的憤怒像帘子一樣合圍，一直到我穿過了第一處郊區，出了雙子城，我才停下來質疑是不是我錯了。可是再怎麼努力，我也看不出我是哪裡做錯了。莉拉不能怪我生氣，她知道我母親作了什麼孽。她也知道如果我們讓我母親再回來，那她會再興風作浪些什麼。莉拉從一開始就親眼見證了一切。我們把傑若米從那個女人身邊解救出來時她也在。媽的，還是莉拉開車帶我們逃走的。

我離開了沙科皮，一六九號高速公路上的車流稀少了，我設定了巡航定速，打開收音機，希望能找到什麼音樂來擋掉我母親、那封信，以及我和莉拉吵架的陰影。我做了幾次深呼吸，讓收音機停在某個古典樂電台上，放鬆了方向盤。我還有兩個多小時的路要走。

7

我沿著明尼蘇達河谷一路南下，花了一小時左右，接著向西進入農業區，這一帶幾乎沒有樹木，綠油油的一片玉米和黃豆。我行駛在一條雙線道上，每一哩路都相差彷彿，偶爾會被一座小鎮打斷，有的鎮小得連加油站都沒有。世界變得一片平坦，我從八哩外就能看到巴克利，至少能看見水塔。我慢慢接近，還以為小鎮會比較大，結果還是一樣。

巴克利是郡治所在，四條邊界街道以法院為中心向外延伸，街道兩旁小商鋪林立。我走的那條高速公路轉進了主街，一路來到法院的正門。我繞過廣場，很好奇巴克利可以提供給像托克·塔伯特這種遊手好閒的人什麼。是什麼吸引他來的——更重要的是，是什麼讓他留下來的？我在心裡記下各種商店：古董、五金、一家咖啡廳、一家酒吧、二手衣——就是一般的商家。

我沒想到巴克利連一家汽車旅館都沒有，我繞完了一圈，一家也沒看到，倒是發現警長辦公室就在法院的對面那條街，我就在辦公室前停了車。我沒計畫要讓這裡是第一站，不過我起碼能打聽到一點住宿資訊。

警長辦公室的門打開來就看到一處小小的大廳，而在另一端，防彈玻璃隔出的一張桌子坐著一位女士。我的左手邊，一道厚重的金屬門標示著「會客室」，讓我知道監獄也在這棟建築裡。我的右手邊是一扇木門，我猜是通往警長辦公室的內部。我走向櫃檯，一名四十好幾的女性抬頭瞄了我一眼，立刻又回頭去忙電腦螢幕上更重要的東西了。她讓我足足等了三十秒才開口問：「有什麼事嗎？」

「我在找旅館或是摩鐵……或是讓我可以住宿的地方。」

「問過卡斯本客棧了嗎？」

「我哪裡都沒問過，」我說。「卡斯本客棧在哪裡？」

「兩條街外。」她指著肩膀後。

「妳有地址嗎？」

她看著我的樣子活像是我剛才問她要如何綁鞋帶，然後說：「在楓樹街，就在這邊。」她伸長左臂，一根手指頭揮了揮。

我正要離開，忽然想到一件事，就說：「我反正都來了，能不能告訴我托克．塔伯特案是由誰負責調查的？」

這下子可引起她十二分的注意了。她在椅子上轉動，面對著我，說：「你是？」

「我是……美聯社的記者。」這是真話，但是愛麗森如果知道我利用美聯社的招牌來獲得我爸命案的內幕，她會吃了我。

接待員拿起電話，對著話筒低聲說話。

「不，」我說，揮手阻止她。「我現在不想跟他們見面，我只需要一個名字。」

她不理我，繼續低語，然後她掛上了電話，指著入口旁的一排椅子。「請坐，有人會來找你。」

我不想毫無所知就來採訪。我本想先挖出一些托克案的背景再來找調查警員的。我想要主導談話，而不是被牽著鼻子走。我開口要請她取消面會，卻看見一位副警長走進了接待員的辦公室，悄聲和她說話，兩人都一邊說話一面打量我。

副警長是條大漢，長了一張嚴肅的臉，剪了個寸頭，從接待員辦公室消失了，一會兒之後又從我旁邊的門冒了出來，大拇指塞在腰帶裡。「有什麼事嗎？」他問道。

我站了起來。「我是明尼亞波里市美聯社的記者，我來是為了一個叫——我想他是用托克．塔伯特的名字。我希望能和負責調查的警員談一談。請問就是你嗎，副警長」——我看著他襯衫上的名牌——「考爾德？」

「美聯社？美聯社怎麼會關心一個像托克．塔伯特這樣的傢伙？」

要我捫心自問的話，我會說美聯社根本就不鳥托克．塔伯特這種人，我的輯編要是知道我在做什麼，鐵定會剝了我的皮。我瞬間看到愛麗森手裡拿著法律文件，臉上掛著「你是在想什麼」的表情，斥責我去插手一件根本不歸我報導的故事。我甩掉了這幅畫面，提醒自己我一點也沒有寫報導的意圖。當然了，考爾德副警長不必知道。我回答他說：「命案就是命案，不分大小。」

考爾德用兩條粗壯的手臂抱住胸口，一臉不屑。「命案？我可不記得發布過什麼消息說是命案。」

「新聞稿上提到死因可疑。我猜那個意思就是命案。你是說這不是一宗命案？」

「我什麼也沒說。你有證件嗎？」

靠。我伸手到後口袋，抽出了我的美聯社名片，交給了考爾德副警長。他看了名片，一看到我的名字，兩邊眉毛就往上揚。他看著我，又看看名片，再來來回回看了更多次，最後眼睛才嚴厲地盯住了我的臉。

「你叫喬．塔伯特？」

我點頭。

「你跟托克有關係？」

我沒回答。

「要命喔，今天一下子冒出一堆聽都沒聽過的塔伯特了。」考爾德把下巴往架在肩上的對講機靠，說：「警長，你能到會議室來嗎？這裡有件事你可能會想看一看。」

回覆傳來：「好。」

「塔伯特先生，麻煩你跟我來好嗎？」

「為什麼？」

「我們想問你一些問題。」然後他又假惺惺地加上了個「請」字。

他揮手要我走進門裡，進入了一處開放空間，沿著空心磚牆邊接連擺了三張金屬桌。正前方是一間辦公室，門旁的標示寫著「J．T．金寶——警長」。我的右手邊有一面大玻璃牆，後面是會議室，我猜也同時是偵訊室，因為天花板上裝設了攝像頭。

考爾德指了張椅子給我，是面對著攝像頭的，然後他走了出去，關上了門。我透過玻璃窗看到另一名副警長走了進去。他和考爾德副警長差不多同齡，都是快奔五十的人了，但是考爾德有舉重選手的體型，而另一個副警長卻像是練三鐵的。

兩人聊了幾句，指著我一會兒，接著一名矮胖的男人也進來了，穿著一件白襯衫。一定就是金寶警長。考爾德又說了什麼，我讀不出他的唇語，同時拿我的美聯社名片給警長看。三人交換了幾句話，然後就進來了。

「塔伯特先生，我是金寶警長，」白襯衫說。「這位是納森．考爾德副警長。」他指著那條大漢。「這位是傑柏．路易斯副警長。」他們三個都坐下來，金寶直接坐在我對面。「你不會正好帶著駕照吧？」

「我是帶著。」我說。

金寶等我掏皮夾，但我動也不動。

「我可以看一下嗎？」他最後說。

「我可以自由離開嗎？」

金寶看著考爾德，他聳了聳肩。然後金寶說：「當然可以。你並沒有被逮捕。我們只是有某件事有點好奇。我這裡有張名片，上頭說你的名字是喬瑟夫．塔伯特。我想確認一下你就是名片上的這個人，這樣可以吧？」

我伸手到口袋裡，掏出了駕照，交給了金寶警長。他看了看，比對了照片和我的臉，再把我的駕照遞給路易斯副警長，他拿著離開了房間。

金寶對我說：「你跟納森說你在調查托克．塔伯特的命案。你知道他的真名吧？」

「知道。」我說。

我透過玻璃能看見傑柏副警長坐在一張辦公桌後，大概是在查核我的駕照。

「你跟他的名字一樣，」金寶接著說。「是巧合，還是你們可能有親戚關係？」

我看著考爾德，再回頭看金寶，說：「我有理由相信托克．塔伯特是我的父親。」

「有理由相信？」

「我沒見過他，」我說。「他弄大了我媽的肚子，可是她不肯墮胎，他就打了她的肚子，離開了——我是這樣從警方的紀錄拼湊出經過的。」

「可是你母親似乎還把喬．塔伯特一世看得挺重的，還給你取了一樣的名字。」

「我媽的幽默感是很獨特，」我說。「那，告訴我，警長，我父親是被害的嗎？」

「前天晚上你在哪裡，大約晚上十二點的時候？」

我頭往後仰，被這問題問得嚇了一跳。「你說什麼？」

「只是需要澄清幾件事。你懂的。」

「不，我不懂。你以為我——」

「我們什麼也沒以為，」金寶說。「可是你得承認，事情有點奇怪。托克才死，然後，哇，一下子所有的親戚全出籠了。」

「親戚——所有的？」我問道。

傑柏副警長又回到會議室，把我的駕照還給我，然後把一些文件交給金寶。傑柏坐了最遠的椅子，兩眼好奇地默默打量我。納森．考爾德則把我當作延誤的午餐一樣死盯著我。

「我也想知道安潔怎麼樣了。我是她哥哥，而且——」

「等一等，」金寶警長說。「我們不知道你跟這裡的任何人還有關係。」

「如果我是托克的兒子，那……」

「如果——如果你是托克的孩子。我們需要知道你真的是親屬，然後才能把就醫資料這種隱私告訴你。要是我們隨隨便便把消息交給一個自稱是親屬的記者，那我們可就是失職了。如果最後證明你是她的哥哥，那你就可以跟別的親戚一個待遇，我們再以那個為起點。」

「你到底是在說什麼別的親戚？」

「你既然來了，能不能告訴我你兩天前晚上的行蹤？」

「你不可能以為是我殺了托克吧？我昨天看到新聞稿之前根本就不知道他是不是還活著。」

「他拋下你母親跑了，是不是？那種事可能會產生怨恨。」

「每個人都拋下我母親跑了——連我都是，」我說。「我不能因為那種事就怪他。」

「而他還在你母親懷了你的時候打她的肚子，聽起來他像是想把你打掉。那這個呢？」

「還有別忘了遺產。」考爾德說。

金寶瞪了副警長一眼，瞪得他縮回椅子裡。

「什麼遺產？」我問道。

「聽著，孩子，」金寶向前傾，「我不認為你涉入這件案子，可是我有我的職責，而且我也打算盡忠職守。你懂的。我只是需要知道兩個晚上之前你是不是在這附近，這樣的要求不算多吧？」

「遺產」兩個字讓我意外，我想問考爾德他是在說什麼，但是金寶拋給他的譴責眼神告訴了我問了也是白問，所以我改而回答金寶的問題。

「前天晚上我在我的公寓裡睡覺，我的女朋友可以作證。」

金寶滑過了紙筆給我。「可以把她的確切資料給我們嗎？」

我寫下了莉拉的姓名電話，再滑回去給警長。「好，告訴我，托克是被殺害的嗎？」

金寶向後靠著椅背，用手背揉著鬆垮的脖子。「今天下午我們要發布最新的新聞稿，到時會證實托克．塔伯特是兇殺案的被害人。」

「他是怎麼死的？」

「不能告訴你。」

「有嫌犯嗎——當然是除了我之外？」

「不能說。」

「他的女兒是嫌犯嗎？」

金寶看著兩位副警長，隨即站了起來，提了提褲子。「你知道我一個問題也不能回答，塔伯特先生。」

「請叫我喬。」

「好，喬。如果你能提供你的DNA樣本，我會非常感激。」

「我的DNA？為什麼？」

「你的身上是不是流著托克的血可能對調查是重要的一個環節。只是要澄清一些事。你懂的。」

我的當下反應是拒絕，我知道沒有搜索狀他們是不能採我的DNA的，但是我忽然想到托克有可能不是我的父親，我是說，我只有我母親的一面之詞。這可能是我解開懸案的唯一機會。到頭來，好奇心勝出，我同意讓他們採樣。

金寶把這件事指派給傑柏，那個沉默的副警長。三人一塊離開了房間，然後傑柏帶著採樣器具回來。他倚著桌側，拆開了包裝。

我說：「另一位副警長，納森，說了冒出一堆聽都沒聽過的塔伯特，他是什麼意思？」

「你是今天第二個出現的塔伯特。」

「另一個是誰？」我問道。

傑柏把長柄棉棒伸進我口腔裡，抵著我的臉頰轉動。「查理，托克的兄弟。他今天早上過來，想知道托克發生了什麼事。」

我等著傑柏擦完我的臉頰，然後說：「你們也問了他前天晚上在哪裡嗎？」

「你的問題很多。」

「我是記者。」

「案子都在我們的控制之下。」

「那你們是知道誰殺了托克？」

「我想鎮上的每一個人都知道是誰殺了托克。」

「誰？」

他微笑。「偏偏我是少數那幾個不知道的。我們有個嫌犯，我只能告訴你這麼多。」他的眼睛往上挑，看著房間角落天花板上的攝像頭。「巴克利是個小鎮，喬。大多數的人都滿清楚托克是發生什麼事的。」

「那，既然你們都弄清楚了，何必還採我的DNA？」

「因為如果你是托克的兒子，那結果可能就會不一樣了。」他把棉花棒插進套子裡，封好。

「誰知道呢，」他說，還狡猾地笑。「我們說不定全都弄錯了。」

8

我一下子就找到了卡斯本客棧，就和接待員說的一樣在她手比的那條街兩個街區之外。我對住宿的水平沒有太多期待，就這樣都還只算勉強及格：只有一層樓，兩側共十個房間，背對背，外牆漆了鮮黃色，讓人不去注意客棧整體的老舊。我的房間是八號，天花板上有水漬，浴室瓷磚縫隙間的膠泥不見了。唯一對外的窗戶——連冷氣機的周邊都能看到——可以看到碎石停車場，而玻璃像是從一九七〇年代起就沒洗過。不過房間有兩張舒服的床，已經讓我不敢再多奢求了。

我躺在一張床上，思路立刻就回到了警長辦公室，回到考爾德副警長以及他說的那個字眼——遺產，這個名詞在討論我家的任何一點上好像都是放錯了地方。目前為止我看到的資料都在說托克．塔伯特的口袋裡最多只有一個月的薪水。然後還有他的兄弟查理，我連聽都沒聽過。如果托克是我父親，那就表示我有個叔伯在這個鎮上。說不定他能告訴我我爸是個什麼樣的人。

卡斯本客棧沒有WiFi，所以我打開手機，想要查有沒查理．塔伯特的資料，卻看到我有一通莉拉的未接電話。

我思忖著要不要回電，我從來就沒有過這種遲疑。我不知道是不是想重啟那個討論。她怎麼能看我母親寄來的信？我清清楚楚劃出了界線：不和凱西．尼爾森接觸。規則很簡單，很容易遵守。我們不給她電話號碼，不拆她的信，不給她機會再鑽回我們的人生。莉拉是忘了她的勒索嗎？那種冰毒導致的瘋話？她忘了凱西讓她那個吃屎的男朋友打傑若米？我可沒忘掉那些瘀傷，而且我他媽的也沒有原諒賴瑞。

我第一次看到的瘀傷是傑若米背上一條狹長的痕跡，我鄭重警告了賴瑞，不准他再碰我弟弟；當時我還是個保鑣，所以在賴瑞的鼻子上留點擦傷似乎是滿恰當的。不過，持平而論，要不是賴瑞挑釁我，其實是用不著動手的。可他偏用我不喜歡的口氣叫傑若米，這下子可惹火我了。依我看來，我只能把他壓在地上，拿他的臉去摩擦人行道上的沙礫。

事情本來就應該到此為止的，但顯然賴瑞不長記性。我把傑若米帶走的那晚——我媽在監護權聽證會上說的是綁架——賴瑞打了傑若米的臉，害得他一隻眼睛幾乎腫得睜不開。那晚，莉拉跟我開車到奧斯丁，並沒有真的討論過要怎麼做。我覺得我們就是知道。

我氣沖沖闖進我媽的公寓，一句話也沒跟她說，或是跟賴瑞說。進了傑若米房間我就把他的幾件衣服塞進枕頭套裡，正要帶著他離開，賴瑞就擋在我面前。我看出了是什麼情況，就叫傑若米到外面去，莉拉在那裡等他。

我母親又使出那一套做做樣子的抗拒，對我尖叫，嚎哭說賴瑞不是故意要傷害傑若米的。我不理會她的大呼小叫，只盯著賴瑞。我們兩個都知道他壓根就不是想要留著傑若米，他只是想要修理我，報復我在他臉上留下的擦傷。賴瑞揚起了拳頭，胳臂外突，指關節朝天。我大概是可以有別的選擇的，但是我沒等那些想法找到立足點，就先出腳踢了賴瑞的膝蓋側面，一腳就把他的十字韌帶踢斷了，他慘嚎著摔在地上。

從那之後傑若米就跟我們同住，而且沒有一天是他沒人保護沒人關心的。他安全了，因為凱西不在我們的生活裡了。她再也碰不了他，除非我們不小心讓麻煩又找上我們。所以我們才立下了這個規矩。莉拉把我弟弟當作自己的弟弟那麼寵愛，應該比誰都清楚。她放下了戒心，就是這樣。這一點我們是可以改正的。

我拿起手機回了電話。

「嗨，喬。」莉拉的語氣溫柔猶豫。

「嗨。」

我等她開口，給她機會解釋，甚至是道歉。結果我只等到漫長沉默的停頓，然後她說：「你今天做的事很差勁。」

「我做的事？」我沒辦法不讓自己的語氣變激烈。「妳是什麼意思，『我做的事？』」

「你掉頭走人。你背對著我走開了。你甚至沒給我機會解釋。」

「有什麼好解釋的？妳騙了我。」

「我沒有騙你。」

「妳拆了我母親的信。我們說好了。」

「不，我們有一條規則——是你自己定的規則，問都沒問過我。根本就不是說好了的。」

「她是我母親，我是那個被她惡整的人，妳在這件事上沒有投票權。」

「原來是這樣的嗎？你立規矩，我就要閉上嘴巴，乖乖聽話？你是這樣看我的嗎？」

「不是，莉拉，我不是這樣看妳的。妳明明知道。」

「只要是跟你母親有關，我就不確定我知不知道了。」

「妳是掉進了她的圈套。只要給她一吋，在妳還沒回過神來之前，她就又會打電話來叫我去保釋她了，或是又找出個名目來要錢。我母親無可救藥了。」

「沒有什麼是無可救藥的。」

「就是有，我母親就是一個。」

「人是會變的，喬。」

「凱西可不會。我認識她一輩子了，她唯一的改變就是變得更壞。像她那樣的人是不會變的，她是酒鬼——還有毒癮。她的精神不穩。那樣的組合是不會變的。就算能掩飾個一陣子，怪物還是會回來的。事實就是這樣。」

電話靜了下來，我等著莉拉說話。沉默持續得很久，久到我看著手機以為是斷線了。然後她說：「你就是這麼看我的？」

「妳？跟妳又有——」

「你忘了我也是酒鬼？我也精神不穩。記得嗎？我有疤痕可以證明。你忘了我以前會自殘？」

我們第一次約會我就看過她的傷疤，細細的條紋，從肩膀以下，排列得很整齊。之後我知道了她的中學時光，她是如何染上酒癮和跑趴的，而又是如何導致了濫交、斷片，為了處理那種痛苦又割手臂的。但是還有一個惡魔，這一個為其他的打開了大門，她瞞著所有人，只讓我知道。

我了解她為什麼曾經想用酒精來麻痺痛苦，為什麼刮鬍刀切開皮膚的刺痛感覺像是解脫。我了解她的傷痛纏繞住她做的每一個糟糕的決定。

但是我也了解莉拉面對了她的惡魔，擊敗了它。我母親不是莉拉。莉拉築起了高牆阻擋怪獸，我母親卻在門口擺了迎賓的踩腳墊。但是我剛才說的話除了適用在我母親身上之外，也是可以適用在莉拉身上的。天啊，我真白痴。

「妳不是我母親，」我說。「妳那時還是孩子——才十幾歲。妳把自己拉出來了。妳連一滴酒都沒碰，多久了……八年了？」

「可我還是那種人，喬。」

「妳想要改變。我母親從來就不想改變，而且她也不會變。」

「我還是同一個人，你明白的吧？你說得好像是有什麼領洗池，我們這些酒鬼可以走過去就改變了我們自己——一邊該死，另一邊卻獲救了。事情不是這樣子的。」

「妳不是酒鬼，莉拉。妳不是——」

「你為什麼就那麼難相信你母親也是可以改變的？」

「我了解我母親。」

「你好多年沒跟她說話了。你怎麼知道？」

「妳又為什麼會覺得她能夠改變？」我說。「就憑一封信？」

「不，不只一封信。」

這下子輪到我停頓了，我在努力詮釋她的意思。然後我問：「還有……更多信？」

「沒有。」

「那是什麼？」

「我跟她說話……打電話。」

「她打給妳？她是怎麼知道妳的號碼的？」

「我看了她的信之後打給她的。」

「妳……打給她？」

「對。」

我讓手機從耳邊掉下去。整整七個月，莉拉和我住在一起，彷彿什麼也沒變：一起吃飯，一起歡笑，一起睡覺，而她卻一直藏著秘密。我覺得我的女朋友變成了陌生人。

我低頭看，發現手機落在我的大腿上，就中斷了電話。

9

莉拉跟我母親說話。我應該問多少次的，但是多少次有什麼要緊？損害已經造成了；凱西發現了我們牆上的一道裂縫，而她會把裂縫弄大，像野草最終劈開石頭一樣慢慢地來。她會把根慢慢地扎進我們的生活裡，最後細小的縫隙變大，然後大到無法跨越。她會找出角落和陷阱，她會創造混亂，引發爭吵，同時把自己扮演成被害人。我母親是從來不會錯過詐騙的。

說真的，我們救了傑若米之後，我沒有真的打算爭取監護權。我以為如果我們只是帶走傑若米而不動他的社福補助，凱西可能就不會來打擾我們。我是說，她還想要什麼？我把擔子接過來了，把好處都留給了她，她應該很開心才對，她應該不再干擾我們才對。不過這麼一點要求大概也是太多了。

那晚我踹了賴瑞的膝蓋，我覺得是踹斷了。當時我不在乎，但是我早該知道凱西會用這一點來對付我的。我收到我母親的信才知道是十字韌帶斷裂，她告訴我他們沒報警算我走運，不過要想讓她和賴瑞不張揚，她要我為我做的事支付她現金。她用的名義是補償他的醫藥費，但是卻沒費力掩飾她的勒索：只要她開口就得給她錢，否則的話她就會報警。

她在信中問都不問一聲傑若米的眼睛好了沒，因為那會害她的說法露餡。她在信裡隱瞞了賴瑞打傑若米的事，活像不寫下來她就可以假裝那一拳沒發生過。我不認為我這一生中有幾時更光火過。她不關心傑若米，她什麼都不甩，滿腦子只想著從我這裡弄錢——好像傑若米的社福支票還不夠似的。

我當然是一口回絕了。我給傑若米的眼睛拍了照，莉拉跟我都詳細記錄下那晚的經過，以防將來必須對簿公堂。凱西可以放話要報警，但是我知道賴瑞是有前科的，而他們絕對不會冒險報警，讓情勢轉而對他們不利。

凱西的威脅，不管有沒有明說，都沒有得到回應，後來有一天她威脅要把傑若米帶回去——合法的——要是我們不給她一點錢的話。就在那時莉拉跟我第一次好好考慮要爭取傑若米的監護權。雖然我母親有諸多問題，取得他的監護權仍然是一場艱苦的戰鬥——幸好，她因為持有冰毒而被捕。

在七月某個格外炎熱的晚上，凱西的鄰居報了警，因為她和賴瑞又在彼此叫罵，報警人告訴九一一說聽起來像是要發生命案了。我會知道是因為我讀了報告，而且還附在我的監護權請願書上。警察進入屋子中斷了爭吵，還在咖啡桌上找到了三十克的冰毒。

這些年來我用來描述我母親的形容詞不勝枚舉，可從來就沒想到過毒蟲這個說法。凱西一直都喜怒無常，可是跟賴瑞同居的那幾年，她消失在某個我不認得的空殼裡了。她好像是把心魔披在皮膚上，瘋狂不再滿足於在她的腦子裡伸展藤蔓。在我看見她的少數幾次裡，她的樣子像是好幾天沒睡覺，而且她會來回踱步，摳著胳臂和臉頰。現在再想想，我應該知道她是在用冰毒的；可是誰會想到自己的母親會那樣？

即使是在她被捕之後，我也沒有立刻提出監護權申請，我等著看是否最後終於有轉機。並沒有。法院釋放了她，強制她進入治療機構。她從那裡寫了封信給我，命令我在她的治療結束後立刻把傑若米還給她。她這麼要求不是因為她愛她的兒子，而是因為「沒有人會把一個自閉兒的母親關進監獄」。我不敢相信她會在信裡寫下她的詭計。我沒有回信，反而聯絡了律師，要她進行爭取監護權的程序。

凱西拿到傳票之後，整個人瘋了，逃出了治療中心，跑到我們的公寓來。那天是莉拉開的門，一看到我母親，驚駭莫名，忘了要當著凱西的面把門甩上。我母親想硬擠進來，莉拉就大喊我的名字。

這時的凱西身形嬌小脆弱，我沒費多少力氣就把她推到走廊上，害得她踉蹌摔跤。我關上門鎖好。莉拉把傑若米帶進臥室，唱歌給他聽，我則報警。我們等著警察趕到，凱西在門外叫罵，指控我攻擊她，命令我把傑若米交出來。

當時我不知道，但是從監獄被強制送去治療卻逃跑是等同於逃獄的，在她的罪名上又多了一條重罪。來把她拖走的警察跟奧斯丁的法院聲氣相通，知道她的底細。他們把凱西拖出了公寓，她的污言穢語在牆壁之間迴響。

那是在聽證會之前我最後一次看見她，不過我倒是收到了一封我母親的信，這一封附上了摩爾郡立監獄的回郵地址。我不必看也知道信上的內容是什麼。我母親在警察把她上銬拖走時就把她對我的仇恨表達得酣暢淋漓了。而這封信是我連拆都不拆就丟進垃圾筒裡的第一封。

現在想想，我太天真了，以為闖進我母親的公寓把傑若米救出來就算完事了。就連報警逮捕她，把她從我的門口拖走都沒能讓她醒醒腦子。那不過是戰鬥的第一砲，我們之間的土地會變成一片焦土，我們的鬥爭從站在荒原上開槍轉移到徒手肉搏。到最後，是我送出最後一擊，摧毀了我們薄弱的母子關係裡僅存的幾許溫情。

10

我竭盡所能把我母親的不良回憶都撇到一邊去，重新聚焦在托克．塔伯特的生與死上。傑柏副警長說人人都知道是誰殺了托克，如果屬實，那我知道該去哪裡找答案。我的大半輩子都在酒吧打轉，不是工作就是去那裡把我母親拖回家，我知道要打聽當地的閒言閒語，最適合的地方就是鎮上的酒館。我在繞行廣場時看到的酒吧離我的汽車旅館不遠，所以我就步行過去。

酒吧叫「沙錐的窩」，一世紀之久的外牆上沒有幾扇窗。陰暗，蜷縮在街角，像個頑固的流浪漢——我知道這種地方。我不用走進去就能把它的格局畫在餐巾紙上：一條吧檯有房間的一半長，高腳凳沿著長長的牆排列，前面是高腳桌，天花板是黑色的錫板，地板黏腳。小鎮上的閒話就會在這種地方流傳，像微塵飄浮在空氣中。

現在還不到午餐時間，所以大致上沒有客人。有個年近五十歲的人穿著套裝外套和卡其褲，坐在吧檯的另一端，在敲筆電。另一端有兩個老頭子在大聲抱怨什麼養雞計畫把「那些天殺的墨西哥人」都弄了進來。

酒保是個漂亮女人，和我同齡，可能再小個幾歲，肉桂色長髮，深色眼眸在我走過去時一直盯著我。她穿著黑色T恤，短袖露出了練過的胳臂，左邊二頭肌上有個小小的蠟燭刺青，底下我看到幾個草寫字母，卻看不出是什麼字。

「你要喝什麼，陌生人？」她問道。

「一杯可樂。」我說。

她幫我倒了飲料，轉身就要走向那兩個老頭子。

「不好意思，」我說。「我在想不知道妳能不能幫我一個忙。」

她回頭注意我。「什麼忙？」

「我是來研究前天晚上發生的死亡事件的。」

穿卡其褲的人坐直了，毫不掩飾他的興趣。我左邊的老頭子也不再喋喋不休，豎起了耳朵。

我說：「他叫托克．塔伯特。妳認識他嗎？」

她看著兩個老頭子，再回頭看我。「這裡的人都認識托克。」

「妳能說說看嗎？」我問道。

「你是誰？」

「我叫喬，在美聯社工作。」

「美聯社是吧？」她伸出手跟我握手。「幸會，喬。我是薇琪，派克——明尼蘇達雙城隊的游擊手。」

我跟她握手，接受了她的諷刺。接著我掏出皮夾，今天第二次，跨越了小小的道德底線，亮出了我的美聯社證件。這一次我用手指遮住了我的姓。「那在雙城打球是什麼感覺？」我問道。

「你真的是記者。」

我把證件放回皮夾。「妳真的叫薇琪．派克？」

她微笑。「真的。」

「那，薇琪，我想知道一點背景。」

「你不是應該去警長辦公室問這類的問題嗎？」

「我發現我跟不戴警徽的人說話，像妳這樣的，比較能知道更多。我敢說鎮上的事妳全都知道。」

「沒什麼可以打聽的，不過我是聽過一些事。」薇琪說。

「說說看妳知道什麼托克．塔伯特的事。」

「托克．塔伯特是個混蛋，」她說，收掉了笑容。「他死了，也不算是壞事。」

我不知道我是以為會聽到什麼，不過她的坦白倒是出乎我的意料之外。我發現自己想為這個曾經打了我母親肚子一拳的人說話，但是我忍住了。「妳跟他很熟嗎？」

「不用跟托克．塔伯特很熟就能知道他是混蛋。」薇琪轉向那兩個老人。「比爾，你覺得托克．塔伯特怎麼樣？」

「他是混蛋。」其中一個說。另一個點頭同意。

「看到了吧？」薇琪說。「我不是在說死者的壞話，我只是有什麼說什麼。」

「為什麼？」

「因為你問了啊。」

「不是，為什麼他是混蛋？」

「我猜是天生的。」

我停下來凝思一個更有條理的問題。「我的意思是：他做了什麼事讓大家相信他是個混蛋？」

薇琪稱為比爾的那個人說話了。「他五年前砍了兩棵康妮・歐博的核桃樹，就在大白天裡砍的。因為不喜歡果實掉在他的土地上。還跟警長編了什麼鬼話，說他以為那些樹是長在他那邊的，結果就這樣沒事了。」

第二個也探身倚著吧檯，好方便越過比爾說話。「對，去年他射殺了凱倫・何佛森的貓，因為看到貓過馬路往他的土地上跑，就拿點二二射牠。」

「殺死了？」比爾問道。

「他拿點二二手槍射牠。」

比爾說：「那算什麼。我有一次也用點二二對一隻貓開槍，到現在還三不五時看到牠從我的穀倉跑出去呢。」

「那是因為你的槍法太爛了。」另一個人笑著說。

兩人隨即為各自的槍法拌起了嘴，薇琪轉過來，帶著自大的表情，她的看法得到證實了。

「我覺得鎮上的人沒有一個是他沒惹惱過的。」

「那妳呢？」我問道。「他又是怎麼惹惱妳的？」

薇琪看著我，好像我踩了什麼紅線。「關你什麼事？」

「好像是沒我的事。」

「對了，你是要寫什麼報導？為什麼會有記者在乎這種小鄉下的一個死人？」

我思索了一下才又亮出我的美聯社證件，這一次沒蓋住我的姓。她看著卡片，再看著我。

「塔伯特？你是托克的親戚？」

「我滿確定我是他的兒子的。」

穿卡其褲的男人咳嗽，合上了筆電。我不用回頭也能感覺到他在瞪著我看。兩個老頭子不吵了，也都直直盯著我。薇琪把我的證件放在吧檯上。「我不知道托克有兒子，」她說，語氣不像幾秒之前那麼衝。「他連提都沒提過你。」想了想她又說：「很抱歉我罵他是混蛋。」

「不需要。我不能說我不同意妳的說法。他跟我媽和我斷絕了關係。」

「所以你才來這裡嗎？尋找你的父親？」

「說實話，我也不是百分之百確定我為什麼來這裡。我猜只是出於好奇。妳知道誰有可能殺了他嗎？」

她瞄了比爾和他的朋友一眼，徵詢分享秘密的許可。然後她說：「他們覺得是穆迪．林區殺死托克的，他們一直在全境搜尋他。」

「誰是穆迪．林區？」

「那個……等等，你知道安潔吧？」

「托克的女兒。知道。」

「穆迪是安潔的男朋友，他在警察間的名聲很臭。他們覺得他是垃圾，所以一有機會就攔停他，老是在他的車子裡搜毒品之類的。」

「找到過嗎？」

「沒。穆迪太聰明了。他雖然是白人垃圾的兒子，可他不是笨蛋。正好相反。我聽說他在中學輟學之前成績很好。既然他只想要捕魚打獵，文憑對他當然沒用。」

「為什麼警察會覺得是穆迪殺死托克的？」

「他們兩個就是互相看不順眼。」

「為什麼？」

「穆迪在跟安潔約會。我猜這個理由就夠了。」

「那安潔呢？我聽說托克死的那晚她也出了事。」

薇琪看著我，彷彿就要告訴我我的狗被車撞死了。「你不知道是吧？」

「知道什麼？」

「我就住在托克家對面。他和吉妮和安潔在吉妮的老頭過世後搬進了農舍，托克就是在那兒死的——穀倉裡。有人打破了他的腦袋。我就在馬路對面看著他們把安潔抬出屋子，她被放在推床上。」

「她也被攻擊了？」

「鎮上的傳言說她是要自殺，可能是真的，也可能不是。這裡什麼傳聞都有。可是我可以跟你說她被送上了救護車，因為是我親眼看見的。」

比爾說：「我女兒是送她到曼卡多的一個急救員，說那個女孩子的情況很糟糕，送醫的路上死過兩次。」

「鎮上有圖書館嗎？」我問道。

「有是有，不過沒什麼書。走到奧利瓦古董店，」她說，指著南邊。「右轉就到了。」

我站起來，丟了一張五元幣在吧檯上。「夠嗎？」

「夠，」薇琪說。「有空再來。」

我走向前門，經過了那個穿卡其褲的男人，他站起來跟著我。

11

我站在正午的大太陽底下，停下來弄清楚環境，讓眼睛調適。我稍早看到過奧利瓦古董店，覺得是在右手邊。我正要往那個方向走，那個卡其褲男也從酒吧出來站在我後面。

「不好意思，」他說。「你有時間嗎？」

我轉身，瞇眼看他。他和我差不多高，五呎十（約一七八公分），卻粗壯得像樹幹。我猜他的年紀比我大一倍，鬈髮摻了銀絲。他的白牙和日曬的膚色都表示他對自己的外表下過一番功夫，不過他的鼻梁是歪的，一張扁平臉，像是被人拿鏟子狠狠打過。

「有啊。」我說。

「我不是故意在裡面偷聽，不過，你說你叫喬．塔伯特是嗎？」

「沒錯。」

他開始上下打量我，彷彿是在看什麼顯微鏡下的生物。我們站在人行道上，彆扭地沉默著，他雙臂抱胸，我兩手插進口袋裡，兩人隔著一段距離，隨便一個人從遠處看來都能看出整個空間瀰漫著不自在。

「我不認為。」他終於說。

「你不認為什麼？」

「我不認為你是塔伯特家的——起碼你跟前天晚上死去的喬．塔伯特沒有關係。」

「你是說真的嗎？」我說。

他抿著嘴唇，點點頭，彷彿對自己的回答很滿意。「對，」他說。「我能看穿你。」

「請問你又是誰？」我問道。

「我是喬．塔伯特的弟弟。」

「查理叔叔？」我說。

「我不是你叔叔，你也不是喬的兒子。我哥哥沒有兒子。他只有一個孩子。我不知道你是有什麼用心，不過你的騙術是沒有用的。現在他們有辦法測試這種東西了。你聽過DNA嗎？」

「你聽過凱西．尼爾森嗎？」我說。

他的表情從自大轉變為迷惑，而且又上下打量我，這一次可能是在我的臉上找我母親的模樣。然後，彷彿他腦子裡的什麼投幣式機器終於不再轉動了，他退後半步，說：「靠。」

「原來你認識她啊。」

「對，我認識她，」他說。「我在中學就跟她混得太熟了——所有的男生都是。如果凱西．尼爾森是你媽，那你爸是誰可就不好說了。」他哈哈笑，我發現自己處境詭異，居然想要為我母親的名節而戰，但是這種事我是完全不夠格的。「要是凱西．尼爾森說你是喬的孩子，那，小子，你就被騙了。」

「聽著，混球，我對我母親的話是一點幻想也沒——」

「你給我慢著，小子。」他的笑容消失了，朝我跨步，眼神冷硬。「我不喜歡別人罵我，我不在乎你以為你是誰，我也不在乎你是在玩什麼把戲，不過如果你再像那樣侮辱我，我們就有問題了。」

他的攻擊讓我大出意外，我沒了聲音。

「你媽的事我沒有一句假話。你可能以為她的謊話給了你什麼資格來提出擁有權，不過她的話連個屁都不值。我是來照顧這個家庭的——我的家庭。事情都在我的掌握之中，所以你還是哪個狗洞鑽出來的就還是鑽回那個狗洞裡去，因為巴克利這裡是沒有你的東西的。」

「我不是來這裡爭擁有權的。」我的話完完全全說得像是自己理虧似的，所以我把一股怒氣調進了胸口。「我只是想查出我父親是誰。你有意見嗎？」

「你父親不是喬・塔伯特。」他又逼近一步，一根手指往我臉上戳。「好好記住。」

我一直到聽見關車門聲才發現一輛警車停在對街，傑柏・路易斯副警長往我們這邊走。查理也看見了，而且像翻書一樣，一張臉綻開了銷售員的笑容。

「這是怎麼回事啊？」傑柏說。

「沒事沒事，副警長，」查理說。「我們只是隨便聊聊。」

傑柏說：「看起來可不像是隨便聊聊。」

「都是天氣太熱了，」查理說。「害我的臉無緣無故就紅了。」

傑柏走到查理面前才停步。「嗯，說不定你會想進去裡面，裡頭有冷氣。」他說，指著「沙錐的窩」。

查理的笑容加大，伸出手要和傑柏握手。「好主意。」傑柏跟他握手。然後查理把笑臉轉向我，朝我伸出了手。我遲疑了一下，隨即伸出了手，他緊緊握住，草草搖了一下。「幸會，喬。」

我不知道查理倒退著進入「沙錐的窩」時我該作何感想。傑柏一直等到查理進去了才轉向我說：「我們談一談。」

12

傑柏跟我過馬路走向他的警車，他靠在前擋泥板上，把太陽眼鏡推到鼻梁上。「剛才是怎麼回事？」他問道。

「家人吵架，」我說。「你認識查理？」

「我聽過他，今天早上他來警局才見到他本人。」

「你不介意我問的話，你聽過他什麼事？」

傑柏沉吟了一下才回答。「我是吉妮的朋友，就是托克的老婆。我記得她幾年前跟我說喬有個弟弟，據我了解，喬和查理從小就不對盤。」

「你問過查理前天晚上他在哪裡嗎？」

「問了。」

「然後呢？」

「我們正在調查。」

「跟你們調查我一樣。」

「我們不問這類問題就是怠忽職守了。套句老話，每顆石頭都得翻。」

「可是你們是認為穆迪．林區才是你們要找的人？」

傑柏微笑。「你沒花多少時間就查到他了。」

「我是記者，這是我的本行。再說了，這可能是鎮上最明擺著的秘密了。」

又一輛警車從警長辦公室停車場開了出來，慢慢往我們的方向過來。考爾德副警長經過時向傑柏點頭，卻沒理我。

「你被看見跟我說話沒關係嗎？」我說。

「為什麼會有關係？」

我也在傑柏旁邊靠在警車上。「我有種感覺考爾德副警長不怎麼喜歡我。」

傑柏說話之慢讓我很好奇這個人這輩子有沒有著急過。他的話像是被高溫烤軟了，像忘在餐桌上的奶油。「納森沒問題。我從小學就認識他了，他是可以多磨練一點對人處事的態度，不過相信我，在緊要關頭，沒有比他更可靠的人了。」

「所以他指控我謀殺了我父親——只是態度不夠圓融？」

「這是他辦的第一宗命案。他會調適過來的。」

「你們之前沒辦過命案？」

「我辦過。納森和警長……唔，這種鄉下地方不太會有殺人的需要。」

「可是你辦過命案？」

「我在軍隊八年，後兩年是在刑事調查司令部。」

「那說不定該由你來負責調查。」

「如果我有線索，那警長會非常樂意聽，不過這是他的主場。」

「那，跟警長說我覺得你們應該要好好查一查查理，那傢伙有點不對勁。」

「你跟查理是在吵什麼？」

我不想讓他知道真相——就我們是在為我母親的壞名聲在吵架——所以我改而聚焦在查理說的一件事上。「他指控我是想要爭什麼東西的擁有權，他表現得好像我知道他在說什麼，可是我完全是丈二金剛摸不著頭腦。」我說。「我有種感覺我好像是聽漏了什麼。」

傑柏雙臂抱胸，看著路面，一個頭緩緩來回轉動，整理著思緒。然後他說：「今天早晨，查理告訴我們他打算要爭取安潔的監護權。我覺得大多數人會覺得這是個好主意。哼，他已經找過社福處讓他們啟動背景調查了——而且他還沒提出申請。」

「我可以說你並不覺得這是一件好事嗎？」

「吉妮不喜歡查理。她沒跟我說過原因，可是她信不過他。我沒記錯的話，她有一次說他是沒有靈魂的人。今天之前我沒見過那個人，可如果吉妮對他的看法是這樣，那非常有可能他來這裡是為了錢。」

「什麼錢？」

「遺產——希克斯不動產。」

「考爾德副警長在今天早上你們訊問我的時候說過什麼遺產，到底是怎麼回事？」

「你管那個叫訊問？哼，那根本不算什麼。」

「副警長，你在迴避問題。是怎麼回事？」

「叫我傑柏。」

「好，傑柏。為什麼考爾德副警長認為我為了遺產殺害托克．塔伯特？」

「你是真的不知道吧？」

「對，我不知道。他是在說什麼啊？」

「我該從哪兒說起呢？」傑柏咬著嘴唇，思索著答案，讓時間一秒一秒溜走，急得我想用手肘推他。然後他說：「說起來也都要怪納森．考爾德——至少我是這麼覺得的。」

「再說一遍？」

「這事發生在我還在軍隊裡的時候，不過我聽說的故事是納森查酒駕攔停了這輛車，而司機是托克．塔伯特，他只是路過，沒有理由到鎮上來，可是他最後卻進了牢裡。」

我回想愛麗森給我的那張嫌犯大頭照，大概就是他在巴克利這裡因酒駕而被捕時拍的——他最後一次被捕。

「因為他是第三次犯，我們把他的車扣押了。托克以車為家，出獄之後他沒辦法離開鎮上。現在想想，我覺得人人都希望我們把他的車子還給他，叫他一直開下去。」

「大家說托克是個混蛋。」我說。

傑柏斜睨了我一眼，咧嘴一笑。「你說對了。」

「那，一個流浪漢又為什麼會變得有錢了？」

「就跟別人一樣啊，娶個有錢老婆。他在那邊的達伯修車廠找了個工作。」傑柏朝街道下方點個頭，好像我應該很熟似的。「托克雖然是個混蛋，但是他在修補車身和烤漆上卻是一把好手。他就是在那裡認識吉妮・希克斯的。她開車撞上了籬笆柱，就送到達伯那兒去修理。後來就是從那兒開始的。」

「可既然托克是個大混蛋，為什麼還會有女人……」

「吉妮那時很叛逆，她大概是很迷戀那種壞胚子男生。我個人是覺得她開始和托克約會是為了氣她老頭，可是弄假成真，最後他們結了婚。托克想要的話是很有魅力的。」

「而吉妮有錢？」我問道。

「是她老頭阿文・希克斯有錢。希克斯家擁有本州一些最好的河床農地。」傑柏指著西邊。「往高速公路那兒走個八哩路，你就會看到他們的農場。」

「那她父親呢？」我問道。

「希克斯大概一年前過世了。是這樣的，阿文・希克斯討厭托克，他告訴吉妮除非跟他離婚，否則她連一毛錢遺產都得不到。可後來阿文沒立遺囑就走了。我猜是他沒辦法讓自己把怒氣轉化成白紙黑字。他死了之後，依照法律，全部的遺產都變成吉妮的了。」

「我在調查的時候看過吉妮的訃聞，」我說。「她是六個月前死的吧？」

傑柏點頭，又盯著自己的腳。我等著他說點什麼，他卻不開口，所以我就問了：「她是怎麼死的？」

他抿緊嘴唇，彷彿是在壓抑什麼更深沉的情緒。然後他說：「她自殺了。安潔發現她吊死在馬廄裡。」傑柏話說得有點哽咽，我能察覺到他們之間有一段情。

「是安潔發現的？」

「對。對那個孩子是很大的驚嚇。」

「吉妮為什麼要……我是說，她留下遺書之類的嗎？」

「吉妮一直是個焦慮的人，在她和她父親失和之後，我猜她的焦慮是越來越惡化了。她留了遺書，說到阿文的死讓她陷入憂鬱，她沒辦法爬出來。在她和托克搬進農莊之後，我們起碼接到過三次吉妮的電話，因為她恐慌症發作。救護車趕去，他們發現她縮成一個球，呼吸困難。」

「你跟吉妮很熟吧？」

「對……以前。」

看他憂愁的表情，我也不再多問了。我們默默站在那兒，直到氣氛太彆扭了，我招架不住，所以我就說：「吉妮過世後就把一切都留給托克了吧？」

「吉妮也沒有立遺囑，」他說。「托克依法得到農場。而現在托克一死……」傑柏看著我，彷彿是輪到我說話了，可是我只是對他眨眼。「如果你真的是他的兒子……」

我這下懂了。「要命喔。」我低聲說。

「你和安潔。」

「我不知道，我發誓。我根本不……」

「所以你知道納森為什麼覺得你可能是嫌犯了。」

「我絕對不會……我知道你也不認識我，可我絕不會……」

「那可是一大筆錢。」

「究竟是多少錢？」

「我不知道詳細的數目。你需要找的人是巴伯．穆倫，他是處理農莊的律師。吉妮曾經是他的助理，在她——」

「那安潔呢？」我問道。「我聽到謠言說她的情況很不好。」

「你知道，喬，我今天早晨查了查你。我發現你提到的警方報告——托克打你母親的那件。一切似乎都和你的說法吻合。依我看啊，你有可能真的是托克的兒子。」

「我覺得是滿有可能的。」我說。

傑柏轉頭看我，在把心裡話說出來之前又頓了頓。「我要告訴你一件事，喬……我可能在踩紅線，所以你要是不把我晾出來的話，我會很感激。」

我點頭同意。

「依我看，如果你是安潔的同父異母哥哥，那你有權知道——安潔陷入了昏迷，在曼卡多那兒。」

「昏迷？出了什麼事？」

「托克被殺的那晚我是第一個趕到農場的。我在安潔的臥室裡找到她——她失去了意識。她的呼吸很微弱，床邊的桌上有一瓶空了的處方藥瓶。克痏平。是吉妮的處方藥。托克應該把它丟掉的，他不應該把那種藥隨便放在屋子裡。」

「她會沒事嗎？」

傑柏沒回答。

「所以你是覺得查理是為了這個原因來的。」

傑柏點頭。「我覺得查理就算和安潔迎面撞上了都不見得認得出她來。托克死了，把錢都留給了安潔，可是安潔只有十四歲。法律上，她不能處置農場。誰成為她的監護人就能控制她的這一份產業。我想這就是查理會憑空冒出來的原因。」

說完傑柏轉身面對我，一條胳臂放在車頂上，拉低太陽眼鏡，兩眼鎖定我，說：「我告訴你這些是因為我覺得安潔不應該遭遇這些事情。要是我發現你來這裡只是為了她的錢，我會……」

他沒把話說完。沒必要。

我說：「要是我去看安潔，你覺得他們會讓我看她嗎？」

傑柏聞言微笑。他讓我覺得是個很有想法的人，那種這一生見多識廣，所以步步謹慎的人。我能看見他思索我的問題，等待對錯的大石彼此平衡。然後他說：「我明天也打算要北上一趟，你願意的話，可以坐我的車。我敢說我們有辦法把你弄進去看她。」

13

巴克利的圖書館比我的公寓還小，除了一個母親在唸書給三個很乖的孩子聽之外，一個人也沒有。我在兩台電腦之一前坐下，啟動了網路。我的第一筆搜尋是查理．塔伯特。

查理在網路上很活躍，他是那種讓自己的名字高度曝光就自以為是名人的人，寫些自己臭美的廢文，大肆吹噓他的成就。查理叔叔想要世人把他看成成功的生意人，而且他似乎極擅長和名人一塊拍照：政客、電影明星，甚至還有明尼蘇達州的前州長。乍看之下，他似乎和他的哥哥喬生活在光譜的兩端。

但是我是美聯社記者，調研是我的本行。我知道別人要是有什麼見不得光的事情，就會假裝出別的樣子，所以我不急，瀏覽著查理要我看的東西，準備挖掘出他想隱藏什麼。

將近兩小時過去了，我才找到了第一片麵包屑，是一篇新聞報導：三年前聖保羅一處倉庫失火。該棟建築是一家研發新形義肢公司的辦公室和製造部，而一個名叫凱西．勒文的人死於大火。報導說起火點正在調查中。查理的名字出現了一次，報導上說他是公司的小合夥人，也是死者一百萬元個人保險的受益人。

我再搜尋是否有後續新聞或是可以給我更多火災消息的報導，卻什麼也沒找到。所以我決定要研究另兩個我惦記的主題：昏迷與克癇平。我在昏迷上找到了大量的資料，有用的卻不多，因為全都寫得語焉不詳。對，昏迷不是好事，對，再進一步你可能會死。昏迷可能持續幾小時或是幾個月，最後可能導致大腦損害，或是完全沒有傷害到腦部。研究了一個小時之後，我覺得我什麼具體的知識都沒得到。

而在另一方面，我在克癇平上找到了海量的資料，這種抗恐慌的藥物近來變成了迷姦藥，可以讓人神情恍惚，百無禁忌，不省人事，並且用失憶來掩飾罪行。用藥過量可能導致昏迷或是致命。

我讀著克癇平的資料，心思飄向了莉拉；她在中學被強暴過，在自己的汽車後座醒來，全身赤裸，想不起是怎麼回事。她始終懷疑是被下藥，而看完這些資料後，我忍不住納悶他們用的藥是否就是這一種。

我專心調查了幾個小時，不知道過去了多少時間，最後眼睛痠痛，肚子餓得咕嚕叫。我錯過了午餐，都快到晚餐時間了。我需要食物，所以我就往「沙錐的窩」走去。酒吧大概半滿，其中一個客人是我的查理叔叔，坐在角落的高背椅上，吃著紅色籃子裡的炸薯條，盯著牆上電視裡雙城隊的比賽。我經過時他冷冷地看了我一眼。薇琪仍在吧檯忙，一面從廚房端出餐點，一面調酒。她端著一大盤雞翅經過時還對我微笑。

我坐了之前坐的那張高腳凳，旁邊是兩個女人，一個五十多，另一個年輕十歲，靠著吧檯，從姿態看是在等餐點。年長的那位，最靠近我的，說：「就是那邊那個。」

我看著吧檯上方鏡子中的她，看到她指著查理叔叔。

「他認識克林．伊斯威特和普蘭提州長。我在網路上看到照片。」

「那是托克的弟弟？」年輕的那個說，扭過脖子去瞧個仔細。

「對，」年長的說。「他想要那個可憐女孩的監護權，上帝祝福他。經過那種事，他就是那個孩子需要的人。昨天他到辦公室來的時候我見過他，他問我能不能加快背景調查，我跟他說除非提出了申請，不然我也愛莫能助。而今天——果然——他就提出申請了。」

「這樣子是最好的結果了。」年輕的說。

「我覺得法官很急著要指定他。得有人來照顧安潔。這次可能是我辦過最快的一次背景調查了。」

「誰想得到托克．塔伯特居然會有個弟弟認識克林．伊斯威特呢？」

「唉呀，該隱都有亞伯當兄弟呢。」

薇琪在吧檯後退了一步，給兩位女士送上了兩籃三明治，兩人就端著晚餐到附近的包間了。

「喝什麼？」她問我。

「啤酒，」我說。「本地的。」

「馬上來。」她斟了一杯啤酒，在我面前放上杯墊，再放上啤酒。「來，小托克。」

「喔，不，可別那樣叫。我是喬，簡簡單單的喬。」

我聽到後面的座位有人說「托克」。我扭頭瞧去，是三個老兄在喝啤酒，看他們牛仔褲上的油漆和鞋尖磨得發亮的鋼頭鞋來看，是營建工人。其中一個穿了一件 Pink Floyd T 恤，看著我的樣子像是他猜不出來的字謎。然後他跟薇琪說：「這邊再來一杯好嗎？」

「你別喝太急，哈利，」薇琪說，同時彎腰從吧檯下拿出三瓶百威。「又不是在比賽。」她把酒瓶放在吧檯上，打開瓶蓋。

「送過來。」

「你要啤酒就移動你的屁股，自己過來拿。」

那個穿Pink Floyd T恤的，薇琪稱之為哈利的人站了起來，三步就走到了吧檯。我能感覺到他在拿三瓶啤酒時眼睛落在我身上，然後他回去自己的座位。

「知道是誰宰了你老頭嗎？」

我覺得奇怪，她問這個問題時的語調跟她問我要喝什麼一樣輕鬆隨性。「他們沒跟我多說什麼，不過我相信妳說他們盯上了穆迪．林區是對的。」

「納森．考爾德有辦法的話，連刺殺甘迺迪這個黑鍋都會讓穆迪揹。」她說。

「為什麼？」

「他們兩個有段過節。」薇琪倚著吧檯，壓低聲音，只比耳語大一點。「而且還是很精采的一段。」

「說啊。」

「兩年前，納森為了什麼輕罪抓了穆迪。我覺得只是大麻。後來，納森開始逮著機會就攔停穆迪：車窗玻璃太黑，消音器太吵，那類雞毛蒜皮的事。而每一次，納森都會搜查毒品。結果穆迪也越來越火大，就反過來盯上納森，監視他。穆迪．林區要是不想被人看見，那誰也找不到他。他能消失在樹葉間，就跟那種會變色的蜥蜴一樣。」

「變色龍？」

「對，變色龍。所以穆迪每天監視納森，沒多久就發現了納森一直用他的警車偷偷載法庭行政辦公室的珍妮絲．梅耶。他跟蹤他們到河邊，查出了他們喜歡幽會的地點。下一次他們決定要偷情，穆迪就用紅外線追蹤照相機等著他們了，當場逮住了納森和珍妮絲玩親親。接下來就是一封信裡裝了照片影本，寄給了納森的老婆和珍妮絲的老公。那時候可是天大的醜聞。納森為了這件事離婚了——還差點丟掉了工作。我覺得要是他有機會，他會賞穆迪的腦袋一顆子彈。」

我後方的座位又聽到哈利在大喊：「妳嘛幫幫忙，薇琪，不要再跟那個討厭鬼打情罵俏了，幹點活好嗎？」

「你到底是在叫什麼叫啊？」薇琪說。

「我還要啤酒。這裡的服務爛透了。」

「我才剛給了你一瓶。」

哈利站起來，走向吧檯，把空瓶子重重放在吧檯上。「妳看到了，空的。」

他把酒瓶滑向薇琪，結果掉在吧檯後，落在橡膠墊上，沒打破。這一次我還是感覺他的眼睛落在我身上。薇琪不給哈利啤酒，反而走向吧檯和廚房之間的寬敞處，引起廚子的注意。兩人說話時，薇琪不時扭頭瞄著哈利，可是哈利沒發覺，他只是兩隻眼睛盯住了我。

「你真的是托克的孩子?」他說，聲音模糊，而且口氣之鄙視，幾乎滴得出水。

我沒回答。

「我說，你是托克的孩子?你是小托克?」

「我是誰跟你沒有關係。」我盡量冷靜地說。

「沒關係才怪。如果你是托克的孩子，你就欠我錢。」

我抿起嘴唇，緩緩搖頭，說:「我一個子也不欠你的。」

「哈利，回去坐下。」薇琪說。

「除非這個小托克同意還我錢。」

我看得出哈利喝了不少酒:他一手按著吧檯保持穩定，兩眼無神，像青蛙蛋。

「你老頭騙了我一萬五。你會拿到希克斯的一些錢，所以照我看，你還得起他欠的債。」他推了我的肩一把，差點就害我從高腳凳上摔下來。

「可惡，哈利!」薇琪大喊。「別煩他。」她越過吧檯，揪住了哈利的T恤。他把她的手拍開。

這下子我站起來了，正面對決。「我不認識你，」我說。「我也不欠你錢。去坐下。」

哈利看著他的哥們，我猜只要哈利有需要，他們就會衝過來幫他打架。然後他轉回頭看我。

「你是在罵我是騙子?」

「不是。你只是弄錯了而已。回去找你的朋友吧。」

「你跟你老子一樣是騙子嗎？」哈利朝我跨了一步——不過我覺得只是害他自己失去平衡。我後退，拉開一臂的距離。

「你喝醉了，哈利，」薇琪說。「去坐下。」

「妳別管，薇琪。這是我和這個小托克兩個人的事。」

他伸手來戳我的胸口，我把他的手拍掉。「別惹我。」我說。

一聽這話他活像是被我甩了一耳光似的。「喔，你想打架是不是？」他又朝我跨了一步，這一次很刻意。我又退後一步。

「別這樣，哈利，」我說。「我不想跟你打架。」

「我看你也不敢。」他又向我逼近一步，我還沒能退後他就伸手要抓我的襯衫。

我用兩手抓住他的手，反扭他的胳臂，讓他的手肘對著天花板，再把他朝天的手肘夾在腋下，抬起了腿，讓重力把我們拉到地上。他摔得比我預期中還重，他的臉骨撞到木地板的那個響聲害我還擔心了一下。

哈利的一個朋友，三個中體型最小的那個作勢要從座位滑出來，我就大喝：「別動，否則我就折斷他的胳臂。」

那個小子站了起來，不知所措。我抬高了腳，打算萬一他靠近就踹他，同時再把哈利的胳臂扭緊一點。「叫你的朋友別插手！」

「噢！狗雜種！」哈利鬼吼鬼叫。

那小子又靠近了一步，眼珠子亂轉，尋找攻擊我的空檔。

「叫他坐下！」我靠向哈利被扭絞的胳臂，把他的手腕和手肘扭到快骨折的邊緣。

「坐下！媽的！」哈利尖叫道。

那小子回去坐下了。我稍微放鬆了一點，省得聽哈利尖叫。

「我們現在要這麼辦，」我說。「你們可以安安靜靜從後門離開，不然我也可以讓哈利繼續痛，等警察過來。隨你怎麼選。」

「幹你娘！」哈利說。

「那就是等警察了。」

「不行，」那小子說。「我在緩刑，靠，你也一樣。我們還是走吧。」

第三個傢伙，那個一直都安靜坐著的，在桌上丟下一張十元鈔票，一聲不響就走了出去。緩刑中的那小子猶豫了兩秒，還是跟著朋友出去了。

剩下了哈利一個人，我對情勢挺滿意的，就稍微放鬆了他的胳臂。「哈利，我跟你無冤無仇。我要放你起來了。你可以走出去，或是留下來打架，不過你應該知道薇琪已經報警了。」

薇琪拿起電話，裝得像真的一樣。哈利的臉正貼著地板，根本分不清真假。

「你可以走出去，這件事就到此為止，不然我們可以再打一架。你自己選。」

我放開了他的手腕，站了起來。哈利也爬了起來，一張臉幾乎氣得發紫，兩眼淚汪汪的。他抓著右手腕，拳頭慢慢繞圈，可能是在衡量手腕的力量。然後他看著薇琪，她仍拿著電話放在耳朵附近。他朝我腳邊吐了口痰，走了出去。

大多數的客人帶著畏懼和詫異的表情看我。那個幫查理做背景調查的女士似乎是對我的行為格外震驚，眼珠子都突了出來，嘴巴合不攏。查理仍坐在角落的桌位，臉上掛著奇怪的笑容，好像是他剛才打贏了我。

我坐回吧檯的高腳凳，因為腎上腺素而手指發抖。薇琪站在我的對面，傾過身來，近得我能聞到她的香水，瞄到一眼她的深V T恤後的黑色蕾絲胸罩。「你是在哪兒學會那樣子處理醉鬼的？」

「我以前當過保鑣。」我說，把視線從薇琪的乳溝上移開。我看著她手臂上的刺青，那個草寫字母在下的蠟燭圖案。這麼近的距離我總算看清了是什麼文字：我母親，我的光。

「你當過保鑣？我還以為你是什麼坐辦公桌的記者呢。嗐。」

「別太欽佩我了。我大部分時候都在檢查證件。」

「你剛才對付哈利．瑞丁的手法——你雖然不算粗壯，可是你很有幾下子。」

我把她說的話當恭維，即使我不喜歡被人提醒我的體型偏瘦小。「我也有好幾次吃虧，」我說。「我的運氣遲早會用完，所以我就去上大學。坐在課桌後就用不著求生本領了。」

「我巴不得能去念大學，離開這個鬼地方。你都不知道。」

「妳應該去啊，」我說，聽起來就像我經常是的那種混蛋。「我念大學時認識很多白天上課晚上當酒保的人。」

「有那麼簡單就好了。」她說。

「要是我都做得到，那誰都做得到。」

「不，」她說，用嚮往的眼神看著我。「不是誰都可以。對我們這樣的人來說，就是可望而不可即的事。」

她沉重的話語告訴我不要再追問，而我猜想我們涉獵的這個領域早在我抵達巴克利之前就已經是夯實得掘不動了。她走向吧檯的另一邊去送酒給別的客人，等她回來，我已經準備好一個問她的問題，跟大學或是當酒保或是困在小鎮完全無關。

「妳知不知道那個傢伙，哈利，是在為什麼事情生氣？托克會是欠了他什麼錢？」

薇琪調皮的一面回來了。「不知道，不過我敢賭我能查得出來。像這樣的小鎮，一定會有人知道。」

「他又是怎麼知道我可以繼承托克的錢的？」

「托克的命案在這裡可是天大的新聞，大家說來說去都是這件事。而如果你是托克的兒子，那你和安潔就會得到希克斯不動產，對吧？至少傳言是這樣子說的。」

「傳言？我才剛到欸。」

「喔，甜心，這個地方除了乾掉的草和火種等著謠言來點燃之外什麼也沒有。在巴克利根本就沒有秘密。」

「要是最後我能拿到一毛錢，我都會很驚訝。」我說。

「你看過農場嗎——希克斯家？」

「沒有。」

「我輪完晚餐那班之後就沒事了。別走開，我帶你去。」

「我不想麻煩妳。」

「沒事，」她說。「那裡是我的地盤，我可以帶你四處看看。」

我考慮著她的提議。會有什麼害處嗎？就算不為別的，我也可以知道查理叔叔的算盤是怎麼打的。要是證明了我真的是托克．塔伯特的兒子，能了解一下四周的暗潮如何湧動也是滿好的。如果我不是他的兒子，那我也不過是浪費了幾個小時。「好吧，」我說。「就這麼說定了。不過我要把晚餐帶回摩鐵去吃。我不想要哈利後悔，又跑回來這裡找我。我目前住在卡斯本客棧。」

「我知道，八號房。」

「妳怎麼會……？」

「我不是說了嗎，在巴克利沒有秘密。」

14

七月的傍晚太陽可以在天空中徘徊到將近九點，所以薇琪在八點來到客棧，我估計一個小時就足以駕車到希克斯農場，再在天黑之前回來了。敲門聲響起，我去開門就看到薇琪穿著一件黑色皮夾克，戴黑手套，頭髮綁成馬尾。

「有外套嗎？」她問道。

「一件運動衣。」我說，看了一眼無雲的天空。

「你可能需要穿上。」她朝停在對面的重機點了點頭。那玩意很恐怖，漆黑滑亮，高高拱起，像個跑衛準備要衝破防線。讓我想起了《變形金鋼》裡的一幕，一個邪惡的機器人等著站起來射出激光。我抓了帽T和太陽眼鏡，跟著她走過停車場。

「車子滿酷的嘛。」我說，沒想到語氣有點緊張。

「這是我的寶貝。」她一手拂過座墊，彷彿那是一隻寵物。「它是勝利虎——跑土路就跟跑馬路一樣行。」

她跳了上去，點頭要我坐她後面。她啟動引擎，我能感覺到馬力穿透了我的大腿和鼠蹊。我抱住薇琪的腰，她的腹部肌肉的力量即使隔著皮夾克仍很明顯。她彷彿察覺到我的驚駭，轉過頭來，嘴唇彎成狡猾的笑，說：「放心吧，我四年級就會騎越野車了，我會罩著你的。」

我們走一條雙線道公路出了巴克利，公路穿過遼闊的綠油油田地，來到了一處漫長的直線道後，薇琪打開了油門，身體前傾，我抱緊她的腰，身體貼著她。我從她的肩膀看到速度計飆升到一百一，然後她才放慢，讓車速回到時速限制以下。儘管戴著太陽眼鏡，眼淚仍然流在我的臉頰上。

我得承認，她的速度嚇得我魂飛魄散。只要一個坑洞或是一隻雉雞受驚就足以害死我們兩個——明尼蘇達是個不必戴安全帽的州。可同時，腎上腺素竄升讓我的皮膚麻癢，我的呼吸輕淺。這就像是在園遊會的雲霄飛車，那種螺栓生鏽，軌道油膩，油漆剝落，樞紐吱嘎亂響，需要整修的。最後一定會有哪個環節出錯，不過坐過一次後全身而退，我還想再坐一次。

出了小鎮大約十五分鐘後，田地變成了茂密的樹林，我們下降到一處河谷，越過一座橋，爬升到對面的谷壁。到了山頂上，她放掉油門，我們滑行而下。

前方出現了兩座農場，各佔據馬路一邊。右邊有棟農舍，藍色油漆配上白色邊緣。屋頂上突出一排天窗，一條門廊佔據了屋子的整個正面，像在歡迎別人來小坐。屋子座落在一堆穀倉和一個圓筒倉之中，全都漆著大紅色。

左邊是一棟較小的屋子，平房，後面是一座筒狀倉和穀倉，都需要重新油漆。還有間褪色的白色金屬棚，灰色的滑動門，立在屋子旁邊，兩棟不相襯的房屋像是大雜燴。雜草入侵了大片的土地，褪色的紅色穀倉前面有一片灌木，長勢茂盛。兩處農場的對比訴說著一個興衰的故事，而且只有一條柏油路之隔。

我沒辦法不去看右邊那處色彩豐富的農場，即使薇琪轉入左邊的農地。沿著碎石車道繞到屋子側邊，停在金屬棚裡。

「來吧。」她說，揮手要我跟上。

我們往屋子的正面走，我聽到有門打開的吱呀聲。我們繞過轉角就看到一個五十好幾的人，一臉鬍碴，襯衫穿了好幾天。他一手執杯，雖然我隔著十五呎，我發誓我還能聞到他的毛孔滲出了酒氣。

「嗨，爸。」薇琪說。

「妳朋友是誰啊？」他問道，拿著那杯威士忌比了比我。

「這位……」薇琪看著我，臉上露出奇怪的表情。「這位是喬．塔伯特，托克的兒子。喬，這位是我父親，雷伊。」

我邁步要向雷伊走去，伸長了一隻手要和他握手，他卻後退，兇巴巴瞪著我。

「滾出我的土地。」他說。

「爸，他不是托克。他根本都不認識托克。」

「他是塔伯特家的，不是嗎？我不准塔伯特家的踏進我的土地。一個也不行！叫他滾出去。」

一時間，我以為雷伊可能會拿馬克杯丟我。他兩手發抖，蒜頭鼻不斷噴著氣。

「冷靜點，爸，我是帶他來看希克斯農場的。」薇琪的語氣仍然平靜，不以為意，彷彿是在跟她父親說她這天過得如何。「我馬上就回來。」

「不准妳過去那邊，」他說。「那個農場跟妳沒有關係。」

「進去看電視。我等一下就回來幫你做晚餐。」

「不准妳把那個塔伯特再帶回來這裡——聽到了沒有？」

「進去吧，爸。」

薇琪沿著走道走，我跟在後面。我扭頭看到雷伊仍在門廊上監視我們。他指著我，我猜他是要我知道他會一直盯著我。我看得出來他曾經是一個孔武有力的大漢，但是他的身量，就和他的穀倉一樣，也飽受光陰的摧折。他的大手彎曲多節，背也彎了。

「不用擔心他，」她說。「他只是不喜歡托克。」

「我看得出來。」

我們正要穿越公路，有輛車就從右邊出現，是紅色的凌志。我看過那輛車停在卡斯本客棧和我的房間隔著兩扇門的地方。我們等著車子通過，但它靠近時卻慢了下來。查理叔叔坐在駕駛座上，看著我們——看著我——活像光是地球上有我這個人就讓他氣得七竅生煙似的。他經過後就用力踩油門，揚長而去。

「真讓人發毛。」薇琪說。

「妳知道他是誰？」

「不知道，不過他整天都泡在酒吧裡。」

「那是托克的弟弟，查理。」我說。

她看著車子消失在遠處。「早該猜到的。每次我從他旁邊走過去，他就一直盯著我的屁股看。」我們正要穿越馬路薇琪卻停下來，又一次看著車子消失的方向。「知道嗎，現在回想起來，我看過他。對，他幾星期前跟托克來酒吧，為了什麼事在吵架。」

「警長知道嗎？」

「我只有在事情很嚴重時才會報警。他們是在吵架，不是打架。」

「妳知道他們在吵什麼嗎？」

「我沒聽到，不過主要是彼此叫罵。托克吼什麼他沒有義務，而那個傢伙，查理，罵托克是個自私的雜種。沒多久托克就站起來走掉了。」

「托克死的那晚查理在鎮上嗎？」

「我一直到今天早晨才又看到他。」

「妳確定？」

「他有一張很突出的臉。」薇琪輕笑了一聲。「誰會想到托克還是他們家的帥哥呢？」

希克斯農場並沒有一般所說的車道，而是一個碎石大圓環，在匯入馬路時縮減為單線道。房子就在正前方，我的右手邊矗立著一座長形的紅色馬廄。兩棟建築的門上都拉著黃色警示帶。這地方有乾草泥土和糞肥的味道，但是在傍晚的陽光下卻閃閃發亮。她帶著我繞過屋側，走在一條碎石小徑上，經過了筒狀穀倉和第一處紅色馬廄，這裡的路面漸漸多了蹄印。

「托克養牲口？」我問道。

「沒養多久，」她說。「希克斯家養牛。吉妮小時候他們也養馬。我爸老覺得希克斯就是用那些馬把女兒寵壞的。」

「那現在牛呢？」

「托克跟吉妮一接手這個地方就都賣了。養牛很辛苦，托克卻不是個幹農活的，太可惜了，因為他可繼承了一大片土地呢。」

薇琪帶我走到了一處土墩的邊緣，土墩後就是緩緩向寬廣的河谷伸展的土地，綠油油的莊稼一望無際。她用胳臂從左掃到右。「這就是你的農場。」她說。

「我的天啊！」我低聲說，看著一片綠海，微風吹過，玉米田蕩開陣陣漣漪。我開車到巴克利的途中經過幾哩又幾哩的農田，我以為這景色可能會害我開著開著就睡著了，但是現在看著作物搖曳卻幾乎奪走了我的呼吸。

「美吧？」

「美極了，」我說。「妳不是說托克不是個幹農活的？」

「喔，天啊，不是的，這可不是托克的成績。希克斯躺進棺材裡沒多久他就把土地出租了。律師一說農場歸吉妮所有，托克就拿起電話喊價了。所有土地沒租出去的部分就只剩房子和馬廄了。」

「希克斯是怎麼死的？」

「心臟病。」

「那，有沒有可能是托克……妳知道。」

「殺了希克斯？我們是這麼想過。別誤會了，我覺得托克是有那個意思，不過不是，是心臟病發作。」

「我們說的到底是幾畝地？」

「爸有一次跟我說希克斯擁有七百五十多畝地。」

「七……百……」

「五十。對，不過可別說是我說的。」

我連一畝地有多大都不知道，我這輩子都侷限在城市裡，但是這麼大的土地說不定能夠說動像托克這樣的人來放棄他逐水草而居的單身漢人生，娶妻生子。另外我也更了解了查理想要取得安潔的監護權的動機。我想像著安潔躺在病床上，奄奄一息，我突然覺得像個混蛋。我站在這裡為了掠奪土地而算計著方法和動機，而這個女孩子，可能是我妹妹的人，卻昏迷不醒。我的周遭都潛伏著她墜落的生命的殘骸，她母親和父親死亡的馬廄，她試圖自殺的房子；我覺得羞愧，這麼輕易就把她變成了我心裡的另一枚棋子。

「妳認識安潔嗎？」我問道。

「我十歲了安潔才出生——那個年紀的女孩子滿腦子只想要照顧寶寶。我記得吉妮帶她過來這裡幾次，我跑過馬路那一邊，吉妮讓我抱安潔。不過現在回想起來，我覺得托克並不知道。」

「妳為什麼會這麼說？」

「那時，我沒有多想，可是後來我年紀大一點了，在『沙錐的窩』找到了工作，也對托克有了進一步的認識，我覺得他在控制吉妮，指揮她該去哪裡，該和什麼人交朋友。而且他對安潔也沒什麼好話，罵她是智障，說起她時都叫她他的白痴女兒？」

「那她……？」

「是不是智障？不是，只是很脆弱。我三不五時就會看到她到鎮上——托克跟他們那時就住在酒吧的一條半街區外，她不跟人來往，回答問題也只是用一兩個字，然後就會找藉口溜掉。她讓我想起那種受驚的狗，連自己的影子都害怕。別誤會了，她性格很好，可是……嗯，很脆弱。」

「托克是在哪裡遇害的？」

「馬廄。來。」薇琪轉身往小徑走，穿過一條土路，來到馬廄的後門，門口交叉拉著犯罪現場的警示帶，她把它拉掉，我們就走了進去。

我的眼睛過了一會兒才適應裡頭昏暗的光線。馬廄狹長，一側的廄房都是空的，牆上釘滿了釘子，掛著馬具、裝備、割草刀片和各種工具。馬廄有一排面西的高窗，西墜的陽光照射進來，照亮了點點的灰塵。

薇琪指著我們頭頂三呎高的粗大橫梁。「吉妮就是在這裡上吊的。」

「妳看見了？」

「我才剛到家，正坐在門廊看星星就看到安潔跑出屋子，大聲喊吉妮，在院子裡四處尋找。」

「那托克在哪裡？」

「他不在家，所以安潔就跑到了馬廄，打開了前門。然後我就聽到安潔尖叫，我盡快趕過去，一到那兒就看到安潔抱著吉妮的腿——就，想把她弄下來。吉妮的旁邊有一捆乾草，可能是她跨著乾草上去，再把它踢翻。」

薇琪抬頭看著橫梁，打住不說，然後搖搖頭，又說：「她已經死了。我們救不了她。」

馬廄變得一片安靜，我瞪著橫梁，想像著有個女人吊死在上頭。我的失神被薇琪打破了。

「他們是在那邊發現托克的。」

她帶我走向前門，打開了電燈。「在那邊。」她指著大約深入十呎的牆根。「他面朝下躺著，頭緊緊抵著牆。」

我彎腰檢查牆壁的護腳板上的暗色污漬。

「那是他頭上流的血，」她說。「我聽說他們拿什麼東西打了他。」

我摸了摸我父親的血跡。這不是電腦螢幕上的嫌犯大頭照，這不是我喝醉的母親說的辛酸故事，這是真實的。這是他頭上流出來的血，而我猛地想到如果托克．塔伯特真的是我父親，那這會是我最近距離接觸那個製造了我的男人的一次。我仍蹲著，瞪著那塊血跡。

「你沒事吧？」薇琪問道。

我聳聳肩。「只是覺得奇怪吧，知道某人在這裡殺了我父親。這是塔伯特的血，而我姓塔伯特。就……我也說不上來。」

「你可能姓塔伯特，可是你一點也不像死在這裡的那個塔伯特。」

「妳爸好像不會同意妳的看法，」我說。「我覺得他在妳介紹我的時候就很想要揍我。」

「對不起。我爸……有問題。」她不需要說「酗酒」這兩個字，他剛才的外表和行為就說明一切了。她垂下視線，彷彿在尷尬。

「我母親也有那樣的問題，」我說，想表達同情。「其實呢，那就是我離家去念大學的一個很大的原因。我想你可以說我是逃家去念大學的。」

「我做不到，」她說。「他需要有人照顧，而他只有我。」

薇琪沉默了下來，而在沉默中我想起了一件她在酒吧裡說過的事。她跟我說上大學是不可能的，我還笨笨的以為是她的成績不好，結果根本就不是這回事。

「所以妳才沒念大學嗎？」我問道。「因為妳父親？」

「聽起來很蠢，我知道，可是我不能丟下他一個人。他不是只有酗酒的問題，還發生了別的事讓他一塌糊塗——精神上的。後果太糟了，他幾乎不能正常生活。」

「跟托克有關嗎？」我問道。「所以妳一說出我的名字他就想要擰下我的腦袋？」

薇琪緩緩點頭說：「就是托克害的。你父親害死了我媽，也害我爸每天早晨下不了床。」

我的迷惑一定是清清楚楚寫在臉上，因為她接著說：「來，我帶你去看一樣東西。」

15

我又坐上了薇琪的勝利虎，夕陽已經西下。她父親要不是沒聽見我們走過他的屋子就是決定他已經把話都說清楚了，不需要再露面了。薇琪騎車往鎮上的方向，但是越過了河她卻把重機騎到公路的路肩，停在一處船隻下水的斜坡道頂端。

我們下了機車，她帶著我走過橋，來到一處有三呎高水泥牆從岸邊聳立之處，指著牆的前沿，有一塊西瓜大小的水泥塊被打掉了。

「我媽就死在這裡。」

薇琪用手指拂過破損處，再繞過橋側，往堤岸下走。「媽下班回家……應該有十年了。她的車在這裡滾落，四輪朝天掉進了河裡。」

到了堤岸的底部她走向一株倒落的三角葉楊，坐在樹幹上，留空間給我坐。我坐了。「托克那晚要去農場，那時候他開著那輛福特爛車，就是七〇年代電影裡的那種，大紅色，跟救護車的顏色一樣。我日落的時候出來的，我會記得是因為那晚我有計畫，正在等太陽下山。」

「計畫？」

薇琪微笑。「我才十幾歲，又在戀愛。那個男生住在鎮的這一邊，而且……」薇琪指著河對岸。「看到那邊的樹木間的空隙嗎？」

我瞇眼在漸暗的光線中看，只看出柏油路的左邊有個開口。「有。」我說。

「記不記得我跟你說我四年級就有機車？嗯，我那時無處不去。」她朝對岸的樹林揮揮手。

「那個空隙就是我騎出來的路，我可以一路騎到我男朋友家，只用到馬路一兩次。」

「那是十年前？」

「對。」

「托克為什麼要去看希克斯？根據我的調查，希克斯和托克那時很討厭對方。」

「托克那晚鬧得很兇，我和爸到門廊上去全都看見了。托克把車子停在院子裡，用拳頭捶門，大吼著要希克斯出來。後來希克斯從馬廄出來了，拿著一根大概是管子的東西。他叫托克滾，他說如果托克不走，他就要打爆他的頭。托克好像一點也不怕，他從門廊上跳下來，跟希克斯正面迎戰，可是拉開一定的距離，不讓希克斯打到。」

「他們在吵什麼？」

「吉妮——每次都是。那時候希克斯跟吉妮說他會把她從遺囑上剔除，吉妮一定是跟托克說了，因為他罵希克斯是禽獸，冷酷邪惡，差不多什麼難聽的話都罵完了。他想知道哪種人才會拋棄自己的親生女兒和孫女。」

「都是妳聽見的？」

「對。我們都親耳聽見了。爸已經打算只要情況失控他就要報警，可是他們沒有實際動手。托克罵完了就跟希克斯說如果他想害女兒和孫女進貧民院，那他可以下地獄去。然後托克跳上了他的卡車，像個瘋子一樣離開了。」

薇琪說話時動也不動，眼睛盯著混濁的河水。

「托克離開之後我覺得天也夠黑了，我可以溜到男朋友家了。我把車子推過我家後面的乾草田，一面推一面發動。我過了橋，看到我媽車子的零件四散。起初我不知道是怎麼回事，只是馬路上一堆破損的塑膠。我停下來東張西望，看到了她的車尾燈在水面下亮。我跑下去看能不能幫忙，然後我才認出了是她的車子。」

薇琪吸鼻子，十指緊緊交握。

「我把我媽從車子裡拉出來，把她拖到岸上。河水雖然看起來很平緩，可我告訴你，底下有很強的暗流。我差點就拉不住我媽。等我把她弄上岸後，我給她口對口人工呼吸，我捶她的胸口，什麼能讓她呼吸的辦法我都做了。沒有車子經過，沒有人幫忙。所以我騎上了機車，飆回家叫我爸。他叫了救護車，我們一塊再回來這裡。」

薇琪指著斜坡道底部附近的小空地，那裡的地面滿平坦的。「她就躺在那裡。」薇琪默默擦掉眼淚。「我們什麼辦法也沒有。」

薇琪說話時變得又小又脆弱，不再是那個騎重機嘲笑死神的悍婦，而是一個女人，手裡握著十四歲的自己破碎的心。我想摟著薇琪，但是卻有太多理由不該這麼做，所以我只是讓她獨自面對回憶，而我坐在旁邊，偷窺她的痛苦。

等她似乎回到現實之後，我問：「是托克？」

她點頭。「隔天他們把媽的車從河裡拖出來，發現了側面有紅漆。從煞車痕看，她偏到了路肩，想要控制住車子，還是撞上了橋的牆。」

「他們不能比對托克卡車的烤漆嗎？」

薇琪看著我，露出苦笑，說：「也不知道是什麼詭異的巧合，托克的卡車就在那天晚上被偷了。載送我媽的救護車都還沒回到鎮上，他就報警了。卡車從此下落不明。我敢說是掉進了這裡到巴克利之間的河底了。」

「所以他們一直沒能證明是托克撞了妳母親的車子？」

「檢察官說不能比對托克卡車上的烤漆，一切都只是猜測。」

「難怪你爸那麼恨我。」

「他不需要審判來告訴他是怎麼回事，而你又是托克的兒子，唉，他大概是沒辦法接受吧。」

「妳母親的事我很遺憾，」我說。「很抱歉我爸是這麼個……」

薇琪一手按著我的前臂。「喬，我不像哈利——或是我爸。我不認為你該背負你老子的罪，你根本都不認識他。」

「可是我總覺得當他的兒子很內疚。我知道我不應該。」

「這一切都是托克的錯，不是你的。你父親不是你的責任。」

「妳爸卻是妳的責任？」

她放開了我的胳臂，回頭凝視河水，現在因為天色黯淡而變成了黑色。「我爸以前很不一樣，」她說。「我小時候，他是我的英雄。我會看著他劈木頭，架籬笆，心裡想我有這樣的爸爸真是幸運。媽一死就全變了。葬禮過後他躺在床上，接連好幾天不下床。他雖然從來就不是一個滴酒不沾的人，可是媽死後，他就泡進酒缸裡了。他差不多什麼都不管了。農場越來越走下坡，我們賣掉了好大一片土地。」

「而妳從那之後一直在照顧他？」

「我是他女兒，我還能怎麼辦？」

「他是妳父親，」我輕聲說。「他無權要求妳這麼做。」

話才出口我就後悔了。多年來，為了減輕我的愧疚，我說服自己凱西的墮落不是我的錯。我只是她的沉淪的一個目擊證人。不是我逼她有酒癮和毒癮的，不是我扭曲她的想法和感情的。是她自己的選擇，而且她無權利用這些差勁的選擇來攪亂我的人生。至少，我是這麼覺得的。

而薇琪顯然有不一樣的看法。

「對不起，」我說。「我多管閒事。」

她沒回答，只是平靜地瞪著夜色。

天色變黑了，我們看不見眼前的河流了，只聽見河水拍岸聲充盈著夜空。不知在何時，我們肩膀互觸，我能感覺到她偎向我。我頸背上的寒毛倒豎，可能是被風吹得冷，也可能是因為別的原因。反正，我知道該離開了。

「很晚了。」我說。

「對，我大概應該送你回去了。」

我們緩緩騎回巴克利，勝利虎馴良地巡行在平滑漆黑的公路上。我們穿過小鎮往我的摩鐵走，經過了「沙錐的窩」，我看到哈利・瑞丁站在酒吧外，跟剛才和他同桌的兩個人在說話。薇琪一定也注意到了，不過她沒有表示。但是哈利注意到我們，就推了推一個同伴，指著我們。我們經過時他吼了什麼，我沒聽清楚，兩耳只有呼嘯的風聲。

16

我等著傑柏來載我到曼卡多，先發了簡訊給莉拉——因為我還不想進行那場等待著我們的對話。我告訴她我正要去看安潔，因此完成了我來巴克利的目的。我最後祝她讀書順利，是我讓她知道不需回覆的方式。很孬，我知道。

傑柏在早上八點整停進停車場，開著一輛黑色福特Explorer，他自己的汽車。車程一小時多一點，我決心要利用這段時間拉攏傑柏。一個原因，除了薇琪．派克之外，傑柏是巴克利鎮唯一一個好像願意跟我說話的人。另一個原因，我一點也不知道要如何把穆迪．林區引出來，而我需要傑柏幫忙。

「幫你帶了咖啡。」他在我上車時說。

我已經喝了一杯了，但是我這個人總是給咖啡多留一個胃。我一直等到車子離開了坑坑窪窪的摩鐵停車場之後才輕啜第一口。

「我昨天打了幾通電話，」他說。「我覺得你應該知道我不認為托克的事跟你有任何關係。」

「我很感激，」我說。「我真的不認識那個人，後來是因為看了你們的新聞稿——而那時他已經死了。」

「你的編輯也是這麼說的。」

「你打給愛麗森？」

「我打給不少人。我不能替警長發言，但是我把你從我的嫌犯名單上剔除了。」

「查理・塔伯特還在上面嗎？」

傑柏頓了頓，彷彿是在思索該說什麼。「這是金寶警長的主場，不是我的。」

「可是你覺得查理有可能是嫌犯？」

「警長不認為。」

「你在繞圈子。」我說。

「調查是不能公開的，喬。我不能討論。」

「是那場火災吧？燒死查理生意夥伴的那一場？」

「你怎麼知道……」傑柏及時打住。「喬，有些事我可以談，有些不能。你明白我的意思吧？他們說你是個可以信賴的人，可是我不能讓你牽著鼻子走。」

「他們說我值得信賴？」

「我說過，我摸過你的底。」他斜眼看我，彷彿是等我猜。最後他說：「我打給明尼亞波里警局，他們跟我說了你大學時發生的事。」

「我還以為那些紀錄是機密呢。」

「那些是不能公開的——不能相提並論。再說了，我是警察。所有的機密我都能看。不過你的經歷倒是挺精采刺激的，唷，你是英雄。」

「其實也沒有那麼刺激。」我說。

「你揭發了一個連續殺人犯。」

「我還害自己差點送了命——還有我的女朋友。」

「可是你破了一件三十年都沒破的案子。了不起。」

「我是白痴。衝動莽撞卻走狗屎運，就這樣。倒是我的女朋友莉拉，她才值得誇獎。她是那個軍師。我唯一的貢獻是胡打亂撞卻沒丟掉小命。」

「我還聽說你因為……沒丟掉小命而得到賞金？」

「對，十萬塊。我以為自己發財了，不過既要念大學又要繳法學院的學費，錢花得之快會讓你嚇一跳。到最後我們還是得貸款來付莉拉的第三年學費。」

「咳，雙子城的人對你的評價可是很高的。我還聽說你是個挺公正的記者呢。」

「公正？我可覺得我不只是公正呢。」

「不是，我的意思是說你沒有什麼見不得人的企圖。你有自信。」

我想著那場官司和我的吹哨人潘妮。我就快失業了，因為我「公正」。我是在履行承諾，卻害得我陷入一場誹謗官司，每次我一想到，我的胃裡就像弄翻了調味罐。我只需要把她供出來就能脫身，可是我不能把消息來源說出來，而因為如此，別人——甚至是警察——都覺得我是個公正的記者。

「對，我能守密，」我說。「所以警長還在把穆迪當成殺害托克的兇手嗎？」

「還是那句老話——調查不公開。」

「如果有人能讓穆迪露面呢？說不定拿到他的證詞？這樣會有幫助嗎？」

「某個像……你這樣的人嗎？」

「正是。」我說。

「那是不可能的。」

「聽我說完嘛，我能幫忙。」

「你是記者。」

「一個持心公正的記者。別忘了。」

「你是托克的兒子。」

「那還不能確定，DNA報告還沒出爐呢。」

「無所謂，反正是餿主意。」

「也許吧，不過我真的覺得我能幫忙。」

「怎麼幫？」

「像你說的，我是記者——美聯社的。總是有點分量。」

傑柏投給我詢問的一眼。「什麼意思？」

「你們想找到穆迪．林區吧？」

「對。」

「據我所知，如果穆迪不想被找到，就誰也找不到他。同意嗎？」

「他知道如何藏身，這點我承認。」

「他會躲起來是因為他不信任警察。他大概覺得納森．考爾德會陷害他，我聽說這兩人有點過節。」

「過節？」

我看得出傑柏在測試我，想知道我對納森的恩怨糾葛都知道些什麼。所以我順著他。「穆迪逮住了納森．考爾德跟法院行政辦公室的某個女人偷情，穆迪錄下了他們的幽會，把拷貝寄給了納森的太太。我的調查還可以嗎？」

「還不賴。」

「而你們還以為穆迪會開開心心跑進警長辦公室，把自己交給考爾德？會才有鬼。」

「我們會找到他的，不管是用什麼——」

「傑柏，有時候大家找記者是因為他們想讓自己的故事印出來當護身符，以免被黑心警察報復。有句俗話不是說陽光是最好的殺菌劑嗎？他們知道如果他們的故事讓社會大眾都看到了，他們被臥軌的機會就會小得多。」

「我們不會逼人去臥軌。」

「可是假設鎮上來了個記者，有人可以寫下穆迪的故事，有人的背後有一家主要的新聞媒體，穆迪有可能會願意跟那個記者談一談。」

「你覺得穆迪會願意跟你談？」

「為什麼不行？他還有什麼顧慮？」

「而要是他跟你聯絡呢？到時怎麼辦？」

「我拿到他的說詞……說不定我還能說服他自首——向你，不是納森。」

「就這樣？」

「我說的是也許。就算沒有什麼結果，我也能讓他談一談，告訴我那晚發生的事。」

「你會讓我們監聽？」

「不行。我不要設圈套。他必須知道我是獨立的，不是你們的幫手，否則他不會相信我——而且我也不會說謊騙他。」

「你會把他告訴你的話告訴我們？」

「我會讓他知道每一句話都會公開發表。」

「那你為什麼要讓我知道？既然你是那麼獨立，就不需要我批准。」

「我需要資訊。我需要知道那晚的部分細節，這樣我才能挑戰他。我不想讓穆迪跟我胡說八道。」

「你要我把調查細節告訴你？」

「只是個簡單的交易。你說我也說。」

「不然我也可以把你丟進牢裡，罪名是妨礙調查。」

「我懂法律，傑柏。我沒有義務跟你說一個字，而且我保持沉默也不算犯罪。只要我沒有什麼實際上的妨礙行為，你沒有立場逮捕我。我只是要求一點點細節，萬一我跟穆迪·林區聯絡上了，我可以問正確的問題——只是一點基本事實當個引子。」

「要是他聯絡你，你會讓我知道？」

「你說——我就說。只要給我一點簡要敘述。」

傑柏停下來考慮我帶領他走的方向。有需要踩點紅線，但如果可以找到一個被控謀殺的人，那代價可以說是無足輕重——至少我是這麼看的。

一兩分鐘的沉思之後，傑柏直視我的眼睛，說：「只有天知地知你知我知，好嗎？」

「我保證。」

他又回頭盯著公路，說：「我們那晚接到的九一一通報，是希克斯家打出來的，但是卻沒有人說話。打的是手機，不過我們現在在叫技術人員追蹤那支手機，尤其是比較新的有GPS的機型。我在警用電台上聽到時已經下班了，不過我家距離希克斯家沒那麼遠，所以我是第一個趕到現場的。」

「你開這輛車？」

「對。」

「沒有行車紀錄器？」

「納森開的是警車，所以他有錄影。」

「我能看嗎？」

「你不是只要一點背景資料？」

「好嘛。再來呢？」

「馬廄和屋子裡都有燈，因為打九一一的人不說話，我就假設是某種緊急的醫療事件，我向屋子走過去。我敲了門，等不到有人應門，我便進屋裡搜尋，後來發現安潔在她的房間裡。我想叫醒她，她卻昏迷不醒。」

「你趕到時附近都沒有人？你聽到什麼嗎？」

「什麼也沒有。不過我沒想到會發現命案現場。我以為……我不知道我是以為什麼，不過絕不是那個。」

「那你進去馬廄了嗎？」

「沒有。安潔的脈搏太弱了，還曾經呼吸停止，我給她口對口人工呼吸。她好像是虛弱到活不下去了。納森幾分鐘後抵達，他去了馬廄，是他發現托克的。」

「托克是怎麼被殺的？」

這問題讓傑柏在回答之前煩惱了一下。「我不能什麼都告訴你，不過如果你有機會跟穆迪說話，那知道托克是頭部遇襲可能會有幫助。我目前只能透露這麼多了。如果是穆迪殺死托克的，那他早就知道了。」

我想告訴傑柏他的秘密已經走漏了，薇琪已經告訴我傑柏現在很為難才透露的線索。我想她說在巴克利沒有秘密是說對了。不過我需要從傑柏口裡挖出更多消息。

「穆迪為什麼是頭號嫌犯？」我問道。「我知道他和托克合不來，可是你們只有這一點線索，再者，穆迪也只是其中之一。據我所知，本郡沒有一個人不討厭托克。」

「別太低估托克——討厭他的人不只有卡斯本郡。」

「我要說的就是這個，原因一定不只是怨恨。」

「我們有安潔的手機。她和穆迪那晚在發簡訊，安潔告訴穆迪她好害怕，說她需要他到農場來。穆迪同意了。他們要在午夜時安潔稱之為『老地方』的地方見面。我們認為老地方指的是馬廄，驗屍報告也說托克是在午夜左右被殺的。」

我想像那個場景，覺得有哪裡不對勁。「如果安潔和穆迪午夜要在馬廄見面……那她為什麼又服了安眠藥睡覺？」

「我們不確定。我們的推論是托克看見了簡訊，禁止安潔出去。如果是托克去和穆迪見面，那可能就是肇因。除非聽見穆迪的說法，否則我們沒辦法確定是發生了什麼事。」

「或是等到安潔醒過來。」

「也許吧，不過克癇平容易引發失憶。等她醒來，有可能她什麼也想不起來。所以跟穆迪談一談才會這麼重要。也許能解釋為什麼會發生這些事。」

「而這就是用得著我的地方。」

「喬，要是穆迪打電話給你，要讓我們知道。我不是在開玩笑。」

「你一定第一個知道。」我說。

17

傑柏領著我走在伊曼紐－聖約瑟夫醫院的走廊上，直接往加護病房走，到了護理站，傑柏向一名沒戴名牌的護士說：「嗨，珍。」我不由得好奇他來看過安潔多少次。傑柏跟護士說我是安潔的哥哥，她給了我禮貌的一笑，我點頭招呼，就這樣，我走進了安潔的病房。我大概靠自己也進得來。

病房有體液和酒精拭片的味道，稍微被消毒水味蓋過。安潔的口裡插著管，鼻孔也是，手臂上有點滴。她的手指上接著電線，大多數都消失在袍子的領口下。她的兩眼貼著膠帶，頭髮披散在枕頭上，油膩膩的。她的樣子好嬌小，一點也不像十四歲的少女。

「喬，見過安潔。」傑柏壓低聲音說。

我移向床側。「她能聽見我們嗎？」我問道。

「她的耳朵正常，所以我們說的話會進入她的腦子裡。至於她聽不聽得懂，那就難說了。」

我想對安潔說幾句話，但她對我是陌生人，儘管她和傑若米一樣是我的血親——如果我母親沒弄錯——但她仍是陌生人。她看起來無依無靠，孑然一身，小小的身體被維持她生命的管線纏著。我想告訴她她有哥哥，讓她知道她還有我這個親人。但是我沒說話，只在心裡琢磨這份親緣為什麼有這麼大的分量。

我轉頭低聲問傑柏：「她……你知道……是不是腦死了？」

「沒有。她的大腦有活動，她偶爾甚至可以睜開眼睛，移動手臂。醫生很樂觀，覺得她會醒過來。可是，喬……要是她真醒了，很有可能她會有問題。」

「問題？」

「神經系統上的，可能肢體上也有。她會需要治療，他們目前還不敢肯定，不過一般的病人都是這種情況。」

她的床邊立著一幀銀框照片。我認出了照片中有吉妮，想起了她在訃聞上的照片。她站在一個孩子和一個年長男性的中間。那個孩子大約四、五歲，我猜就是安潔——也就是說年長男性有可能是吉妮的父親阿文．希克斯。我很好奇這是幾時拍的，就拆開了相框背面查看。沒找到日期，但有人在背後寫了字。我唸了出來：「我的巴普，我的寶寶，我。」

「什麼？」傑柏問道。

「這張照片。」我拿給傑柏看。「我的巴普，我的寶寶，我。這個是吉妮嗎？」我指著照片中的女人。

「對，就是她。」

「她叫她爸巴普？」

「對，不過我不知道她是從哪裡學來的。」

「甘地。」我說。

「甘地？」

「嗯，我第一次是在那裡聽到的。你看過那部電影嗎——班．金斯利主演的那部？甘地的追隨者有時會稱他巴普，我覺得是表示對父親的一種尊崇。」

「有道理。」

「可是吉妮不是和她父親合不來嗎？」

「親子關係有時是很複雜的，喬。吉妮愛她爸，可他是個嚴厲的人。可能嚴厲不是貼切的形容。他脾氣大，而只要和吉妮有關，他好像就……嗯，我覺得差不多可以用貪心來形容，好像他需要控制她的每一個小地方。我和吉妮在約會的那時候，我——」

「等等。你和吉妮約會過？」

「對。你大概可以說她是我的中學甜心吧。我去從軍之後就結束了。那時她家那個老頭子就像個士官長，竭盡全力要她聽話，結果只是讓她更叛逆。我猜他們父女的關係就是從那時開始變得走下坡了。」

「可她還是叫他巴普。」

「他是她的父親，永遠都是。她寫的時候……」傑柏看著安潔，忍住了底下的話。只朝門口點點頭。「我們去喝杯咖啡。」

我們一到走廊上邁開步子，他就說：「吉妮在遺書裡寫到她父親。希克斯去年心臟病發作過世了。到最後的時候，他和吉妮已經不說話了。他們不說話有好一陣子了。不過主要是希克斯的錯。他討厭托克．塔伯特，討厭的程度我見都沒見過。他想盡了辦法要讓吉妮結束這場婚姻，她不肯順從，他們就不再往來了。」

「妳覺得她不肯順從是因為她真的愛托克嗎？」

「說真的嗎？我覺得如果希克斯不要插手，吉妮最終會找到勇氣離開托克。吉妮只是用一個愛控制的男人來換另一個。托克就是個混蛋，喬，可是他有那種壞胚子的調調。我想吉妮是覺得只要她夠用力打磨，她就會發現她要找的東西就藏在核心裡。」

我們來到了休息區，沒買咖啡，只是兩人對坐，中間隔著小桌子，桌上四散著兒童的著色簿和雜誌。

「那她在遺書裡寫了什麼？」我問道。

「她說她和她父親有這種結果讓她沒辦法帶著罪惡感活下去。希克斯總是說她被剔除在他的遺囑之外，但是他死後卻發現他根本就沒有立遺囑。他只是在唬人。她的遺書說她發現了希克斯自始至終都是愛她的，她整個崩潰了。」

「她是因為內疚自殺的？」

「沒道理，對不對？」

「你們是在哪裡找到遺書的。」

「她的電腦裡。」

「她的電腦裡？」我完全沒掩飾自己的難以置信。沒有手寫的遺書，沒有簽名。她在繼承了幾百萬元之後的短短幾個月後自殺，喔，對了，順帶讓托克也變成了百萬富翁。簡直太可疑了。

「你們調查過了？」

「對。托克有不在場證明。」

「可靠嗎？」

「監控畫面。吉妮繼承了農場之後，托克就辭掉了達伯修車廠的工作。可是後來他買了輛車子，一九七〇年的三菱GTO。吉妮死的那晚，他在廠裡保養那部車。車廠有兩台監視器，我們有他走進車廠的畫面，內部的監視器對準了辦公室的門，他們把汽車鑰匙和現金都放在裡面，雖然看不到托克在裡面，因為他在另一邊保養車輛，可是你能看到他工作時的陰影和動作。」

我向後靠，打量傑柏的臉孔。他的話聽來真誠，至少是就事論事，但我能看出他的眼睛後有疑問。「你覺得是托克殺了吉妮的是吧？」

「我覺得托克．塔伯特是條狗，」他說。「我覺得他看吉妮只看到錢，是一張很大的飯票，只要他能夠讓這個婚姻維持得夠久。而且……我覺得要是托克對吉妮做了什麼，我們也永遠不會知道。」

「那安潔呢？」

「她怎麼樣？」

「她為什麼要服克癇平？那晚出了什麼事？」

傑柏低眉看著桌子，扭轉著手指上的婚戒。「都怪我。」他說。

「什麼意思？」

「托克死的那天，安潔來了辦公室。我在那裡，我們聊了聊。她想要吉妮的遺書影本。我們有一份影本，收在一個檔案裡，在吉妮死後就公開了。我不覺得給她是個好主意。你還沒當爸爸吧，喬？」

「還沒。」我說，不過我忍不住想到傑若米。

「我有兩個女兒。安潔想要她母親的遺書時，我就想到我的女兒。我不知道該怎麼辦，我是說，安潔有權利看她母親留下的東西。我沒有法律上的理由不讓她看，可是我問自己：如果我是她的父親，這麼做對嗎？我會想讓我的女兒讀她們母親的遺言嗎？最後，我覺得她有權利看，我就給了她了。我真是後悔。」

「你覺得是她讀了遺書才會自殺的？」我說。

「那幀照片——放在她床邊的——那晚我幫她急救的時候發現壓在枕頭底下。我也發現吉妮的遺書也壓在底下。所以，對，我覺得是遺書害她走上絕路的。我想不出別的理由，否則的話，她為什麼要把兩樣東西藏起來？」

18

我們在中午前回到了巴克利，小鎮的人似乎都在睡午覺。傑柏把我送到摩鐵停車場，我發現查理的凌志就停在和我的門隔兩格的停車位上。傑柏離開後，我掃瞄了窗戶，看到我隔壁房間的窗簾抖了抖。查理叔叔跟我是鄰居。

我在前往曼卡多去看安潔前關上了手機，所以我一面往房間走一面打開手機查看訊息。有一通未接電話，號碼和地區都很陌生。那人留了言，我就播放來聽。

嗨，我是喬愛特．布雷克。我對你那篇達賓思參議員的報導有點問題。你可以回電嗎？

又來了，每次這場混蛋官司一浮上心頭，我的胃裡就會冒出噁心欲嘔的氣泡。我知道無論我去不去想，我的糾葛都還活著，在呼吸——那頭妖獸就埋伏在我的注意力的角落之外——但是就像拿手摀著眼睛的小孩子，部分的我想要相信只要我不讓它佔住心思的前庭，它就會消失。就算不為別的，起碼我不會隨時都想吐。我看著布雷克女士留下的號碼，呼吸了幾口，穩住我的胃，這才回撥。

「布雷克女士？」

「對。」

「我是喬．塔伯特。」

「哈囉，喬。謝謝你回我電話。我對你寫的那篇參議員的報導有幾個問題。首先，你應該知道身為你的律師，你對我說的話都會列為機密。你了解嗎？」

「了解。」

我能聽見布雷克女士在翻紙，可能是在找一個好的起點。幾秒鐘後，她接著說：「喬，根據起訴書，達賓思參議員堅持每一件事都是你捏造出來的。我想我們應該從這裡開始。那些事是你捏造的嗎？」

「不是，我沒有捏造。報導裡的每一件事都有可靠的來源。」

「這個來源是誰呢？」

「我不能告訴妳。來源必須保持匿名，這是說好的條件。」

「我了解，」她說。「可是別忘了，你說的話都會是機密。」

「妳為什麼需要她的名字？我都跟我的編輯愛麗森．奎斯說過了，她知道來源是誰。她核准了報導。」

「愛麗森不是你的律師，喬。我需要知道所有的事實才能幫助你——好壞都要。」

「我覺得良心不安。我做了承諾，我告訴我的消息來源除了愛麗森和我之外不會再有人知道她的身分。」

我想到我的消息來源以及我和她見面的那晚，她一面說一面哭。我們坐在我的車子裡，在美國商場停車場的最頂樓。那天的生意冷清，所以整個樓層大致只有我們兩個，一陣輕雨更為我們遮掩住窺探的目光。她的名字是潘妮，我們是在明尼蘇達大學的新聞學院認識的，我跟她不是很熟，但是也知道她是個活潑風趣而且已婚的女性。

她跟我說畢業之後她在一家公關公司找到工作，後來攀上了高枝，為一名叫陶德．達賓思的參議員當傳訊主任。然後，在潰堤的眼淚中她說：「我闖禍了，喬。我闖了大禍。」

我從中控台拿出面紙給她，在座位上轉身看著她。她直視前方，盯著打在擋風玻璃上的雨點。我想說幾句安慰話，可是我又不清楚她是做了什麼。況且，你沉默以對，讓別人來填滿冷場是最容易讓他們打開心扉的，所以我就靜靜等待。

「我外遇了，喬。我不知道是為什麼。我愛我先生——你記得麥克吧？」

我不記得，不過我很確定在某個時候見過。我點頭說：「嗯。」

「我愛麥克，他是個大好人。可是陶德就是有那種……我也說不上來。」

「陶德．達賓思？妳工作的那個參議員？」

「我今天早上辭職了。」

我看得出情勢的走向，所以我就問：「是什麼事讓妳辭職的？」

「我們……我們兩個外遇到現在差不多半年了，昨晚……」潘妮又要失控了，但她閉上眼，做了幾個深呼吸，平靜下來。「昨晚我們在他家裡，他太太是應該不在家的。她跟陶德說要去南達科塔看她母親。嗯……我去了陶德家，他做了燭光晚餐。」

潘妮別開臉，額頭抵著車窗，玻璃上涓涓雨水交織。「我不知道我為什麼會做那種事，喬。

我發誓，我不知道是為什麼。我愛麥克，我們有個漂亮的兒子。我不想毀了我的婚姻。你得答應我不會把我的名字說出來。答應我。」

「我答應。除非我可以不讓妳的名字曝光，否則我不會報導。」

「這一點我完全都仰仗你了，喬。我必須把事情說出來，不能讓他做的事輕鬆過關。」

「他做了什麼，潘妮？」

「陶德的太太回來了，她走進來就看到我們……就那樣。喬，場面很難看。陶德開始對他太太吼叫，好像居然還是她的錯。我收拾東西，可是沒辦法離開房間。被他們擋住了。我嚇壞了，他太太對著他大吼大叫，也對我大吼大叫。」

「她想傷害妳嗎？」

「沒有。重點就在這裡，她在吼叫，可是她是心碎，而不是生氣。而且陶德一直刺激她，我只想離開。然後情況就失控了。」

「出了什麼事？」

潘妮在座位上轉身面對我，哭得眼睛又紅又腫，但是不再有淚水。「陶德罵了她一些很難聽的話，她就吐他口水。然後——事情發生得太快了，眼睛都來不及看——他打了她，打她的臉，非常用力。把她打得摔在地上，我還以為他可能把她打死了。我沒看過有男人那麼生氣的，他好像是忘了我還在。我跑了出去，離開了。」

我甩掉我和潘妮見面的記憶，回頭專心我和布雷克女士的對談，衡量著我向潘妮做的承諾以及朝我迎面而來的毀滅性問題。我不想食言而肥，可是布雷克女士需要知道潘妮的事，她需要知道報導是真實的。「要是我告訴妳我的消息來源是誰，她說了什麼，妳絕對不會說出去？」

布雷克女士頓了頓，然後說：「沒有你的許可，我是不會洩漏的。」

「妳可以保證嗎？」

「可以，喬。我保證。」

有了這份保證，我告訴了喬愛特・布雷克那一晚陶德・達賓思參議員打了他太太，傷勢嚴重到必須就醫。

「我有達賓思和潘妮的簡訊影本，可以證實他那晚邀她去他家。我有九一一的錄音帶證實達賓思叫了救護車。我有警方的紀錄證實了他太太的傷。這一切都證明了潘妮告訴我的經過。」

「可是九一一電話和警方紀錄上說的是達賓思的太太從樓梯上摔下來。」

「他當然會向警察那麼說。達賓思是不會承認他打了太太的臉的。事實俱在，證明了那晚潘妮就在現場。」

電話陷入沉默，我猜測布雷克女士是在讓每一塊拼圖就位。我寫的報導是真實的。

「他是在賭一把。」她說。

「妳說什麼？」

「這件誹謗官司——只是一場豪賭。達賓思的生涯已經完了。你的報導殺了他，在政治上。要是他還想要爬回層峰，他需要翻轉這篇報導，來個一百八十度大轉彎。要是他能把這件事扭轉為是媒體的謊言和假新聞，他就能重整旗鼓。但是這個策略要成功唯一的條件就是你有沒辦法證實你的報導是真實的，你不能透露你的消息來源的身分。他在賭潘妮不會出面，如此一來，他就能讓報社撤銷報導，公開道歉。」

「我不會說出我的消息來源。」我說。

「我了解，喬，可是這麼一來我們就進退兩難了。現在是你和他各執一詞——加上他太太的說法。別忘了，她支持他的說法。而世人只知道房間裡只有他們兩個人。沒有潘妮，我們就什麼都沒有。」

我沒回答，我不會把潘妮供出來，沒得商量。我回想那個雨夜，她瞪著什麼遙遠的想法說：「達賓思太太不應該讓陶德那樣子對她，誰也不應該受那種罪。我不能讓他做了那種事還能逍遙自在。」

然後，潘妮彷彿是聽出了她話中的虛偽——看出了陶德施加在他太太身上的傷害，卻沒看出她自己造成的傷害，潘妮又說：「我知道我做錯了。我現在會竭盡全力來糾正。所以我才會跟你說，可是我不想為這件事賠上我的家庭，我不能為這件事失去他們。」

接下來是布雷克女士說話。「愛麗森．奎斯提到你請了幾天假？」

「對。我……有家人過世了。」

「喬，你應該知道他們在激烈爭辯該如何處置你——以及愛麗森。他們尚未決定。你可能得考慮休息一陣子。」

「為什麼？」

「從他們的角度來想一想。如果你沒上班，沒寫新聞……那……」

「要是我沒去上班攪亂一池水，他們可能就不需要開除我？」

「我是不會這麼說的，不過，對，或許可以讓情況稍微降溫。」

我在和布雷克女士通電話時一直在房間裡踱步，但是她暗示說我很可能會丟掉飯碗讓我的膝蓋骨都變軟了，我不得不坐下來。「我們說的是多久？」

「我不曉得。」她說。

我又覺得噁心想吐。「我會和愛麗森談一談。」

結束了布雷克女士的電話之後，我倒在床上。請假，就等於沒薪水。要請多久？律師考考完之後，莉拉會回去上班，可是她的薪水就那麼一點，我們撐得下去嗎？萬一她考試沒過，萬一我的請假變成永久的呢？我不想打給愛麗森，可是布雷克女士似乎覺得這麼做從長遠來看可以幫我保住飯碗。誰知道呢，說不定愛麗森會給這個主意亮紅燈呢。我發給她簡訊：

我在考慮請假，妳覺得呢？

接下來的十分鐘我都盯著手機，等待答覆。然後就來了：

這樣可能最好。

19

我要如何向莉拉解釋我沒工作了？我不是被開除了，可我會有一陣子沒辦法帶薪水回家了。我應該跟她說嗎？她為了律師考壓力已經山大了。真慘。

我躺在那間寒酸的摩鐵床上，腦海裡隨波飄流的只有我的事業消亡的想法，忽然，一個新的點子出現了，是一個畫面：薇琪．派克指著一片綠海說：「這是你的農場。」有可能嗎？有可能我真像俗話說的正站在黎明前最黑暗的時段？

傑柏提到過鎮上有律師——穆倫——可以告訴我希克斯房地產的事。該是去拜訪穆倫先生的時候了，查探清楚二號房裡的人在打什麼算盤。無論有什麼可能，都比一號房裡在旋繞的屎尿風暴要強。我在手機上查穆倫先生的地址——跟摩鐵只隔幾個街區。看來在巴克利不管什麼都只隔幾條街。

穆倫的辦公室像個小小的黃色磚盒，小窗子躲在一排過於茂盛的灌木後。除非是刻意在找，否則很容易就會錯過這個地方。我第一次走這條街時就經過一次，我看了兩次才看到門上掛著小小的招牌，寫著「法律事務所」。這樣的地方實在很難給人信心。

我轉了轉門把，發現鎖住了。我敲了門，靜待來人。正要敲第二次，就看到了有張便利貼掉在地上。上頭寫著：要找我請打電話。底下有一排號碼。

我打了。

「喂？」一個低沉的聲音回答。

「喂。我想找巴伯．穆倫，那位律師。」

「你找到了。有什麼事？」

「我希望能安排個時間，或是和你談一談。我叫喬．塔伯特。」

另一端無言。

「喂？」我說。

「喬．塔伯特？就是……」

「就是托克．塔伯特的兒子。有人叫我來找你，我在你的辦公室。」

「我馬上到。」他掛上了電話，連聲再見也沒說。

對街有聲響，吸引了我的注意。那是一棟古舊的維多利亞式房屋，佔據很大一片角落土地，壁板漆著藍綠色，像氧化的青銅。我還沒見過巴克利所有的房子，但根據看過的部分，這一棟八成是最富麗堂皇的。我又聽到了那個聲響——門的吱嘎聲——然後我看到一個人走出了屋子。他年紀大，可能七十了，禿頭，滿臉于思。他一手拿著三明治，另一手抓著一瓶水。

他邁步要踏上門前小徑，眼睛盯著我，步態徐緩謹慎，好像是膝蓋不適，或是髖骨生鏽。他把三明治換到拿水的那一手，方便他抓著扶手，拾級而下，等他站到路面上，他停下來喘口氣，然後穿越馬路，往他的事務所前進。

「穆倫先生？」我問道。

「正是。」他掏出鑰匙，打開了門。「請進。」

他的事務所的內部並不比外觀高明多少：鑲木板牆掛滿了褪色的照片，褐色地毯被來來往往的腳磨薄了，骯髒的天花板瓷磚也因歲月而下陷。事務所有一處小小的無人接待區，有一張金屬桌，可能是在學校大拍賣時買的，桌上光禿禿的，只有一台電腦螢幕。過了接待區是另一間辦公室，比較大，有一張漂亮的木桌，堆滿了文件，一面牆排著四個金屬櫃。

我在接待區等著穆倫先生把桌面的檔案清理好。等待時，我走向牆上掛的一張照片，是前埃及沙達特總統和吉米．卡特總統握手的老照片。兩人隨意地閒聊著，而一群骨幹幹部在後方微笑聊天。我不禁好奇為什麼這張照片會在這個小鎮律師的辦公室牆上佔有一席之地——然後我看見了。背景中有個人和穆倫先生極其神似。我看著律師，再回頭看照片。

「這是你嗎？」我說，指著照片。

「嗄？喔，對，就是我。」穆倫扭頭看，一面把文件塞進檔案櫃裡。

我走向另一張照片，看見他在印度總理甘地和一個我相信是前國務卿賽勒斯．范錫的男人握手照的背景裡。我繞了接待區一圈，看著一張又一張的照片，橫跨七〇年代晚期到九〇年代早期，達官顯要以及國家元首為拍照擺姿勢，而在每一張的背景中都有巴伯．穆倫。

他把最後一份檔案收好了，邀請我進他的辦公室。

「這些照片很了不起呢，穆倫先生。」

「是我太太掛的。咳，請叫我巴伯。」他指著一張椅子，我們都坐了下來。

「你是在國務院工作嗎？」

「一直到柯林頓的第二任，然後我才退休了。」

「真厲害。」我說。

「其實沒有那麼厲害。」他切入正題。「那，請再說一次——你的名字是喬‧塔伯特？」

我坐得舒服後就把我出生的故事告訴巴伯，至少是我知道的那部分。巴伯很有耐心，大多數時間都盯著我，只有在他似乎需要心理圖象時才會別開目光——比方說是我告訴他托克打我媽時。

「你沒見過托克？」他在我說完之後問道。

「沒有。」

「你也沒見過吉妮？」

「沒有。」

他指著我後面牆上的一幀照片；我認出了吉妮。巴伯站在她旁邊，而吉妮另一邊的女人一頭銀髮，笑容真摯，用一條手臂摟著吉妮。

「那是她和我和內子。吉妮替我工作，是我的……嗯，她是我的臂膀，我想不出更好的形容詞。我真的很傷心她發生那種事。」

「很遺憾。」我說。

「你知道安潔嗎？」

「我今天早晨去看過她。」我說。

「有什麼變化嗎？」

「好像沒有。」

巴伯重重嘆了口氣。「那家人出了那種事實在是太不幸了。真是悲劇。而你卻又來在一團混水中攪局。」

「我不是來攪局的，」我說。「某個可能是我父親的人被害了，我想調查清楚。我對吉妮和安潔一無所知，沒期望能得到什麼，最多就是找到個窩囊廢住在破爛拖車裡，靠打零工生活。來找你不是我的本意，可是傑柏．路易斯覺得你應該知道有我這個人，所以我才會來這裡。」

巴伯輕撫鬍子，點點頭。「原來如此。我很抱歉……哦，我是個壞脾氣的老頭子。吉妮和安潔就像是我的家人。」

「托克不是？」

「不，托克不是。別介意，不過托克是個混蛋。」

「我聽說了，而且我一直在自問既然托克是那麼一個混蛋，吉妮為什麼不離開他。」

「問得好。以我個人來說，我覺得一開始是為了跟她父親作對。吉妮是個個性很強的女孩子，可是她有很深的不安全感。後來，安潔出生了，監護權之戰又——」

「監護權？」

「對。希克斯提出申告，說吉妮是不適任的母親——因為她不肯和托克離婚，而他絕對是個不適任的父親。希克斯想說服法官單憑吉妮和托克同住就會置安潔於危險之中。可能是真的，但是想讓法官同意把一個小女孩從她母親身邊帶走，談何容易啊。我勸過希克斯，他卻覺得別無選擇，他不顧一切想把托克從吉妮的人生中驅逐出去。」

「你是她的律師嗎？」

「不是，我沒插手。希克斯請了雙子城一家著名事務所的律師。吉妮找了一個傑克森的本地女律師。官司鬧得很難看。希克斯輸了，他和吉妮的父女關係也從此斷絕。我想他們之後就再也沒說過話了。」

「聽起來希克斯好像是罪有應得。」

「你是什麼意思？」

「希克斯想把安潔從她母親身邊帶走。另外，我還聽說希克斯跟吉妮說他要把她從遺囑中剔除，希望能破壞她的婚姻。希克斯感覺也是有點混蛋。」

幾秒過去了，巴伯思索著我的話，彷彿我剛才帶領他以一種全新的角度去看希克斯。然後他說：「其實他並沒有。」

「他沒有什麼？」

「他沒有把她從遺囑上除名。他可能空口恫嚇過，但是他沒辦法那樣子對他的親生女兒。」

「不錯，可……怎麼會有人威脅自己的女兒呢？」

「希克斯的做法，他做的事都有最善良的用意。內心深處他是個好人。我來告訴你一個阿文．希克斯的故事。上一次的經濟衰退之後，希克斯的一個鄰居，一個叫雷伊．派克的人，日子很不好過。他需要錢，而希克斯想出了一個辦法來幫助雷伊卻不傷他的面子。希克斯提出要買下雷伊土地的期權。你知道什麼是期權合約嗎，喬？」

「不太清楚。」我說。

「嗯，希克斯付給雷伊兩萬，買下一百畝土地。他給了雷伊這筆錢，那塊土地就被他鎖定了價錢，而希克斯有十年可以執行合約。但事實上，希克斯不打算要執行合約。他打算讓合約失效。那麼一來，他等於是把那筆錢平白送給了雷伊．派克，而雷伊根本就不知道是接受了救濟。」

「我不應該那樣子說希克斯的，」我說。「不關我的事。」

穆倫聳聳肩。「恐怕還真和你有關呢。吉妮過世後，財產由托克繼承，他寄了通知給雷伊．派克，說他打算要執行合約。那是程序裡的第一步。現在既然你也可能是繼承人，雷伊的土地就有可能變成你的——好像農場還不夠大似的。」

「是有多大？」

「沒加上派克那片土地的話，就有七百五十畝之多。很肥沃的田地。你知道肥沃的田地值多少錢嗎？」

「我一點概念也沒有。」

「價值會波動，但是保守的估計是每畝地七千五百元。」

我忙著心算，這個數字卻在我的腦海裡夾纏不清。等數字變得太大，我就放棄了。巴伯幫了我。「光是土地就價值五百萬，可能接近六百萬。再加上房屋穀倉和設備。」

我說不出話來。

「當然了，如果你是托克的兒子，你就會和安潔平分。」

「當然，」我說，努力讓語氣平靜冷淡。他開始說明遺產認證程序，但他的話在我的腦子裡落在一堵數字和噪音的牆後。六百萬。六的一半是三。三百萬元。媽唷，三百萬欸！夭壽喔，我是百萬富翁欸——是個幾百萬的富翁！而巴伯說還是保守的估計。我努力想像那麼多錢是什麼樣子。

「……而等到我們取得了證明，下一步是——」

「不好意思，」我說，因為「證明」兩個字把我的注意力拉了回來。「你說證明是什麼意思？」

「嗯，喬，我相信你了解——我不能單憑你說你是繼承人我就照單全收。這只是一個法律形式，不過會需要測試DNA。」

「已經做了。」我說。

「你做了？」

「對。我剛來這裡，金寶警長就採了我的DNA樣本。他們覺得我可能涉嫌托克的命案。如果我是他的兒子，我就有了動機。」

巴伯往後靠著椅子，額頭皺了起來。「我能理解警長的用意，」巴伯說。「而你應該知道明尼蘇達有一條法律——殺人者法規——如果你涉及殺害某人，你就不能繼承他們的財產。」

「拜託，我沒殺托克。」

「我沒說是你殺的。我只是說在遺產認證上可能會有問題，而那些問題必須解決。如果有任何疑問，就什麼事也做不了。我看過類似的案例懸而未決了好幾年，只為了等破案。讓我們希望不會是這種情況。」

「你見過托克的弟弟查理嗎？」

「查理。」巴伯差不多是把這名字當口水一樣吐在地上。「他來這裡想要我提出對安潔的監護權的申請，我叫他滾出去。」

「你不喜歡查理？」我問道。

「吉妮不喜歡查理，她說他不想跟她和托克有任何關係，從來也沒來探望過，從來沒見過安潔。可是希克斯一死，查理突然就找上門來了，滿臉是笑，滿嘴屁話，想用吉妮的房地產來抵押借錢，一看不能得逞，就又想叫托克跟他合夥做生意。吉妮並沒有一五一十告訴我，但是聽起來就很可疑。她說服了托克拒絕了他弟弟。之後沒多久她就……呃，去世了。」

「你調查過查理嗎？」

「只是粗略地調查了一下。怎麼了？」

「他有點不對勁。我也說不上來，可是我覺得一定是跟幾年前的一場火災有關。查理的生意被一把火燒光了，連同他的生意夥伴。」

「你覺得可能是縱火？」

「我沒有具體的證據，可是我昨天和路易斯副警長談過，我有種感覺其中必有蹊蹺。」

穆倫抬頭看著牆上的照片。「知道嗎，我在聯邦調查局還有一些人脈，我可以問問他們能查到什麼。我得跟你說，喬，一想到查理帶走安潔，我就傷心難過。就算天底下的人都死光了，吉妮也不會願意讓那個人來照顧她的女兒。那個人要的只是她的錢，我很肯定。在安潔滿十八歲之前，他有辦法吸走她繼承的不少財產。」

「社福系統或是寄養家庭呢？」

「法院比較喜歡讓兒童跟著親屬。查理在這個競賽上佔了最有利的位置。」巴伯看著我，眼睛後的憂傷減輕了。「不過如果還有別的親屬……比方說是，哥哥。」

「不，」我趕緊說。「我有個自閉症的弟弟，而且我已經是他的監護人了。我沒辦法再撫養一個手足。」我的手機響了，我向巴伯道歉，把手機從口袋掏出來。是莉拉。我讓它轉入語音信箱。等我和穆倫律師談完之後我再回她電話。

「真的？你已經走過監護權程序了？」

「對，而且很慘烈。我母親跟我從那時開始就不說話了。」

「你有工作嗎？」

「我是美聯社的記者。」

「結婚了？」

「有女朋友。」

「你很有機會把查理做掉。」

「很抱歉，巴伯。我沒辦法。我根本就不認識安潔。」

「考慮考慮，我只要求這麼多。」

我的手機又響了，有簡訊。「不好意思，」我說。「我需要查看一下。」我看著簡訊，是莉拉發的。我點開來。

傑若米受傷了。我需要你立刻回家。

我抬頭看著巴伯。「對不起，可是我得走了。」

20

我昨天早晨離開聖保羅，一路順風——遇上了大風暴——把我推向南，再推向西，再進入鄉村的核心。我覺得是因為想到了我父親我才到那兒去的，同時也被那個換換風景可以解決掉我背後的問題的這種希望所驅使。但是自從抵達巴克利之後，我卻把每一件事都弄得更糟。我不接莉拉的電話，還向報社請假。這些發展都在我趕回聖保羅時重重壓在我心上。

然而，儘管是暴風雨我仍舊忍不住跟著收音機唱著幾乎每一首歌。我微笑，大拇指拍著方向盤，沒辦法把巴伯·穆倫的話從腦海中遺忘。我有可能繼承三百萬，而這件事，我覺得，可以大大地平撫那一堆崎嶇坎坷。

我走進了公寓，發現傑若米坐在沙發上，一個人，我們的臥室門關著，我假定莉拉是坐在書堆裡。傑若米的左手腕上吊了彈性繃帶，左手臂牢牢放在肚子上。他正唸著擺在大腿上的一本書，利用右手手指來壓住書頁。

「嘿，兄弟，」我悄聲說，還不想讓莉拉從臥室出來。我在傑若米身邊坐下，看著他的胳臂。「會痛嗎？」

「我覺得會，」他說。「我也許是扭到了。」

「怎麼發生的？」

傑若米把眼睛轉回書本上，是《小飛象》，不回答我的問題。我也沒追問，知道我會從莉拉那裡聽到完整的經過。

「你的書在說什麼？」我問道。

「也許他們把小飛象媽媽關進了監獄馬車裡。」他說。

我看著書，看到了母象和小飛象寶寶從鐵窗裡伸出了鼻子要碰觸彼此，一顆肥大的眼淚從小飛象的臉頰滑落。我看著傑若米毫無表情的眼睛，很好奇在他翻頁後還有多少故事留在他的腦子裡。他幾乎不談過去，如果談起，那些回憶也似乎是缺乏任何情緒。他談起大吵的那一晚——就是我踹了賴瑞膝蓋的那晚，但是他從沒暗示過他離開我們母親的公寓——他的家——有什麼感覺。而且，我想，我也沒問過。

「莉拉在房間裡嗎？」

「也許她在你的房間。」他說。

「我馬上就回來。」我站起來，往臥室走，進去之前先輕敲房門。

莉拉漂浮在一片紙張和書籍之海裡，是一艘沉船的殘骸中唯一的倖存者。「書讀得怎麼樣？」我問道，不理會我們之間說過的那些難聽話。

莉拉似乎也願意忽略我們最近的麻煩，說：「我沒辦法保持頭腦清醒。我讀了一堆字，想要敲進腦袋裡，可是一小時後我連一個字也不記得。」她把書放下。

「妳太擔心了。放鬆一點，妳會考得很好的。」

「叫我放鬆並不能幫我放鬆。」她的語氣有點衝，我識趣地換個話題。

「傑若米的胳臂是怎麼了？」我問道。

「他摔倒了，」她說。「聽布魯斯說，他正在拖地，結果在樓梯上滑了一跤。」

「布魯斯，」我說，稍微壓低聲音。傑若米的教練是應該要預防這類意外發生的，他應該要指導他，看著他。「傑若米摔倒的時候布魯斯在哪裡？」

「不知道。他大概今天早上十點打電話來，說他發現傑若米倒在樓梯腳。我只好跑到學校去帶傑若米去醫院。只是扭傷，可是喬，我們在急診室裡待了三個小時。我覺得我去了一整天。」她指著她的書。「資格考只剩四天了。我需要每一分鐘念書，我沒有時間……」

「我知道，」我漫不經心地說。「會順利的。」

「不，喬，不會。傑若米要等傷好了才能去上班。你要在這裡陪他嗎？我需要念書。我很害怕，我不能落榜，我不能。」

我靠向莉拉，一手按著她的膝蓋。「妳不用緊張，」我說，臉上掛著傻笑。「我們就要變百萬富翁了。」

「我不是在開玩笑，喬。」

「我也不是啊，」我說。「我父親是有錢人——多少是啦。」

我把幾本書挪開，讓我能面對著她訴說托克和吉妮的事，以及他們的七百五十畝農田就要變成我的——至少一半是我的——的千絲萬縷。我最後用一個花俏的肯定來讓她驚豔。「律師告訴我我的那一份價值……三百萬。」

莉拉一臉愕然，也有點迷惘。我被興奮沖昏了頭，傻傻地說下去。「妳自己加給自己的那些壓力——通過律師考——現在不必擔心了。」

她看著我，一副簡直不能相信我會說這種話的樣子。「你知道我參加律師考——成為律師——從來都不是為了錢。」

「我知道，」我說。「我只是說妳不必承受那麼多壓力。」

「而且你連一毛錢都還沒有拿到手。天知道你幾時會看到那筆錢，或是有沒有機會看到。」

莉拉停下來喘口氣。「喬，我很開心，真的。如果這筆錢存在，那很好。可是那還不是你的錢。有太多的地方會出錯。」

「依我看來，唯一可能出錯的地方是另外一個人弄大了我母親的肚子，她卻怪在托克・塔伯特的頭上。」

「而你覺得是不可能的嗎？」

「我這輩子都聽她說我是一個叫喬・塔伯特的人渣的雜種兒子。她為什麼要騙我？」

「我並不是說她在騙你，我是說除非簽了名、封好、郵寄過來，否則的話那筆錢只是樹叢裡的一隻鳥。」

「是三百萬隻鳥。」我說，又露出傻笑。

逗得她也笑了。「我很高興你回來了，」她說，把手放在我的手上。「我真的需要有人照護傑若米。我今天什麼也沒念。」

「對，說到這裡……」

「怎樣？」她放開了我的手。

「我需要回去巴克利。」

「傑若米得在家裡休息到手腕恢復，」她說。「你需要留在家裡照顧他。」

「我可以帶他一起去。」話脫口而出，彷彿我一直都是這麼計畫的。不過我根本就是無心的話，可我還是沒改口。「我可以帶他去巴克利幾天，而且——」

「幾天？那你的工作呢。愛麗森會怎麼說？」

「對，這是另一件事。我目前有點失業。」

莉拉瞪大了眼睛。「他們開除你了？」

「不是，只是他們強烈鼓勵我休息一陣子——請假休息。我的律師說他們對於要不要開除我猶豫不決，我請假也許能暫時避避風頭。」

「喔，喬。」莉拉一臉驚愕。

「只是等到達賓思參議員這件事解決為止。」

「那可能要好幾個月。」

「不過我不需要這份工作——只要我是托克的兒子。妳不明白嗎？」

「那這段時間我們要靠什麼過日子？我們現在就過得很拮据了。」

「所以我才需要回去巴克利。我可以幫忙調查。托克的命案越快解決，他們就能越快處置遺產。」

「他們那邊難道沒有專業人士可以調查？你又能幫上什麼忙？」

「那邊的警長深信是一個叫穆迪・林區的小子殺死托克的。我覺得我可以讓穆迪自首，至少可以讓他和我談一談。我是記者。大家都喜歡跟記者說話。要是我能讓這個小子從藏身處出來，案子就可能破得快一點。」

「傑若米不會習慣摩鐵房間，你也知道。別帶他去，餿主意。」

「不，是好主意。妳可以安安靜靜念幾天書，我可以陪我弟弟，傑若米也不必去上班，這是個三贏的局面。」

「在你帶他去之前好好想一想，別衝動，要是你還是想把你弟帶去巴克利，我不會阻止你。」

「我會好好想一想的，」我說。「不過，沒事的，我發誓。」

莉拉只是搖頭。

21

這晚我煮義大利麵，讓我回想起我們三個共進的第一餐，那時我才剛吸引了莉拉的注意。她那時是我的鄰居，是我心不在焉的主要原因。我竭盡全力想打開一扇門進入她的世界，但是我的努力卻大致被忽略，一直到傑若米過來和我同住幾天那次我才說服了莉拉和我們一塊吃義大利麵晚餐。我從來沒跟她說過，不過有時我晚餐煮義大利麵只是為了要重溫那晚的一段小小時光。那時我只想要莉拉在我的人生裡——就算只是一頓飯也好。這些年來，那段回憶變得遙遠渺小，可是我仍會煮義大利麵；我仍然嚮往那段從前。

我做飯時莉拉待在我們的臥室裡念書。她出來後，我們幾乎是靜悄悄地吃飯，莉拉用字卡複習，喃喃唸著她的助憶順口溜，傑若米專心吃麵條，小心不把醬汁滴在襯衫上，而我則觀察他們兩個，忖度今年夏天熬不熬得過去。我們的手頭一向很緊，但是現在我沒了工作，而我們這個小家庭的成敗只在一線之間，而這條線似乎細得像鋼琴弦。為了讓我的血壓穩定下來，我想著那筆觸手可及的錢。我很肯定那會是我們的救命大禮，所以我才非去巴克利不可。

晚餐後，我幫傑若米收拾行李和盥洗用具，保持低調。我不想再和莉拉重啟戰端，而且傑若米也不需要知道早晨等著他的激變。我收拾了光碟，可以用我的筆電播放電影，這可以讓他有事做，好讓我去獨自辦事。我也要他挑幾本書在路上看。他選了最愛的兩本：《小飛象》和《小鹿斑比》。

大約是夕陽西下的時候，我指引傑若米完成了睡前準備，看著他上床。我偷看莉拉，她正埋頭苦讀，默記名詞和案例，於是我就去沙發上看電視。我通常都看新聞台，但是那晚，我轉到旅遊頻道。我沒看過旅遊頻道，因為——唉，我何苦去看？那就像是挨餓的難民在翻閱食譜。

我坐在那裡看著挪威的峽灣，猛地想到莉拉跟我在一起的六年裡，我們一次也沒有去旅行過，至少沒有那種需要訂房過夜的。我們不認為傑若米能適應飯店房間。傑若米是我弟弟，也是我生命中的一大部分，可有時候他好像阻擋了陽光。為了他，我們的假期，可以這麼稱呼的話，只是去本地的公園或景點。

我記得第一次的這種旅行是去明尼哈哈瀑布，那時莉拉跟我還沒有同居。傑若米沒看過瀑布，其實我也沒有。我覺得我比他還興奮，因為他看著瀑布就像是在看書上的照片。

不過我自己卻鑽進了瀑布後的一處洞穴，把傑若米丟給莉拉，我走近去體會瀑布的力量——空氣連續敲擊著我的胸口，水霧噴進我的眼睛，泥巴和苔蘚的味道瀰漫了我的鼻孔。我只聽得見水流強力灌入底下的水池，磅礡的聲響什麼也穿透不了。

我回到莉拉和傑若米在等我的小徑上，莉拉的手裡握著一枝黑心金光菊。「看你弟弟送我什麼。」她說。

「你是想偷走我的女朋友嗎？」我開玩笑說。

「不是，」傑若米一本正經地說。「也許莉拉說她愛你。」

這是句無心之言，是傑若米證明他不是要偷走我的女朋友的方式，但這句話卻是意義重大。

莉拉之前從沒跟我說過她愛我。

「傑若米？」莉拉說，因為難為情而拉高了聲音。「這應該是我們的秘密。」

「喔。」傑若米說。

我跟莉拉說過我愛她，可能有四、五次了，卻從沒聽過同樣的回應。莉拉跟我變成一對是在我說服她幫我完成一份英文作業的時候，採訪一個垂死的人，我們讓一宗多年的命案水落石出，也幾乎害自己送掉性命。因為我們的關係是在那種嚴峻的考驗中冶煉出來的，我們一直沒有真的討論過我們的愛情故事的價值。我們走到一起，彼此調適，不加質疑。我一直相信她愛我，但是我就快放棄聽到這句話了。

「妳愛我？」我問道。

莉拉把那枝黑心金光菊遞給我，說：「我當然愛你。」

那就是莉拉．納許說她愛我的第一次。她在這方面一向戒心很高，悲慘的童年留下的疤痕讓她非常保護自己。那部分她很少談，但偶爾，她會透露一個想法，暗示她發生過什麼，而我漸漸看出了人形和陰影，卻沒有完整的魔魘細節——直到有一晚她告訴我發生了什麼。

我們在床上，看電影，內容是一個被猥褻的女孩。我看得不專心，但在某個時候，我看著莉拉，看見她的臉頰上滾著一滴淚。我問她哪裡不對。起初她保持沉默，我以為這次也會像之前一樣，我們就快登上頂峰了，結果只是向後轉，回頭走下山。但是這一次她說了。

她說了一個舅舅和他養的馬。她很愛他的馬，特別是一匹叫愛兒的馬，而蓋瑞舅舅會讓她一個人騎愛兒，儘管她母親禁止。這件事會是他們舅甥倆的第一個秘密。親吻是第二個。開始時她才七歲，結束時她七歲。莉拉在訴說時沒有看著我。這個堅強奇妙的女人在我的懷裡發抖，向我敞開心扉，說到最不堪處，她的呼吸不穩，但是她沒有停。

她最後告訴我她的蓋瑞舅舅警告她就算她去告狀也不會有人相信，而且他沒說錯——至少是在開始的時候。她母親過分到罰她禁足，因為她說謊。而那時她的寶莉阿姨，她母親最小的妹妹，出面說蓋瑞在他們還是小孩子時就性侵她。

莉拉說：「直到寶莉說出蓋瑞對她做的事，他們才終於相信我。要不是因為她，我很肯定我已經自殺了。」

她那句話說得像是對那一步有過深思熟慮的決心。之後，我對她的人生道路是如何會有如此陰暗的轉折有了更深的認識：她肩膀上刀片割出的細痕，她青少年時期的酗酒和濫交。知道她是從哪個洞裡爬出來的，她是克服了什麼樣的地獄才走到今天，讓我更愛她。

我看的挪威峽灣節目已經在播放演職人員名單，我這才從對莉拉及她過去的回憶中走出來。我關掉電視，走進臥室，以為會看見莉拉仍在用功，卻發現她睡了，字卡從她手上散落。我把我那側的被單掀起來，蓋到她身上。她的表情好祥和。我想要吻她，抱著她。我想要爬上床去睡在她身邊，包裹住她，像之前的幾千次，但是那樣會吵醒她。

我坐在床沿，努力回想上一次說愛她是幾時，或是她說愛我是幾時。兩個月前？四個月前？我不記得了。最近實在很辛苦。等律師考之後會比較好，非好不可。然後等托克的錢進來……我們只需要再多撐一會兒。

我關掉電燈，去睡沙發。

22

隔天早晨傑若米沒問我們為什麼拎著行李離開公寓。我跟他說他不必去上班，這樣子對他就夠好了。一直到我們離開了市區往南走，他才提出問題。

「我們要去哪裡？」他問道，說得緩慢慎重。

「我們要去小小的歷險一下。」我說。

「也許我們要去媽媽家？」

我大出意外。上次他和凱西同在一個屋簷下是大吵的那一晚，然而她的名字卻似乎毫無停滯就出現在他的腦子裡，彷彿時間和事件在他的世界中都沒有流逝。

「傑若米，你為什麼會以為我們要去媽那裡？」

他看著大腿上的書，《小鹿斑比》，沒有回答。

「傑若米，兄弟，怎麼了？」

他低著頭，眼睛盯著書。我等待著，希望他可能會說什麼，而他真的說了。「也許媽不在那裡。」他說。

「也許媽不在哪裡？」

傑若米瞪著翻開的書，不回答。

「兄弟，跟我說。是怎麼回事？」

「也許斑比跑去灌木叢他母親不在那裡。」

我看著傑若米的書，這才明白他是沉浸在他的故事裡。我聽過傑若米朗讀那一頁很多次。斑比的母親聽見了獵人，就叫斑比跑進灌木叢裡。斑比跑了，到了之後，他說：「我們做到了，媽！」但是斑比的母親卻沒逃走，她被獵人射死了。她不在那裡。「你覺得媽……」我在說出「死了」兩個字前閉上了嘴巴。要是我猜錯了他想表達的意思，那我可不要把那個想法播種在他的腦子裡。可是他一定就是在想這個。

傑若米沒有抬頭，但是我能看到他的眼皮下垂，嘴唇抿緊，有時我猜中了他的心思他就會這樣。

「不會的，兄弟。不會的，媽沒有——她只是……她只是病得很重。那種病是不會好的，所以她不能照顧你。」我的謊言很蹩腳，我也知道。我是臨時編出來的，我也很懷疑能唬得過去。但是你要如何告訴傑若米這樣的人他們的母親是毒蟲？我做的事——把他從那個女人身邊拉走，不讓她接觸——都是為了他好。可是他可能沒辦法理解。

我等著傑若米回應，但他一逕沉默，又回去看書了。他說的話讓我懷疑是否在某處，內心的某處，他帶著小鹿斑比和小飛象是在告訴我什麼：一本書是寫一個小孩在母親被監禁時從她身邊被帶走，另一本書寫的是一個孩子在獵人發射出子彈之後變成了沒有母親的孤兒。我弟弟的心裡是盤捲了些什麼舊回憶？那雙沒有表情的眼睛後是隱藏了哪種感情？我當時太耽溺在自己的情緒中，沒停下來問問傑若米可能會有何感受。我把弟弟帶走是做對了嗎？

我甩掉這個想法。我當然是做對了。我申請監護權是為了要救傑若米。對我母親來說，他只不過是一張飯票，而以她違法犯紀的次數來看，我是真心不認為她會出席聽證會的。可她出現了，而在她走進法庭時，她的模樣……嗯……像個正經人。她的臉上仍留有一些小結痂——是使用冰毒的遺跡——她的臉頰也比我記憶中瘦削。但是她走路時腰桿很直，衣著也適合法庭，走向律師席經過我面前時也沒有惡狠狠地對我放狠話。*又要大演特演，博取同情了*，我心裡想。不過，我仍有自信，因為我知道在那層薄薄的虛飾之後是一團混亂。

莉拉和我湊了足夠的錢來雇用了一位叫雪莉．努琪的律師，一個大好人，而且我覺得她非常聰明。凱西當然連兩毛錢都沒有，所以她得自己上場。我的律師告訴我我對賴瑞的攻擊可能會是個問題；凱西會利用它來把我渲染成一個易怒又危險的人。照我看，我是在自衛，而賴瑞是罪有應得。

雪莉和我先向法官陳述。我本以為作證揭發我的母親是件容易事，可是坐在證人席上，向法官說她那身裝扮下躲著一頭怪物時，我不得不直視她，而儘管我極盡全力專注在我母親的錯處上，我卻迴避不了如洪水湧入的那一串假設狀況。

起初凱西只默默坐著，面無表情，不然她就會露出真面目。但我說得越多，就越能看見邊邊角角崩塌，她的假面太薄，乾掉的黏土黏不住。我跟法官說我必須用我日漸稀少的學費來保釋她酒駕，凱西的嘴唇向上彎成咆哮。我踩中她的痛腳了。

「那時她就跟賴瑞．哈格米勒交往。」我說。

我說明她和新男友是如何丟下傑若米一星期跑去賭博，她一定知道我接下來會說什麼，但她還是硬生生擠出一個迷惑的表情。傑若米想用烤吐司機加熱披薩，險些就把公寓燒了。然後我媽虛偽的正經表象裂開了一個大口子，她讓自己第一次插嘴。「你為什麼不告訴他你那天是怎麼打了賴瑞的？」

「尼爾森女士，」法官厲聲說。「妳等一下可以提問。如果妳有反對意見，就簡單明瞭表達，不過塔伯特先生作證時不准失態。」

「我抗議，」她說。「他沒有老實說。」

「尼爾森女士，這不是適當的抗議。駁回。」

我的律師料到了這一點，所以我接著說下去。「對，賴瑞．哈格米勒和我發生了衝突。」我選用的語詞都是幫我爭取同情的，正如雪莉的教導。「我那天發現了傑若米的背上有瘀傷，我問他是怎麼回事，他說是賴瑞……我是說哈格米勒先生拿遙控器打他。」

「真沒有。」凱西大嚷大叫。

「尼爾森女士，我已經叫妳不得失態了。會有輪到妳說話的時候。」

我繼續說：「我質問我母親瘀傷的事，哈格米勒先生就攻擊我，我為了自衛就制伏了哈格米勒先生，用的方法是奧斯丁一位警員向我示範過的。我只是要阻止他攻擊我。」

凱西氣呼呼地噴氣，但沒有說話。

我告訴法官那天賴瑞打了傑若米的臉，我跑去我母親的公寓去把傑若米帶走，去拯救他，而賴瑞又是如何阻止我離開的。「我踢了哈格米勒先生，踢中他的膝蓋。我不是想要傷害他，我只是想把我弟弟帶走。」

凱西一聽，立馬就作勢要起身。我最後向法官訴說了大吵那晚之後一年半的情形，說凱西沒有一次想把傑若米要回去，最後還是因為她因持有冰毒被捕，想利用他來博取同情。我有那封信可資證明。

輪到凱西質問我了，她一開口就說：「你是個滿口都是謊話的雜碎，對吧？」

「抗議。」雪莉說。

「成立。」

「承認吧。你就是個背後捅刀，忘恩負義的小白眼——」

「尼爾森女士！」法官大喝一聲。「我說抗議成立，意思就是妳不能問那個問題。如果妳還有別的問題，就提問。要是妳只準備坐在那裡罵妳兒子，那妳說的話沒有一句會列入紀錄。妳了解嗎？」

「是，法官大人，」她說。「你打斷了賴瑞的腿，有沒有？」

「我聽說我是撕裂了他的十字韌帶。」

「一樣。他得用拐杖幾個月，害他沒了工作。」

「所以他才開始賣冰毒嗎？」

「他沒有在賣。只是持有罪。」

「而就是因為如此，妳選擇要跟的男人——妳為了他不要兒子——現在坐牢了。」

「你真的很會傷人，你是個混蛋，你知道嗎？」我聽得出她的聲音在顫抖。

「塔伯特先生！尼爾森女士！」法官的聲音又隆隆響。「我不會讓本聽證會變成互丟泥巴的叫罵比賽。尼爾森女士，妳發問，而塔伯特先生，你回答她的問題。不准吵些不相干的事情，清楚了嗎？」

凱西低頭，用兩手捧住。

我覺得很蠢，居然那麼快就變回了中學時的譏諷小屁孩。我把憤怒從腦子裡清除，等待她下一個問題。

她發問時沒有抬頭。「你是從什麼時候不再愛我的？」她說。

我沒想到會有這一招。我掙扎著想找答案，一個也找不到，我說：「我不知道。」

23

我駛入了卡斯本客棧，停在八號房前，下車時叫傑若米跟著我，可是他坐著不動，兩手擺在大腿上，右手手指揉搓著左手的指關節。我繞到乘客座那邊，抓起後座上他的袋子，幫他打開車門。他不動。我解開他的安全帶，他還是不動。

「傑若米，來啊。」我捏了他的二頭肌一下，這就足以讓他相信我是不會改變心意的。他下了車，我聽到又有一輛車停進來。我抬頭就看到查理的凌志駛入停車場，停在我們幾呎外。查理的車窗搖了下來，他叼著一根菸，嘴角向上彎，露出這個奇怪的老狐狸笑臉。他下了車，看著傑若米，笑得更歡快。

「這是傑若米吧？」他問道。

「嗄？你怎麼……？」

「你把你自閉症弟弟帶到一間破爛摩鐵來。嘖，真是感動人啊，簡直就是模範監護人嘛。」

我說不出話來。他是怎麼知道傑若米的？知道監護權的事的？

「幹嘛那麼驚訝啊，喬？你自稱是我的親人，那我當然會對你有興趣——會打聽你的事……和傑若米的事。」他朝傑若米眨眼睛，我弟弟完全視而不見。

「你別把傑若米扯進來。」

「只要知道去哪裡問，你會很詫異可以挖出一個人的多少事來，」他說。「法庭紀錄、警方紀錄，諸如此類的。你知道賴瑞．哈格米勒跟我念的是同一所中學嗎？想想看我發現他在坐牢的時候有多失望啊。喔，對了，賴瑞叫我向你母親傳達他的愛。」

「去死吧。」我說。我的反嗆在氣勢上遠遠不及，但是我的心思飛轉，而一片雜亂中只想得出這句話來。

「講話真難聽。還當著你弟弟的面。」

查理欺近一步，作勢舉手要和傑若米握手。我插進兩人之間，查理在距離我吋許時停住，伸長的手戳到我的胃。「你離我弟弟遠一點。」我說。

「啊，來了。出名的喬．塔伯特脾氣，我可是如雷貫耳啊。我真奇怪你居然能拿到你弟弟的監護權，你這麼個火爆脾氣。你母親一定是比賴瑞記憶中還要差勁。」

我按住傑若米的胳臂，把他帶到我們房間，除了毫無意義的髒話之外想不出別的話可說。

「你要去哪兒啊？」查理說，向側面伸長手臂，像在召喚。「我只是想敦親睦鄰——多認識我的親人一點。」說完他哈哈大笑，往他的房間走。

我把傑若米弄進去，關上了門，氣得冒煙，這時犀利的反駁話才湧入腦海，卻是為時已晚。然後我注意到傑若米杵在門邊像塊磚頭，兩手握拳，按著肚子。我轉而留意我弟弟，問他兩張床他想睡哪一張，非常清楚他睡靠近出口的床是睡不著的，那他就得睡靠近浴室的那張床。「我覺得你應該睡這裡，」我說，拍了拍裡面的那張床。「看，就在電視前面。」

「也許……」他環顧房間，下巴肌肉在收縮，開始磨牙。「也許我們應該回家。」

「傑若米，對不起，可是你得跟我住在這裡。再說了，你都沒住過汽車旅館。會很好玩的。看。」我走向浴室。「我們這裡就有浴室。我可以把你的牙刷放在這個杯子裡，還有這個。」我帶他看電視下方的櫃子抽屜。「你可以把衣服放在這裡。記不記得在《星際異攻隊》裡奎爾、火箭和格魯去冒險？這就像我們自己的冒險。」

房間裡的舊電視沒有HDMI接口，所以我得用我的筆電來給傑若米放電影。我把電影都排列好之後，就把傑若米哄到他的床腳，他坐下來，一手揉搓另一手的指關節。然後他環顧房間，好像在找門可以通往讓他覺得安全的地方，一道神奇的任意門可以把他帶回聖保羅莉拉身邊和我們的公寓裡。

「滿棒的，對吧？」

傑若米沒吭聲。

我倒退往門口走，盡量輕手輕腳。傑若米似乎安頓好了，他有電影，可以播放一個多小時，給我時間去執行我的計畫中的第一步。為了要接觸到穆迪．林區，我需要找出他的父母，而要找出他的父母，我會從我的最佳消息來源著手——薇琪．派克。

「我去買東西，傑若米，」我說。「馬上就回來。你一個人看電影一會兒沒關係吧？」

傑若米坐在床腳，雙手放在大腿上，眼睛盯著我的筆電螢幕上熟悉的角色。他沒回答，我就溜了出去，輕輕關上門，不讓我的離去驚動了傑若米，更不願讓查理知道。我悄悄沿著摩鐵的正面前進，再轉了個彎，完全離開了查理房間的視線範圍。最後回顧一眼，然後，滿意傑若米平安無事，我這才朝「沙錐的窩」走去。

「沙錐的窩」有幾個人散坐，沒有一個是哈利．瑞丁，所以我就走了進去，在吧檯坐下。

「嘿，陌生人。」薇琪含笑說。

「現在吃東西會太早嗎？」

「起司漢堡籃？」

「兩個。我弟弟跟我住個一兩天。」

她轉向吧檯和廚房之間的開口，大喊：「馬孚，兩份芝士漢堡籃。」馬孚是名年長男性，太陽穴兩側有幾縷白髮，正在廚房看電視裡的怪物卡車。他向薇琪點頭，轉向烤爐。

「我還在希望你會過來呢。」她跟我說。

「喔，是嗎？為什麼？」

「我想告訴你你說的話我想了很多……就是，我去念大學的事。離開巴克利。」

「薇琪，別理我，我有時候很混蛋。」

「不是，我想跟你說你說得對。昨晚，我去跟我的唐恩叔叔談了，他是我爸的弟弟，他也跟你的想法一樣。他說我已經盡了責任了，要是我決定去上大學，他會負責照顧我爸。你能相信嗎？要不是你在河邊說了那些話，我絕對沒有膽子去找我叔叔的。」

我看著薇琪眼中閃動著光芒，她讓我想起了一個緊張兮兮的女學生剛受邀去參加畢業舞會。

她的興奮似乎有感染力。但她又探身靠著吧檯，眼睛鎖住我的，剛才還是女學生，現在又變成了一個女人，平靜穩安的凝視命令我注意。她一手滑過吧檯，按在我的手背上，說：「我不確定能不能做得到，不過我想謝謝你，為了……嗯，為了讓我相信是有可能的。」

「不客氣。」我說，我的話徬徨了一下才找到立足點。

她後退，那個緊張的女學生又回來了。「我還想告訴你我知道哈利．瑞丁為什麼想要揍你了。我的唐恩叔叔知道來龍去脈。是因為哈利的那輛破車。」

「他的車？」

「對。哈利有這輛龐帝克GTO，需要一點維修，不過大致上是輛不錯的車子。他老是說要修理，再轉賣出去小賺一筆。問題是哈利根本不知道怎麼修理汽車，所以他才會牽扯上托克。」

「托克是修車黑手。」我說。

「對。哈利以前都去達伯車廠纏著托克修理他的車。當然了，哈利一毛錢也沒有，所以只是一場白日夢。可是後來希克斯死了，托克和吉妮會繼承一大筆錢。大約在同時，哈利惹上了官司。」

「我猜猜，酒駕。」我說。

「不對，他把一個聖詹姆斯來的老小子海扁了一頓，那人跟哈利大小聲，又沒辦法像你那樣子自衛。哈利需要錢請律師，他走投無路了。而就在那時整個交易落空了。」

「交易？」

「哈利需要五千塊律師費，所以他就去找托克，看能不能把車子賣給他。根據哈利的說法，托克說他得等到希克斯的財產真正到手了才有錢。而因為哈利等不了那麼久，他們就同意托克先預支五千給哈利，等托克得到農場再付一萬五。可等他們辦產權轉移的時候，托克說服了哈利，要他載明是賣車價五千塊，這樣托克就可以省下幾塊的稅錢。」

「我敢打賭那另外的一萬五沒寫在任何文書上。」我說。

「猜對了。一個字也沒有。而在哈利看來，托克是偷了那輛車。」

「哈利為什麼不直接把托克拖上小額索償法庭？」

「他有啊，可是空口無憑。托克跟法官說他們講定了是五千塊，因為哈利急著要五千塊付律師費，這部分倒是真的。哈利想說服法官說他們說好的不只這筆錢，可是文件上寫明了是五千。法官就判哈利敗訴。托克用五千塊就弄到了一輛價值兩萬元的車子。」

「這是幾時的事？」

「法官的裁決兩個星期前下來了。」

一個在吧檯附近獨自用餐的男人揮手叫薇琪。

「不好意思，」她說。「有人叫我，別走開。」

我看著她含笑和那人閒聊，把他的帳單拿給他。她的笑容很甜美，是那種會讓人忘記「沙錐的窩」外面的世界的。

她回來後我說：「薇琪，我需要幫忙。」

「說吧。」又是那抹笑。

「我想採訪穆迪．林區的父母。」

「你為什麼會想要採訪他們？」

我沒告訴她真正的原因——就是我在為勸他自首打基礎。我只說：「我是記者，我想看是不是有能幫他的地方。」

「幫他？」

「他躲起來對他並沒有好處。如果他是無辜的，我可以幫他平反。我以前做過。」

「可是他爸媽……他們不跟陌生人說話。」

「為什麼？」

「你聽過民兵團嗎？」

「那個白人至上團體？」

「嗯，在這邊，與其說他們是白人至上不如說他們是仇視任何政府的人。他們不相信司法對他們有管轄權。」

「穆迪的家人是民兵團的？」

「謠言是這麼說的。他們住在山谷裡，在我爸家北邊十分鐘的地方。我可以告訴你怎麼找到他們的房子，可是你應該要小心。」

「他們不會開槍打我吧？」

「他們還沒有對誰開過槍，不過凡事總有第一次。」她說的時候微笑，所以我不確定她是不是在開玩笑。

我說：「要是我覺得不妥，我會連滾帶爬逃出那裡。相信我。」

她在餐巾上寫下了地址，交給了我。大約同時，馬孚也把我的午餐從窗口滑了出來，已經包裝好了。我再加了兩杯飲料，付了帳，正要離開，薇琪說：「我是說真的。你要小心。最好是別讓林區家討厭。」

24

我回摩鐵時查理叔叔的車子不見了。傑若米照樣坐在床腳，電影已經播放了三分之二了，我能看到他的嘴唇微微嚅動，他是在腦子裡說台詞。陌生的摩鐵房間似乎不再是壓力，我把漢堡和汽水給他，他接了就吃，眼睛始終沒有離開過螢幕。

我吃著午餐，一面在手機上規劃著到林區家的路線。去二十分鐘，回二十分鐘。我得找一部長一點的電影給傑若米看，《神鬼奇航》好了，大概兩小時二十分鐘。我有超過一小時的時間和林區談話。

等傑若米吃完午餐，《星際異攻隊》也在播片尾的演職員名單了，我拿了條毛巾來幫他擦掉臉上的食物屑。「這個房間滿不錯的，對不對？」我說。這是謊話，但傑若米也分辨不出好壞。

「我們幾時回家？」他問道。

「我們今晚要住在這裡。那是你的床，這是我的。我們要睡在同一個房間裡，就像小時候一樣。」

「也許我們應該回家。」

「不，傑若米。我們現在不能回家。莉拉需要為她的考試念書，所以我們要待在這裡。你喜歡這裡的，對不對？」

傑若米搔著手腕上的繃帶。

「你的胳臂怎麼樣？」

「也許有點痛。」

「要吃阿斯匹靈嗎？」

「不要。」

傑若米不喜歡吞藥丸，所以我在路上買了一瓶可嚼錠。我給了他兩顆。「這些可以咬，很好吃。」

傑若米接下了阿斯匹靈，我又開始播放他的第二片。電影播放之後，他變得安靜，僵硬地坐在床腳。查理的車子還沒回來，但是一種不安感卻在我巡視房間時尾隨我不放。一切似乎井然有序，但我就是感覺不對勁，只是我說不出來是哪裡。我甩掉疑慮，溜出了門。

林區家在一條長碎石路的末端，前院銜接一處圓環。他們用鐵絲網籬笆圍出他們的土地，周邊立了幾個不准跨越的告示牌。籬笆有門卻沒上鎖。我不想冒險走向屋子按門鈴，就車頭面向聯外道路停下，不關引擎，以防萬一，然後我按了三次喇叭，再下車坐在後車廂上。

我看到前窗的窗帘拂動，停止，再移動。我掏出了一張名片，等待著。

一名高大的男人走出了屋子，一手端著獵槍，槍口對著腳前的地面。我認真考慮要跳上車逃走。我這輩子做過不少蠢事，但是我開始覺得這一次可能也是。但那人的態度讓我留在原地不動。他的步態悠閒，表情放鬆——只是一個帶著獵槍漫步的傢伙。況且，要殺我何必還走出屋子——從窗戶就能了事。

「你這是在幹什麼，坐在這裡製造那些噪音？你是誰？」

「你的牌子上說不准跨越，」我說。「我本來是想要去敲門的，可是那可能就算跨越了。」

「哼，製造噪音也算跨越了。我再問你一遍，你是誰？」

這人站著至少有六呎六（約一九八公分），黑髮向後梳，長鬍子讓他有一點像古時候的設陷阱獵人。他停在柵門後，槍捧在右臂彎裡。

「你是穆迪的爸爸嗎？」

「先生，我不會再問你一遍，你是誰？」

「我是記者，」我說。「美聯社的。」

我的自我介紹似乎是打了他一耳光。「滾出我的土地。」他說，右手牢牢握著扳機附近的槍管。他把槍口朝下，但不需一秒就能改變姿勢。

「我也是托克·塔伯特的兒子。」我說，希望刺激他的好奇心，讓我們能免了爭執。成功了。

「放屁。」那人說。

我揚起了名片揮動。他動了動手指，示意我靠近，我把名片交給了他。「我不是百分之百確定托克是我爸，不過機會滿高的。我媽跟我說她是用我父親的名字給我命名的。我沒見過那個人，他拋棄了我們。」

「哼，聽起來就像托克的作風。」

「我是來調查事情經過的。」

「我跟你無話可說，所以你還是滾吧。」

「我覺得我能幫助穆迪。」

「幫助穆迪？」他的嘴巴似乎是天生往下撇，而多年和世界抗爭也讓他的眉頭舒展不開。但是我吸引了他的注意。我看得出來他用舌尖在頂臉頰內，一面思索著我的話。等他再開口，他的語氣是好奇多過憤怒。「你是打算怎麼幫？」

「警長認為是穆迪殺死托克的，他們調查的走向是打算讓穆迪在調查進行中就死亡。問題是他們並沒有穆迪的說法來阻止那一套胡扯。我想取得穆迪的說法。要是我能跟他談一談──」

「穆迪不在這裡。」那人瞇眼看著我後方的碎石路，彷彿是在查看我是否還有後援。

「我一個人，」我說。「我知道穆迪和考爾德副警長的過節。我了解為什麼──」

「納森・考爾德是個一無是處的王八蛋，」那人說。「他從穆迪還是孩子起就在找我兒子的碴。讓那樣的人配槍，到處逮捕人根本就不對。」林區先生又生氣了。他把槍口朝上，槍托抵著他的腋窩，兩手空出來，方便他用食指戳著另一手的掌心，一面火冒三丈。「他們想把這件事栽到穆迪頭上是因為納森就是看我兒子不順眼。」

「不只這樣，」我說，想起了傑柏跟我說過的訊息。「他們有理由相信穆迪在托克遇害的那天晚上到托克的馬廄了。」

「穆迪沒殺你老子，」他說。「我知道是真的。」

「你怎麼知道的？」

「他告訴我的，穆迪從來不會跟我撒謊。他說沒有就沒有。」

「他那晚是去找安潔嗎？」

「我什麼也不會說。」

「可是他們在約會？」

「我沒說他們在約會，我也沒說他們沒在約會。」他微微向後搖晃，彷彿對自己的拒絕答覆頗為得意。

「聽著，要是我能和穆迪說話，我可能有辦法幫助他。」

「少他媽的花言巧語。你既然是托克的兒子，就不是來這裡幫穆迪的。」

「我是來找出真相的。你說穆迪沒殺托克，嗯，既然如此，他就沒有什麼好怕的。我不是司法人員，我不能逮捕他。我只想跟他談一談。要是他跟我談，我可以把他說的話轉告金寶警長，那一定會有幫助，不是嗎？」

「托克・塔伯特是條陰險的毒蛇，這世界少了他還比較好。郡裡的每個人都知道。哼，就連他的親生女兒都會同意，她討厭那個人。」

「安潔討厭托克？」

「討厭死了。托克想要拆散安潔和穆迪。你老子跟我兒子說他如果再和安潔見面，他就要宰了穆迪。警長知道嗎？」

「托克說的？」

「千真萬確。他說要是他逮到穆迪跑進他的土地上，他就會把他打死。他是那樣跟我兒子說的。」

「托克為什麼想拆散他們？」

林區先生的肩膀放鬆下來，像是忘了應該要生氣。談到穆迪和安潔帶出了這個硬漢柔軟的一面，而打從他走出屋子以來，我第一次希望我的計畫能成功。「不知道。你老子的腦袋不正常，他活著就是為了要氣死別人。而說到安潔，與其說是想氣她，還不如說他就是個卑鄙小人——尤其是在她媽過世之後。把那個女孩打倒在地上還不夠——他還得要拿腳踩她才行。」

「你知道她現在昏迷不醒嗎？」

林區先生垂下目光。「我聽說了，我很難過。她對穆迪有好處，真的。我沒見過穆迪在乎哪個人像在乎她一樣。我老是覺得這小子太無拘無束了，大概都要怪我吧，把他養成這樣。可是安潔把這孩子的另一面都帶出來了，我覺得穆迪也帶出了她比較好的一面。」

「什麼意思？」

「你沒見過安潔？」

「我去醫院看過她。」

「嗯，第一次跟她見面，她就像隻受驚的小老鼠。我還以為她是啞巴還是智障呢，因為她一句話也不說。可是時間久了，她在我們旁邊變得自在，我可以看出來在那種害怕底下是一根小辣椒。」

「有意思，」我說。「別人對她的描述——」

「別人對她的了解比不上穆迪。她比外表上看來聰明多了，也潑辣多了。」

「你覺得她和托克的死有關嗎？」

林區先生狠狠瞪了我一眼，好像霍地明白他放下了戒心，而這一點似乎讓他很生氣。「你少打歪主意。那個女孩的日子很不好過，她不需要那種傳言滿天飛。」

「她那晚吞了一把藥丸，」我說。「她為什麼要那麼做？穆迪跟她約好了在農場見面，結果托克死了，而她自殺未遂？你看出警長為什麼覺得是穆迪幹的了吧？」

「不，我看不出來。」他別開視線，看著我的肩膀而不是我的臉。「她吞藥跟我兒子殺了托克有什麼關係？」

「穆迪去了農場，托克看到了他，兩人打架，穆迪殺了托克。可能是意外，或是自衛，但是說得通。也許安潔看到了他們爭執，也許她是事後到馬廄去，發現托克死了。她崩潰了，就吞了藥丸。」

「放屁！」

「可能是放屁，但是卻說得通。如果你要警長相信穆迪是清白的，他們就需要聽聽他的說法。否則的話，他們會繼續追捕他，而在此同時，任何可能幫助你兒子的證據都會一個個消失。我知道他很擅長躲藏，可是總有一天他們會找到他，就算找不到，他也會後半輩子都在逃亡，變成逃犯。你想要你兒子這麼過嗎？我只要求你讓他知道我想和他談一談——只是談一談，就這樣。我的名片上有我的電話，叫他打給我。」

那人看著名片，我看得出我的邏輯讓他天人交戰。我決定不要咄咄逼人。「我住在巴克利，」我說。「要是你知道如何聯絡他，就叫他打電話給我。這是唯一的出路。」

我坐進汽車，做個深呼吸放鬆下來，接著駛離。

25

我可以發誓林區先生在考慮我的提議時還舔了嘴唇。這是個好跡象，我心裡想。這個計畫很簡單，真的。首先，挑起老爸的興趣，讓他覺得我的涉入可能有助於他的兒子得到公正的對待。在這一點上我可能有點言過其實，但是穆迪現在是逃犯，因命案被通緝，他的選擇有限。如果我能說服林區爸爸我的提議是有價值的，他就會說服穆迪。

現在我只需要坐下來等電話，再用我的三寸不爛之舌勸穆迪自首。我會跟他說無辜的人是不會逃跑的，如果他沒殺托克，就應該不要再躲，讓真相還他自由。這種話比我實際想說的話要崇高得多，我其實想說的是：「別再拖拖拉拉的了。走進光明裡，接受可能發生的一切。」因為內心深處，我覺得我的使命跟替穆迪．林區伸張正義沒有多大關係，而是跟替我想要的東西清理出一條道路來比較有關係。

我回到鎮上，很滿意和穆迪父親的交鋒，而且花費的時間還比傑若米的電影要短。我駛入摩鐵停車場，為自己拿捏時間的精準叫好。然後就看到我的房間門是打開的，我停好車，跑進房間，我的筆電上仍播放著電影，但是傑若米不見了。我跑進浴室，空的。房間在我的四周收縮。

「傑若米！」我大喊。沒有回應。

我衝到外面，東張西望。什麼也沒有。「傑若米！」然後自言自語：「喔，幹！」

我跑向摩鐵辦公室，門是打開的，櫃檯後卻沒有人。我尋找可以按的鈴，一個也沒看見，我就放聲大叫。「喂！喂，有人在嗎？」

櫃檯後的一扇門後有動靜。

「不好意思！我需要幫忙！」

更多動靜。接著第一天幫我登記的女人閒步晃出了辦公室。「有什麼事？」

「妳看到我弟弟嗎？」

「你弟弟？」

「對。高個子，金髮。」

「我覺得我看到他在停車場，大概是……喔，大概一個小時前吧。他在跟九號房的人說話。」

「查理．塔伯特？他在停車場跟查理說話？」

「我不知道那個人的名字，可是他開一輛紅色凌志。」

我奪門而出，眼睛掃瞄四周；查理的車子不見蹤影。我跳進車子裡，轉動引擎。我一開始就不應該丟下他一個人的，尤其是查理就在附近。我丟下他的時候就知道了，我他媽的是在想什麼？

我開車到警長辦公室，在前面緊急煞車。我正要衝進去報案說我弟弟失蹤或是被綁架了，就看到那輛紅色凌志，停在半條街外的一棟紅磚建築前面。我跑向那棟建築，玻璃門上漆著「郡辦公室」的字樣。透過玻璃我看到查理站在走道上，跟那個酒吧裡的年長女士說話——那個負責查理的背景調查的人。

「他在哪裡？」我向他們大步過去，一面大吼。「我弟弟呢？」

查理歪歪頭，顯然是在假裝驚訝。「我怎麼會知道你弟弟在哪裡？」

「你把他怎麼了？」我說，停下來跟我的叔叔鼻子對鼻子。

「你把你弟弟搞丟了？」他說。「你那個自閉症的弟弟？」

那位女士插嘴。「年輕人，怎麼回事？為什麼大呼小叫的？」

「他在哪裡？」我死盯著查理，不理會她的問題。

查理轉向她，卻比著我。「這個喬是他一個自閉症弟弟的監護人——他叫傑若米是吧？」

「你很清楚是傑若米。」

「而你把他弄丟了？我沒聽錯吧？」

「天啊，」那位女士說，一手掩口。「你去找警長了嗎？」

「摩鐵的員工看見了你，」我說，手指對準查理。「她看見你在停車場跟傑若米說話。他去哪裡了？你跟他說了什麼？」

「那個員工搞錯了，」查理平靜地說。「你今天早晨跟我們介紹過後我就沒看過你弟弟。」

「他有自閉症？」那位女士說。「你得立刻報警，你需要告訴警長。」

我猶豫不決，等著查理澄清。他只是聳聳肩。他在玩什麼把戲？他為什麼要冒險傷害我弟弟？我轉身要走——要跑出屋子，我發誓我聽見查理說：「這樣的監護可真不像樣。」

我跑進警長辦公室，直接衝到玻璃後的櫃檯。「我弟弟不見了，」我喘著氣說。「我叫喬・塔伯特，跟我弟弟住在卡斯本客棧，他離開了。他有自閉症，我找不到他。」

玻璃後的女人拿起電話，按了幾個鍵，說了幾句話，我聽不見，然後她看著我說：「調度員在線上，你弟弟長什麼樣子？」

「他六呎高（約一八三公分），二十五歲，是金髮。他叫傑若米。」

「他穿什麼衣服？」

「他應該穿藍色牛仔褲和一件襯衫……應該是綠色的。對，一件綠色T恤。等等，我有照片。」我掏出手機，開始捲動照片。

「你最後一次看到你弟弟是幾時？」接待員問道。

「今天早晨，十一點左右。他在八號房裡。我離開了一下，等我回來後他就不見了。」

我找到了一張照片，是傑若米臉部的大特寫，他拿著去年聖誕節的一個禮物。就在那時，納森・考爾德走進了櫃檯，他關切的表情幾乎讓他變成了另一個人。之前看到我就會有的銳利眼神和皺眉不見了。「你弟弟不見了？」

「對，這就是他。」我把照片拿給考爾德看。「他有自閉症。」

他接過我的手機。「我來把這個輸入到我們的電腦系統裡，就可以把照片傳送給巡警。」

我這才想到考爾德沒問我如何操作我的手機，或是如何把照片傳送到他的電腦裡。我覺得難堪，因為他的體型龐大，我就自動假設他的腦筋還不足以處理現代科技。他消失到辦公室裡，我來回踱步，等著他回來。

三分鐘後——每一分鐘都讓我的腦子裡裝滿恐怖的後果——考爾德出來了，把手機還給我，指示我在接待區坐下。我們坐下來，他向前傾，手肘架著膝蓋，微微向我這邊靠，像遇上壞事時朋友會有的舉動。「我把照片發給我們所有的警車了，」他說。「你還能告訴我什麼你弟弟的事嗎？」

「要是你們找到了他，他的反應是不會像大多數的人一樣的。」

「什麼意思？」

「他不會看著你。他會看著地面，或是轉身走開。」

「他會服從命令停下嗎？」

「我……我覺得會。他沒和警察打過交道，他一般不喜歡跟別人相處，所以不會去商店或是餐廳。他最有可能會在外面。」

「我們每個人都在找他，」考爾德說。「放心好了，我們會找到他的。」考爾德眼中的信心讓我想要相信他，然後我想起了傑柏說出了什麼事的話，有納森·考爾德在你這邊是最好不過的了。我喜歡這個版本的考爾德副警長。「你能做的事就是回去汽車旅館，在那裡等，如果他回去了就讓我們知道。找人的事交給我們。」

考爾德離開了，他一走，我突然又覺得無依無靠。我回去開車，回到摩鐵，查看空蕩的房間，再坐進汽車裡。我沒辦法只是坐在房間裡枯等，我得去找我弟弟。

我先繞著摩鐵的街區尋找，以龜速前進，細看陰影和角落，尋找傑若米的蹤跡。找完這個街區之後，我擴大範圍到環繞摩鐵的八條街，還是一無所獲。我正要再擴大範圍就看到有一條小橋跨越一條滿寬的小溪，而在橋邊有一片碎石坡可以下去水邊。

這個風景讓我想起傑若米有多愛小溪。每次我們帶傑若米到有小溪的公園，他都會往溪邊走，彷彿是漣漪在和他耳語，把他引誘過去。他從不會走到會跌下水的距離，但是他很愛坐在草地上看著水流潺潺流過。

我開到路邊，停在坡道的頂端。「傑若米！」我往下坡跑時一面大喊。「傑若米？你在這裡嗎？」

我一個人也看不到，而且只聽到水流聲，不夠小心的話，水深足以把一個人拉下去溺死。我尋找橋底下，他不在那裡。我正要往回走就看到泥土上有鞋印，是個成人往水邊走留下的痕跡。我順著鞋印往小溪邊緣走，希望能看到鞋印回轉，卻沒有。

「不，不，不，」我嘟嘟囔囔著。地上的鞋印像是網球鞋，正是傑若米的鞋子。除此之外，我就看不出是不是他的了。「傑若米！」我又大喊。「傑若米！」

我掏出電話撥了九一一。

「調度中心。」一個女人說。

「我叫喬．塔伯特。就是那個弟弟走失的人。你們有消息了嗎？」

「塔伯特先生，」她不客氣地說。「我知道你著急，可是這支電話只供緊急事件。」

「這還不是緊急事件？」我說。「妳現在是有更要緊的事嗎？我只想知道——」

「等一下，塔伯特先生。」

線路安靜了，她搞不好直接掛斷了。我正要掛上電話，再撥一次——撥到緊急事件的熱線——她就回來了。

「塔伯特先生，我剛接到我們一位副警長的電話，他們找到你弟弟了。路易斯副警長要求你過去，他在五號公路，就在鎮的東邊。」

「傑若米沒事吧？」

「等等。」電話又寂靜了，然後：「對，你弟弟沒事。」

放心讓我大大鬆了口氣，害我的眼眶帶淚。「請他們好好安撫他，」我說。「告訴傑柏我馬上就到。」

我跳進汽車，飛馳到鎮東，發現傑柏坐在他的警車引擎蓋上，在和傑若米說話，他站在路肩，低頭看著地上。

「傑若米，」我一面下車一面說。「你害我擔心死了。」傑若米抬頭，接著又低下頭，好像是一隻就要挨罵的狗。我竭盡全力管好脾氣。「你不能就那樣子走掉，萬一你被車子撞了呢？」

「對不起，喬。」傑若米說，並沒有抬頭。

「謝謝你找到他，傑柏。」

「只是盡我的本分。再說了，傑若米跟我聊得滿開心的，對不對？」

「我覺得對。」傑若米說。

「我通常不會讓他一個人，」我說。「我只去了一會兒。」

「有事要辦？」傑柏問道，語氣和莉拉已經知道答案時一模一樣。

「我大概應該帶他回摩鐵。」我把傑若米帶向我的車，傑柏跟上來，在我坐進車裡時低頭靠著車窗。

「我聽說你今天去看了荷馬．林區。」

「那是穆迪的爸爸嗎？」

「他太太打電話給我，想知道你是不是美聯社的記者。我跟他們說你是。」

我發動引擎，希望傑柏會退後。他沒有。

「我可以請問你為什麼要去那裡嗎？」

「我說過了，我在設法和穆迪聯絡。」

「這實在不是好主意，喬。」

「你知道安潔很討厭托克嗎？」

「嗯，他們的關係一向不太融洽。」

「荷馬．林區跟我說安潔非常討厭托克，因為托克想拆散穆迪和安潔。荷馬說托克甚至威脅要殺了穆迪。」

「我不覺得意外。」傑柏說。

「你沒和荷馬・林區談過這件事？」

「我和小姐們相處得不錯，可是荷馬就不是警徽的粉絲了。」

「我也是這個意思，」我說。「大家常常會向記者說一些不會向執法人員說的話。」

「我們只需要你說服穆迪自首，就這樣。我不要你涉入太深。要是他和你聯絡了——打電話給我。好嗎？」

「沒問題。」我說。

傑柏點頭，在我的肩上輕拍一下，彷彿是在敲定我們的協議。「很高興認識你，傑若米，」他說，向乘客座的傑若米揮手。

傑柏離開後，我轉向傑若米，他兩手按著大腿，眼皮下垂。「傑若米，你真的把我嚇死了。我找不到你。」

他沒反應。

「對了，你是想要去哪裡？」

他的嘴角向下撇，像是要哭了，但是傑若米是不哭的。然後他說：「也許我是要回家。」

「那可很遠呢，傑若米。你沒辦法走回公寓去。」

「也許我要去媽媽家。」

26

傑若米覺得我們母親的公寓仍然是他的家，我是不應該覺得傷心的——可我就是。他只是老老實實地回應。他並沒有對哪一邊忠心，而也許我在意的就是這一點。我要他了解我為他做的事，我為他的犧牲。但他仍舊把奧斯丁看作是一個他可以稱之為家的地方——而且他願意走過去。

是什麼讓他有這種想法——可以走路到奧斯丁去？看看地圖，聖保羅，巴克利和奧斯丁正好構成一個三角形，聖保羅在頂點，奧斯丁在南，巴克利在西，彼此的距離約莫是兩小時的車程，而傑若米卻決定要走過去，而且還沒有走錯方向。他怎麼會知道該往哪裡走？想到這裡，我想起了摩鐵櫃檯告訴我她看見傑若米在停車場跟查理說話。

「傑若米，你記得今天早晨我們到達摩鐵的時候看見的那個人嗎？」

傑若米沒說話。

「他叫查理。你記得他嗎？」

「我覺得記得。」他說。

意思是對。「我離開後你有跟他說話嗎？」

又不回答。

「傑若米，這件事很重要。我離開之後你有沒有在摩鐵停車場跟他說話。」

「也許他告訴我我應該回家。」

「他叫你回家？回奧斯丁？」

「也許他只說我應該回家。」

「他跟你說你應該往哪邊走嗎？」

傑若米開始揉搓指關節，這表示我逼得太緊了。所以我暫時休兵。

回到摩鐵時沒看見查理的車子。要是我遇見了我的查理叔叔，我不知道會做出什麼事來。我的本能會是揪住他的衣領，把他搖晃到他承認是他叫我的自閉症弟弟沿著那條公路走的。但是他是絕不會承認的。他正在為安潔的監護權佈局，讓傑若米有生命危險會毀了他的苦心。

而就在這時我靈光一閃。他不但是在拉抬自己，同時也讓我顯得無能。我把弟弟搞丟了——而我是監護人。我在那位社工面前質問他時他就這麼說了，所以我跟哈利在酒吧衝突他才會滿臉是笑。他把我看作威脅，是安潔的監護權的競爭敵手。他在一場我甚至不知道有參加的比賽中一步步擊敗我。

傑若米又一次拒絕自行下車，我打開車門催他下車，他下車時一隻腳把一些垃圾踢進了停車場：一只空水瓶、一個握成一團的麥當勞紙袋，以及我母親的那封信。我把垃圾撿起來，帶進房間。傑若米坐在床沿上，又讀起了《小飛象》。

我把水瓶和紙袋丟進垃圾筒，正要把我媽的那封信也丟進去，卻停了下來。我把信封的邊緣鋪平，翻過來，端詳著那筆半草寫半印刷體的字跡，我認出是出自我母親之手。我查看那些筆觸，尋找著我經常看到她在盛怒中書寫時會有的銳角和斷續。

我用手指去拆開信封口，拿著不動。我曾信誓旦旦地說絕對不會看。不通訊，不聯絡——絕不。我需要記住我為什麼會發這種誓，我為什麼會信守這麼多年。我讓心思飛回我看見我母親的最後那天，在監護權聽證會情況沸騰的那一天。

我母親在聽證會的大部分時間裡都算自制。有幾次我半期待她會怒火洗腦，衝上證人席，動手勒我，但是她坐在位子上不動。我作證即將結束前，能看到她扭動，按摩著脖子，我知道她就要發飆了。

在我們陳述完畢後，法官給我母親機會作證。看著凱西舉高右手說些毫無意義的誓詞，我險些就笑出來。她坐在證人席上，抓著小臂上的隱形蝨子。

法官先開口。「好，尼爾森女士，由於妳沒有律師協助，所以沒有人能問妳問題。妳可以直接告訴我妳認為我需要知道的事情。」

「是的，法官大人。」凱西攤開了一張紙，她顯然是做了些筆記。她在照本宣科時，紙張的四角抖個不停。最後，她把紙按在證人席的欄杆上固定住，開始陳述她為傑若米奉獻劬勞的一生，十句話裡只偶爾有一句是真的。她重寫了我作證的每一件事，為了套上她自認為是我們這一家的黏合劑的幻想。她甚至還大言不慚把自己粉飾成偉人。我作證她忽視傑若米的地方，她卻說成是在給傑若米自由，讓他獨立自主。我和賴瑞打的那一架是她阻止不了的綁架。一件事接一件事被美化了，或是乾脆改寫，而我成了大惡人。

「還不只這樣呢，」她說，使出了她的街頭流浪兒式天真無辜。「喬的脾氣好大。他有一次用玻璃相框砸傑若米的頭，害他傷得好重。」

我向雪莉低聲說：「那是意外。我那時候才十歲，相片從牆上的釘子鬆脫了，不是我打他。」雪莉舉起一手要我安靜。

「他一直都對傑若米很壞。我看過喬打傑若米……好幾次。」

「才沒有。」我又低聲說。

「念中學的時候，喬老欺負傑若米。有一次他還拿一罐汽水丟傑若米，打中了他的眼睛。」

我困惑地揚起了眉。她在說什麼啊？

「我還得帶他去醫院，我跟他們說傑若米是撞到了窗台。」然後我想起來了。傑若米是撞到了窗台。她完全是在胡說八道，她明明知道是傑若米跌倒了。那一次我根本不在家，但是我想起了是有去急診室——那裡會有紀錄。

「還有一次，我發現喬想用枕頭悶死他弟弟。喬很氣傑若米做的什麼事。我聽見騷動，就過去看。喬把傑若米壓在地板上，拿著枕頭想悶死他。」

「說謊，」我脫口而出。「根本沒有那種事。」

「塔伯特先生！」

「很抱歉，庭上，」雪莉說，抓住了我的前臂。「不會再有下一次了。」她看著我，活像很想揍我。我點頭表示了解。

「法官大人，」凱西接著說，「我沒辦法形容我有多為傑若米的安全害怕。我知道喬給人的印象是滿冷靜的，可是我有病歷可以證明。傑若米的眼睛，賴瑞的腿。我見過，法官大人。喬是……他……」她搜索枯腸，找她用來總結的那個字眼。她看著那張紙。「他很陰晴不定。」

我靠向雪莉說：「不過傑若米來和我一塊住之後什麼事也沒發生過。」

「我知道我不完美，」我母親說，抓著脖子。「可是我現在都戒了，我現在在接受治療。我在把我的人生找回來。我只要求再一次機會，讓我證明我可以變回從前的那個好母親，讓我保住我的兒子。」

法官看看手錶，再看看雪莉。「已經十二點五分了。妳的交叉詢問會很長嗎？」

「很有可能。」她說。

「那就先休庭，吃過午餐後再繼續，嗯，一點半？」

「好的，庭上。」

「尼爾森女士，我們要暫停吃午餐，午餐之後我們會開始妳的交叉詢問。所以二十分鐘後再回來。」

她點頭，聽到「交叉詢問」臉頰就變白了。一想到被一名貨真價實的律師拷問，她皮膚下的小生物一定焦躁不安了。她又待在證人席上幾分鐘，好像是需要喘口氣。她心裡的妖怪醒了。

我第一次知道我母親在使用冰毒之後，就徹底地研究了一遍。我想知道我漏失了哪些徵兆：臉上的瘡，瘦削的臉頰，煩躁不安，抓搔身體，無法靜坐不動。我也研究了冰毒成癮者如何矇騙司法體制，在緩刑期間仍持續吸毒。他們為了通過藥檢可以發揮多大的創意，花費多少功夫讓我驚嘆不已。我不知道凱西是採取了哪種方法，但是跟我這個泡酒吧的母親生活了那麼久，又知道她自認為比任何假釋官都要聰明，我完全不懷疑她會設法找出方法來餵飽那個在她心裡抑鬱憤怒的妖怪。

她離開法庭時從我面前走過，兩手抱著胃，右手指頭抓著左手背。她沒看我。我等了幾秒才尾隨上去，停在法庭門口監視。她走向大家在進入法庭必須把私人物品存放起來的小置物櫃，然後拉出了皮包，夾在腋下，活像裡頭裝著一張贏了大樂透的彩券。她扭頭看著法庭，但我在她看見之前就躲了起來。

凱西離開了法院，徒步前進——因為她仍沒有駕照——走向一條街的街尾。然後，她不向回公寓或是任何一個販賣食物的方向轉，反而走相反的方向，而且又扭頭回望。她有什麼勾當，而我直覺知道是什麼。我拉開距離跟著，只要她回頭張望，我就利用車輛和樹木小心掩護。我跟蹤她走向一排因火災而荒廢的建築。她最後一次扭頭張望，我躲在一輛車子後面，然後她溜進了建築裡。

我知道她要去哪裡。其中一棟毀於大火的建築曾是一家叫「賓哥」的廉價酒吧，是凱西特別鍾愛的那種。酒吧後面有一片碎石地，可停幾輛車；那塊地三面被無窗的其他建築外牆包圍，在城市中提供一處隱蔽的空間。

「賓哥」酒吧在大火之後就歇業了，門窗用木板封住，但有人撬開了前門的木板，我很容易就溜了進去，掏出手機，找到錄影功能。我悄悄進到從前的廚房，發現了一扇沒用木板封死的窗戶，因為上頭有鐵窗。我打開了攝影機，把手從鐵欄杆間伸出去。

我就從那兒看著我母親蹲在兩堆垃圾之間，一手捧著什麼寶貴的東西。然後她舉起一小支玻璃管到唇邊，點燃了火。我母親在抽冰毒。一口——兩口——接著她站起來，把管子放回皮包裡，離開了。

我在「賓哥」酒吧的廚房裡等待，直到確定凱西已經走遠，我才走向一家從中學後就沒去過的咖啡廳，點了一份魚肉三明治、一杯沙士和一片櫻桃派當午餐，同時反覆看我母親吸冰毒的畫面。

稍後，我把錄影拿給雪莉看，她笑了起來。「這下子就搞定了，」她說。「你母親剛剛發誓她戒毒了。她向法官說謊——而他們最討厭別人說謊。」然後雪莉轉向我，以嚴肅的語氣說：「你知道這件事很可能會讓凱西坐牢吧？」

我倒沒有想那麼多。

「要是我拿給法官看，」她說，「他們會搜索她的皮包。他們會找到玻璃管，或是給她驗尿。無論是哪一種，她都會違反假釋條例——第二次。知道了這種結果，你還是願意讓我使用影片嗎？」

我開始產生了疑慮，但我又想起了我母親是如何撒謊說我傷害傑若米的。她跟法官說我虐待我弟弟。她出賤招，是她為這場爭鬥設下了規則，那她就不能怪我反擊。又不是我叫她去吸冰毒的，也不是我讓她假釋的，怪不到我頭上來。我必須救傑若米，我別無選擇。

「對。」我說。「我要用這個。」

聽證會又開始後，凱西回到證人席上。

「尼爾森女士，」雪莉開始詢問，「在午餐休息之前妳說現在已經戒毒了。」

「對。」凱西說。

「是真的嗎？」

「是真的，天主可以為我作證。」

「而妳對妳的兒子喬所做的指控，也都一樣是真的嗎？」

「都是真的。」

「所以妳自從上次被捕之後就沒有吸過冰毒或是其他非法物質？」

凱西對我瞇起了眼睛，無疑是看出有陷阱，卻無力阻止。「沒有。」她說。

我的律師這時播放了我手機上的影片，向法官說明我在午餐休息時間跟蹤我的母親。法官看到我母親吸毒，一張臉震驚地僵住。

之後，一片混亂。法官命令庭警逮捕我母親，叫一名警員沒收她放在置物櫃裡的皮包。他們把凱西關押在與法庭相連的一間拘留室裡，同時執法人員拿到了搜索狀，由另一名法官簽發的。更多警察出現，法官和他們一同消失到他的辦公室。

等法官回來之後，庭警把凱西帶回法庭，她上了手銬，兩眼哭得紅通通的，眼影都花了，氣得臉皮變成豬肝色。他們把她押上被告席，她始終死瞪著我，恨意讓淚水後的眼珠變得晶亮。

「尼爾森女士，」法官說，把她的注意力從我身上喚走。「我收到報告，妳的皮包裡有一支管子，化驗的結果管子含有甲基安非他命。目前我們開的是監護權聽證會，妳願意的話，有權繼續作證，不過我強烈建議妳不要。妳說的話都可以用作反證。依目前的情況，妳會被控持有管制藥物以及偽證罪。妳應該認真考慮是否要放棄保持沉默的權利。」

凱西沒有作證，但是她也沒有保持緘默。她轉向我，大聲嚷嚷。「你個垃圾！你個天殺的廢物——」她撲向我，但是庭警和一名警察把她拉住了。「你最好希望他們把我丟進牢裡，因為如果他們沒有——」

法官站了起來。「尼爾森女士！不可以——」

「我他媽的會宰了你。」

「庭警，把她帶出去。」

庭警和警察把她往後拉，帶出了門。一路上，我媽仍不停地咒罵我。

等法庭又恢復平靜之後，法官做個深呼吸，看著他的書記官，看她是否仍在記錄。接著他看著雪莉說：「妳還有什麼證據要呈堂的嗎，努斯女士？」

「我……呃……沒有，我想我就到此為止吧。」

法官點頭。「我會詳細考慮傑若米・奈勒的監護權一案。與此同時，我會發出一份暫時令，把監護權交給請願人喬瑟夫・塔伯特。我會在適當時候簽發一張永久令。本庭休庭。」然後，記錄結束，法官又深吸了一口氣，吐氣時還鼓出臉頰。「哇。」他半自言自語，隨即站起來，離開了法官席。

只剩雪莉跟我在法庭裡，她靠過來說：「嗯，滿順利的。」

27

我坐在破爛的摩鐵房間床上，一隻手指劃著信封的封口，只有薄薄一片膠帶，是莉拉貼的，是阻止我看凱西的信的唯一障礙——嗯，膠帶再加上認識我母親一輩子的恐怖回憶。我看著傑若米，他靜靜看著他的《小飛象》。我想到傑若米早晨說的話，好奇他的母親是否死了。我想起莉拉拿著這封信，告訴我說我需要看。我掙扎著把這些想法推到一邊，但是到頭來，我還是拆開了信封，讀了起來。

親愛的喬、傑若米和莉拉，

我這封信是寫給你們三個人的，但是我最大的希望是你，喬，會看這封信。我有很多條漫長的路要走，但是走向你的那條路仍然是我最漫長也最艱難的。

寫這封信時，我的腦子裡裝滿了我上次看到你的回憶。我被兩個戴警徽的男人拖出法庭。我想不起我對你說的每一句話，但是我記得我那時想不出夠強烈的字眼。想想，做母親的可以恨自己的兒子，實在恐怖，可是那天我恨你。你知道，我那時吸了冰毒，我不是說那是個好藉口。沒有藉口。我這麼說只是讓你知道你對我的所有看法都是對的。

那天他們逮捕我之後，我覺得我的一輩子是完了。我知道他們把我從法庭拖出去，我就失去了傑若米。我只能想到我要坐牢了，而都是你害的。我看不出是我自己害我自己坐牢的。我犯了他們指控我的每一種罪，可我卻還是只能把自己的墮落怪到你頭上。也不知怎地，我可以把我這輩子裡一切的錯都怪到你頭上。

我很肯定他們會把我丟進牢裡。我上一個違反假釋條例的聽證會的法官說她要給我最後一次機會，要是我再違法，她就別無選擇了。結果呢，我怎麼做？我又搞砸了。我在傑若米的監護權聽證會上吸毒。我覺得我要是不抽上一口就沒辦法表現正常。我以為我躲得掉。可是你太了解我了。我很羞於啟齒，可是我必須誠實。你把影片拿給法官看時，我真希望沒把你生下來。我把你的行為看成是最大的背叛。我現在知道我錯了。

可能很難相信，可能根本不可能相信，但是你在那天救了我。

他們逮捕我之後，起訴我第二次持有管控藥物。我有了自殺的念頭。我覺得要是我自殺了，我也許可以讓你覺得內疚。我設法想像在你知道我是因為你的背叛才死的時候你的表情。不過，說真的，我是不可能說服自己相信我的死會讓你有一丁點難過的。我對你和你弟弟做了可怕的事情，我沒有理由指望你會對我有什麼感情。

我被帶上法庭時，他們給了我一個不坐牢的機會，是一個叫藥物法庭的計畫。他們說計畫完成的時間至少要一年半，更有可能是兩三年。我每週得出庭一次，按照他們的命令做。我不清楚計畫的內容，但是只要能讓我不必坐牢，我什麼也不在乎。我猜我可以作假。我錯了。

從一開始，他們就逼我去看心理醫生。我抗拒，但內心深處我知道我是一團糟。起初不很順利。我恨死了我的心理醫生，但是後來我抵抗得累了，就開始說話。她的人不錯，沒批評我。我跟她說了我從來沒跟別人說過的事，我從來沒告訴過你的事。能夠說出來感覺真好。她說我是患了創傷後壓力症候群和躁鬱症，那就說明了我這一輩子為什麼會覺得腦子裡像有一千個短路。

我做了一些一輩子的大改變。我現在考到駕照了，還找到工作。我現在在康復期，而且已經四年沒碰毒了。你看到的我吸毒那次是最後一次，而且我現在也是一滴酒都不喝。

我知道你可能在看這封信時一面跟自己說她有什麼目的？沒有，一個也沒有。我現在已經走出藥物法庭了，我每星期都去團體治療。我在做十二步驟計畫，效果不錯。我一直最怕的一步就是我正在做的這一步。我一定得向那些我傷害過的人提出彌補。我想補償你，可是我知道我不值得你的原諒。

所以我今天才會寫信給你。我想告訴你和莉拉和傑若米我對我的所作所為有多麼抱歉。那麼多年來我是個可怕的母親，可怕的人。我不指望會有你的消息，要是你不回信，我了解，可是我需要你知道我很抱歉。

我想我要說的話就是這些了。我不會再跟你聯絡了。要是你決定了你有那個意願想原諒我，我會張開雙臂歡迎。

我又把信紙折了起來，腦袋咚咚打鼓，信中的話推擠著我的回憶。我記不起我母親幾時這麼清醒地跟我說過話，讀起來簡直就像是別人唸給她寫的。我思索了一會兒。我覺得是有這個可能。

我再讀一遍，感覺到同樣的疑惑。我不能否認我想要相信她。哪個兒子會不想要信中的這個人當他的母親？但是我還得考量傑若米。萬一那個舊凱西仍埋伏在角落裡，我不能冒險讓他接近這個新凱西。我必須知道這封信是真心誠意的。我看著信封上的回郵地址，看到她仍住在我們的老公寓裡。這些年來斷斷續續發生那麼多事，她仍然住在相同的地方，有著相同的房東——布瑞摩先生。

我仍記得布瑞摩先生的電話，我鍵入了手機，拇指停在「撥號」上方一秒，這才按下，撥打電話。

28

監護權聽證會之後我也不回奧斯丁了，而且坦白說，我也不計畫再踏進那座城市。但是下午漸漸被傍晚取代，我發現自己坐在奧斯丁市區的一家咖啡廳裡，看著傑若米吃煎餅，等著泰利・布瑞摩出現。我在巴克利打給他，只問了一個簡單的問題：我母親真的變了嗎？他的回答是：「我們應該談一談。」

我想傑若米並不了解我們是在奧斯丁，即使是在我們母親的老房東走入咖啡廳，向我們這一桌走來時。布瑞摩的那件法蘭絨襯衫好像這麼多年來就沒換過，但是，我認識泰利・布瑞摩大半輩子，卻想不起來除了長袖法蘭絨襯衫之外他還穿過別的衣服，即使是在酷暑天。

「嗨，布瑞摩先生。」我說，伸出了手。

「我覺得你可以開始叫我泰利了。」他說道，給了我一個有力的握手。我能感覺到他掌心上的厚繭，我一下子回到十幾歲時替他工作的時光。而今在他的掌握下，我的手一定像柔軟的海綿——套用他的說法，是個動腦的而不是動手的人的手。

他坐進傑若米和我的對面。「嗨，傑若米。」他說。

「嗨，布瑞摩先生。」傑若米說，沒有露出一絲的驚訝。

我打開筆電，給傑若米播放電影，好讓我和布瑞摩先生談話。傑若米戴著耳機，漸漸聽不到我們的對話了。然後我把凱西的信放在桌上。

「媽寄來的……十二月的時候。我一直到今天才看了。」我指著回郵地址。「媽仍然住在她的老公寓裡嗎？」

「對。」

「那你大概知道這幾天她過得怎麼樣吧？」

「我是知道，」他說，還點點頭。「我一直在留意她。你大概應該知道我把她趕出去過一次。我是很想體諒，即使是房客去坐牢了。她很多次房租沒交，我都沒催討。可是她後來第二次被控持有毒品，我就把她趕出去了——就是監護權聽證會的那次。」

「你聽說了？」我說。

「我聽過她的說法。我覺得我滿清楚是怎麼回事的。我的底線是不驅逐她不行。」布瑞摩舉高雙手。「我沒別的法子。我不能不動用驅逐房客程序。我把她的東西都送去了倉庫。你母親的狀況很差，我同意只要她能不坐牢，我就不把她的東西丟掉。可如果她進了監獄，那，我也不能幫她付倉儲費付上幾年。」

「可她還是想辦法又回公寓住了？」

「不完全是那樣的，喬。我跟她說我把她的東西都放進倉庫了，她叫我直接燒掉。她覺得她要坐牢了，什麼都無所謂了。」布瑞摩看著傑若米，他正專心看著電影。「喬，聽證會上的事傷透了她的心。她本來一直讓人覺得很潑辣，有時候還就是個壞胚子，可是聽證會之後，她成了一隻被打殘的狗。」

「是她自找的。」我說，我的話連聽在我自己的耳朵裡都像強辯。

「那是一定的，」他說。「你母親的事不能怪你。其實呢，我想跟你說的是我有多以你為榮。我看著你母親往懸崖衝，可如果有人不想要幫助，那你也沒有辦法。你們就是那樣。可是你接納了你弟弟，那一定很辛苦，我因為這件事敬重你。」

我聳聳肩。

「有時候，喬，得要世界包圍住你你才會明白事情不是你能控制的。有些癮君子要等到撞到底下的岩石才會看到出路。我那天去監獄看你母親，我覺得她是撞到底下的岩石了。」

布瑞摩伸手到脖子上拉起衣領下的一條銀項鍊，尾端吊著一個黃金獎牌。他拆了下來，拿給我。獎牌約莫半個一元硬幣大小，中央有個三角形，三角形裡印著「二十五」的字樣。獎牌邊緣有銘文，寫著「忠於自己」，三角形的三個邊上分別有「團結、服務、康復」三個詞。

「我在二十五年前也撞到了岩石，」他說。「我的家庭，我的工作，一切都沒了。」

「我不知道。」我說。

「沒有很多人知道。可是我要你明白我是以過來人的身分跟你說話的。」

「她過來了嗎？」

「嗯，可能這麼說不對。上癮是很大的折磨。很多人覺得要戒掉只有一個辦法，那就是不要再喝酒了，或是不要再吸毒了。其實不是這樣的。不喝的話，你也許能清醒，可是只要碰上一個倒楣的日子你就會再倒回陰溝裡。康復是一種生活型態。你得改變你對世界的看法和你對自己的看法。你母親現在就是在努力這個。」

「那，她隨時都可能再回去吸毒？你也看出問題所在了，對吧……泰利？」叫他的名字感覺怪怪的。「我不能讓她……」我朝傑若米點頭。「我不能再打開那扇門，除非我能百分之百確定。」

「喬，我可以明天拿起一瓶啤酒，然後我就會又掉進已經爬出二十五年的洞裡。誰也不能給你保證。」

「可是我對他有責任。」我又朝傑若米點頭。「我不能就忘了過去，相信她。不是那樣子的。」

「我明白，」他說。「需要時間。我也花了一點時間才又相信她。我沒有讓她就直接回來公寓住，其實我把公寓租給了別的家庭兩年。你媽出獄之後，法庭讓她去住中途之家，然後是戒毒機構。他們幫她找到了工作，她真的很拿手。」

「什麼工作？」

「她替我工作。」布瑞摩微笑道。「她幫我管帳。」

「管帳？像是……錢由她處理？」

「對。她收房租，付帳單。什麼都由她來。」

「你相信她？」

「喬，我撞到岩石的時候因為偷竊老闆的工具被開除了。我有偷竊的前科，所以我知道在你被烙印之後是很難找到工作的。我看到你母親的努力，我給了她一個機會，而她有很大的進步。」

「所以你才讓她又住回她的老公寓？」

「不完全是。」泰利的十指交鎖，放在桌上。說話時直視我的眼睛，偶爾在需要回憶時才瞥向別處。「她替我工作，所以她知道那間公寓空了。她請我讓她搬回去住時，我猶豫了。」

「所以你還沒有完全相信她？」

「不是那樣的。不完全是。回到舊陰影裡可能是個餿主意。那些地方有鬼——舊回憶。何必冒那個險？我不覺得讓她搬回老公寓是好主意，所以我拒絕了。可是她跟我說她需要那麼做，她需要面對她的過去。要嘛她夠堅強，要嘛就不夠。她的鬼魂就是你們這兩個孩子。她就算換公寓也逃避不了，她必須直接面對。」

「那……結果怎麼樣？」

「她住進去一年了，我沒見過她有幾時這麼堅強過。」

我努力想像我母親是個堅強的人，卻沒辦法。

「喬，我不能叫你怎麼做。你得自己決定。可是我給了你母親第二次機會，我並不後悔。」

「那是因為你沒有一個自閉症的弟弟得擔心。」

「沒錯，」他說。「可如果你想自己親眼看看，凱西今晚會去信義會主恩堂的地下室參加戒毒匿名聚會，七點半開始。正好我是今晚的主講人。聚會對外開放，所以歡迎你來。」

「她會去？」

「你自己來看。」

傑若米摘掉耳機，這還是布瑞摩來了之後第一次開口。「我覺得我需要上廁所。」他說。

「好。」我說，滑出了座位。陪傑若米走去男廁，站到一旁確定他沒進錯門。然後我回去座位，布瑞摩已經站了起來。

「我知道要跨出這麼大的一步是很難的事，」他說。「不愉快的過去太多了。只要記住人是可以改變的。我就變了。」

我點頭，不想爭辯。布瑞摩伸出手，我和他握了手。

「再見到你真好，」他說。「我是真心的：我以你為榮。真的。如果你決定了不管，我能理解。還有我們這次的見面……」他一根手指比著我們剛坐的位子。「你母親不會知道，除非是你自己告訴她。」

「我很感激。」我說。

布瑞摩抿著嘴唇對我微笑，拍拍我的肩，走掉了。

29

我開車到奧斯丁的北區一處公園，思忖我面前的地雷區——許許多多的地雷區。我難道瘋癲到真的考慮去那間教堂？我千辛萬苦才讓那個女人滾出我們的人生。而且我做到了——我贏了。莉拉、傑若米跟我是一家人，就我們三個。我知道我應該要上路，開兩小時車回巴克利，但是每次我承諾要離開奧斯丁，我都會聽見莉拉的聲音在跟我說沒有什麼是無可救藥的。

莉拉讀了凱西的信，她和凱西通過電話，而且她相信我母親變了。布瑞摩也相信。萬一他們錯了，那我可要好好說他們一頓，教訓他們我早就知道。但是憑良心說，我不想要在這件事上是對的。我不想要我的母親是那個我記得的廢柴。看來唯一能讓這場拔河結束的辦法就是去那個戒毒匿名聚會。

七點半我來到了第六大道，停在信義會主恩堂的對街，距離夠遠，不至於惹眼，但也夠近，讓我可以觀察從停車場走進去的人。我沒看見凱西，卻看到了泰利．布瑞摩。他在接近教堂門口時，停下來回頭，掃瞄各色汽車，最後看到了遠處的我。然後他微笑，點頭，走進了教堂。又一些遲到的人走入教堂，然後停車場一片寂靜。

我不能把傑若米留在車子裡，但是帶著他又是莫大的風險。他看到母親會有何反應？我得找到地方偷聽卻又沒人看見。而傑若米需要服從我而不爭辯或打架。這件任務隨時都可能會大大出錯，可是無論好歹，我是非進去不可的。

我轉向傑若米。「記不記得有時候電影裡有人上教堂，他們都必須非常安靜？」

他點頭。

「你看到那邊的教堂了嗎？」我指著。

他又點頭。

「我們要進去一下，我需要你非常安靜。你能做到嗎？」

「也許我能。」

「我是說絕對不可以說話。知道嗎？」

「也許，我會為了你非常安靜，喬。」

「太好了。待在我身邊，好嗎？」

他沒回答。

我們往教堂走時，我的手錶是七點三十八分。聚會已經開始了。每個人都入座了，可能不會注意到有兩個人從後面溜進去。我們走進入口，而我左邊流瀉進來的光吸引了我的注意。我能聽到那扇門後傳來說話聲，我示意傑若米跟著我。進門後有樓梯可以通往地下室。我站在頂層，能聽見有個女人——不是凱西——在宣布一次露營之旅。

樓梯的兩側有木頭護欄，如果我們待在最上層，底下的人就看不見。我一隻手指按著嘴唇，告訴傑若米保持安靜，然後我們就坐下來。從這裡我們可以聽見聚會，就像是在同一個房間裡一樣。

傑若米在我旁邊坐下，我的手機叮了一聲，是簡訊。我忘了要調靜音。我咬著牙，掏出手機，轉成靜音，再看著號碼。陌生的。

「今晚的主講人，」底下的女人說，「是一位我們都認識的人。他就像是這個團體的磐石。」

我讀著手機上的簡訊：你是那個記者？

我回道：對。哪位？

我等著回覆，轉而注意說話人。「我就不囉嗦了，讓我介紹泰利．B。」從拍手聲來看地下室裡約莫有二十人。

我又看著手機。我是穆迪。你想談一談？

我險些就沒拿穩手機，我趕緊回道：對。打給我。然後我把手機轉為震動，站了起來，示意傑若米跟我到外面去，讓我能接電話。穆迪．林區，那名逃犯，就要聯絡我了。我毫無準備。我的腦袋還沒就位，可我要是錯過這次機會，那我才該死了。我再揮手，可是傑若米不肯動。

我的手機響了。電話不行，當面談。明天一點。我再發給你地點。接著，幾秒後，又一通：

不准帶警察！

我能聽到下面泰利．布瑞摩的聲音。「謝謝，我叫泰利，我有酒癮。」

「嗨，泰利。」

我坐回到傑若米身邊。穆迪想要跟我見面。這不是我的計畫，我本來是想用電話談一談的。

我敲了回覆：壞主意。我為什麼要和一個被控謀殺的人見面？打給我。

泰利．布瑞摩有那種低沉安撫的聲音，應該是有年紀的鄉村歌手的嗓音。他說：「我知道我今晚是應該要跟你們說說話的，但是我要請在座的各位幫個忙——特別是某一個人。我聽過凱西．N說過她的故事，但是我覺得有些新人聽她的故事一定會得到很大的啟發，所以如果她願意，我很樂意讓她來取代我。這樣可以嗎，凱西？」

一陣低低的嘟囔聲，然後我聽見我母親說話。「我什麼也沒準備。我沒把握。」

我看著傑若米的臉，想衡量他這些年來第一次聽見母親聲音的反應。起先他一臉迷惑，彷彿是在找尋聲音的來處，後來他的眼睛盯住了我們前方牆壁上的一塊污漬，表情像是某人伸長耳朵想聽一句逐漸變小的呢喃。

布瑞摩說：「凱西，如果妳願意說說妳的故事，我會很高興。拜託？」

「那好吧。」她說。

我的手機又震動了，我看著簡訊。我沒殺人。如果你是安潔的哥哥，那你需要聽聽我的說法。我愛她，不會傷害你。只不要有警察。

我不想現在和穆迪爭辯。凱西就要說話了，而她說的話對我很重要，比跟穆迪．林區會面的後勤問題更重要。我很快回覆——行——告訴自己稍後可以變卦，在我有時間仔細思索過後。

底下，我母親的話，哀傷安靜，飄到樓梯上我和傑若米坐的地方。「嗨，各位，我是凱西，我有酒癮，也是個冰毒上癮者。」

這些話竟然害我打冷顫，她冷冷的承認把我自己的許多痛苦來源訴諸了語言。但是我甩掉我的反應。這些只是空話，是匿名戒酒會的形式教條。我一點也不懷疑凱西有需要的話是能夠把祈禱書唸得有如行雲流水的。對我媽我很確定一件事，就是她很會假裝。我把疑心都叫回來，等待著。

「我……我沒打算今晚要說話，」她說。「我通常會先找時間整理一下腦袋，所以要是我說得不好，請多多包涵。」她頓了頓，我能聽見她在深呼吸。之後她開口說：「我以前有兩個漂亮的兒子，喬和傑若米。」

傑若米聽見凱西說他的名字，就作勢要起身，我拉扯他的衣袖，要他坐好。他坐在樓梯的邊緣，開始用右手拇指揉搓左手指關節，眼睛鎖定了前方的牆壁。來這裡真是個餿主意。

「而因為我選擇了我的癮頭而不是他們，所以我有很久很久沒見過他們兩個，或是和他們說話了。」

我一心一意認為我母親會洗白我們共有的過去，她的那部分過去我是親身經歷，可以加以反駁。我做好了心理準備，等著聽她說她被忤逆自私的兒子冤枉，體制又是如何欺壓她。我等著那些藉口和半真半假的敘述——以及，坦白說，那些謊言。她不知道傑若米和我躲在樓梯上，她可以把我們的過去染上她想染的顏色。

但是凱西沒有洗白她的故事。她緩慢誠實地訴說曾是我們生活的挫折與失敗。偶爾在她訴說她喝酒，丟下我們兩個孩子時，她會停下來，嚥下情緒。她告訴聚會中人她漸漸把她的兒子當作累贅，我能聽出她話語中的不加掩飾和痛苦。「我覺得我的兒子是拴在我脖子上的大石頭，」她說。「要承認實在很可怕，可是我相信要是我的生活中沒有他們，我會更快樂。」

她的話開始猶豫，失去了平衡，所以她又停住了。等她可以再繼續後，她說：「然後到了最緊要的時候，有天晚上我看著一個人打我的自閉症兒子，傑若米。那是個我那時正在約會的男人。我們一起吸毒，一起酗酒——而他打了傑若米，我卻束手旁觀。」

她的哽咽打斷了她的話，她又停下來深呼吸。「他用拳頭打了我兒子的臉，而我卻只能找藉口來掩飾為什麼這樣沒關係。」她繼續往下說，聲音拔高，情緒攀上高峰。「我是他的母親，我是應該要保護他的。我應該要做點什麼，我應該要報警的，可是我滿腦子只想到我不想一個人。」

凱西奮力穩住情緒，又停頓了下來。傑若米不再揉手了，這時眼睛往下投注在樓梯底，五官緊皺，像是想把一個沒有圖案的拼圖拼好。

凱西恢復鎮定之後說：「那晚，我兒子喬來了，把他的弟弟帶走了。你們會以為這種事情就足以讓你回頭了，可是我沒有。」凱西的聲音開始透出一絲憤怒。「我因為持有安非他命被捕——可是那樣子還不夠。我兒子為了他弟弟的監護權跟我打官司，而且贏了——可是那樣子還不夠。我還是以為我會假釋，再回去吸毒。我知道我能騙過司法，那些事全都不能改變我，因為世界越是用力推我，我就會越用力推回去。」

媽的憤怒語調消逝了。「可後來有一天我看過心理醫生之後走回家，我在公園停下來休息。

我看到兩個男孩在玩，其中一個，年紀小的那個，是唐氏兒。我突然發現那個哥哥有多照顧他、多保護他。我看得入迷了。該離開了，那個哥哥拿起了弟弟的外套，幫他穿上。

「那個時候，我忽然想到了一件事，是我很久以前就忘掉的。喬伊那時一定有八歲了，傑若米六歲。我帶他們去我爸家，讓他幫我看著他們，我好出去喝酒。我記得我在趕時間，對著兩個兒子吼，叫他們快一點。

「我們走出了屋子，我牽著他們的手，可是喬伊卻甩掉我的手，往屋子跑。那天很冷，我對喬伊吼叫，我是說我真的破口大罵，氣他害我在寒風裡等。等喬伊回來，他拿著……拿著傑若米的厚外套。」我母親的聲音因情緒而發抖，她掙扎著往下說：「我……我把傑若米拖出去，忘了他的外套。喬伊把外套拿了出來，幫傑若米穿上。

「那天在公園，那段回憶湧上來，我哭了起來。我跑回家，兩眼都是淚水，我幾乎看不見。我跑進臥室，坐在角落地板上——我哭了又哭。就好像是我犯的錯像海浪一樣一波波的湧向我。我看見了這些年來我做了什麼，我錯過了什麼。我沒辦法止住眼淚，因為這輩子我第一次能夠看清我到底是什麼人——而那很傷人。」

傑若米向前傾，像是想站起來。我覺得他是等著看我是不是會把他拉回去。我沒有。

「我失去了我的兒子，」我母親說，她的話在我們的過去的重量下碎裂。「我愛喝酒勝過了我愛他們。我更愛冰毒。我擁有了一切讓我快樂的東西，從頭到尾他們就在我的面前，我只需要張開眼睛看見他們。」

我站起來，陪著傑若米下樓。

「我的癮頭奪走了我——」凱西話說到一半打住，嘴巴合不攏。她瞪著我們，彷彿沒辦法了解她看見了什麼。她以手掩口，模糊的哭聲溜出她的嘴巴。她的膝蓋發軟，泰利衝上去扶著她坐在地板上。

房間裡的每個人都轉頭看是發生了什麼事，有許多人已經在哭了，被凱西的故事感動了。他們看見了我們，立刻明白過來，而且很快，房間裡似乎沒有一個人的眼睛是乾的——只有傑若米例外。

30

傑若米跟我，從匿名戒酒會的聚會後面突然現身，讓整個聚會戛然而止。傑若米走向凱西說哈囉，彷彿他昨天才見過她。媽輕輕地擁抱了傑若米一下，時間很短，因為傑若米不喜歡擁抱。我待在房間後面，等著布瑞摩把凱西和傑若米帶出去。

我們往樓梯上走，出了教堂，沒有一個人知道該怎麼辦。出去之後，夜晚因為未說出口的話而變得濃重，我們站在一起，說著彆扭的閒話。最後還是布瑞摩建議傑若米跟我陪我們的母親回她的公寓去。

走進我的老家，許多許多年以前我最後一次和我母親弟弟共進一餐的公寓，我的膝蓋有點發抖——就像腎上腺素開始從肌肉纖維消退的感覺。公寓的樣子沒變，卻又不一樣了。洗碗槽裡堆成小山的碗盤不見了，掛在椅背上的衣服不見了，需要打掃的那種隱隱的腐敗氣味消失了。凱西現在有一張沒有酒精污漬的沙發，四周的物品像是擺錯了地方：脆弱的瓷娃娃、瓷花瓶、玻璃碗裡裝著乾燥花——在我們的舊世界裡絕對留存不下的東西。

媽也看起來不一樣了。她剪了短髮，年輕時的長髮變成了簡單的鮑伯頭，讓她的臉變柔和了。就這麼簡單的一個改變，就彷彿她向世界發出了信號，她不再招蜂引蝶了，而是想要別人認真地看待她。

媽幫傑若米打開電視，放了一片舊電影到她的放映機裡——《獅子王》。「你一定有一陣子沒看這部電影了。」她對他說。

傑若米的下巴貼著胸口，思索著她的問題，然後說：「也許是很久了。」他坐在沙發上看電影，背挺得很直，兩手按著大腿。

凱西朝廚房桌子點頭，我跟著她過去，我們坐下來，瞪著彼此，彆扭了一會兒。我想說點好聽的話，但唯一能想到的是恭喜她能改頭換面，可在心裡練習時，聽起來卻像是侮辱。我確定她也有同樣的掙扎。最後，是凱西先開口。

「我猜你能從我的反應知道我沒想到今晚會看見你們。」

「妳可以感謝泰利．布瑞摩。我覺得他知道我們在後面聽，所以他才要妳說妳的故事。」

「我很高興他那麼做。」

「我不知道妳的口才那麼好。」我說。

「我也不知道。大概就是在康復期會做的事吧。你想告訴別人你是怎麼搞砸的，而也許他們能從你的錯誤中學到教訓。」

我想安慰她，跟她說她不是那麼差的母親，但是我們兩個都會知道我是在說謊。我隔著桌子看著這個陌生人，感覺有必須字斟句酌的需要；我不想說什麼會害她失控，又回到我幼時的凱西。

「莉拉好嗎？」凱西問道。

「她很好。」我說。我看不出有必要在此時此刻討論莉拉和我面臨的壓力。

「她是個很甜美的女孩子。她前一陣子打電話給我，你知道嗎？」

「知道。」我說，並沒怎麼掩飾我的不悅。

「我希望你沒有因為那件事生她的氣。」

我搖頭。

「她說她在念書，想當律師。我都不知道她想要當律師——可能我是知道，是我不記得了。我有很多該知道的事都忘記了。很奇怪，你把什麼都戒乾淨之後，你的頭腦會真正痊癒。他們以前在治療時也是這樣跟我說的，他們說得慢慢來，可是我從來不肯給它時間。我大概是花了兩年腦袋裡的迷霧才完全散掉。」

「嗯，妳看起來……很健康。」

「謝謝。我覺得健康。我現在正在治療。」

布瑞摩跟我說過，但是我裝得像不知道。

「他們讓我用鋰鹽。」

「鋰鹽？那……那是不是，像主要藥物？」

「對。我大半輩子都有躁鬱症，我媽過世後又多了創傷後壓力症候群。」

我知道尼爾森外婆在媽中學時過世了，但是在我小時候，悲劇——車禍——似乎沒有什麼分量。我外婆的死和她在我們的人生中缺席好像也不過就是我母親的彈藥，用來指責我是個多不知感恩的小混蛋——我比她擁有的多多了，因為我有母親。

「她的死有很多事我沒跟別人講，連我父親都不知道。我以為我把它拋到腦後了，但我在治療裡學到了一件事——像那樣的事是不會消逝的。」

「妳現在可以談一談嗎？」我盡可能問得溫和。

凱西看著我們之間的桌子，眼睛鎖定了一段遙遠的記憶，手指交纏，像個就要祈禱的人。然後她說：「我那時是中學高年級，在排球隊，在打地區賽。媽不喜歡來看我比賽。我覺得她要是可以的話，會待在家裡看電視喝酒。」我母親看著我，露出苦笑。「恐怕我這個女兒比起她來也好不到哪裡去。」

我沒讓自己反應。

「那天我發了好大的脾氣，」凱西說。「我對她尖叫，跟她說要是她不來看我比賽，那她可以不必再當我媽了，因為我不要再當她的女兒。我們那天對彼此說了一堆難聽的話。你外公通當都會當和事佬，讓我們不至於太過分，可是那一天他不在。」

凱西站了起來，從廚房的一個盒子抽出幾張面紙，又回來坐下，用一張面紙點拭眼角。

「我母親去了錦標賽，但是先喝了足夠的酒讓她熬過那晚。我站在體育館外面，在熱身，跟別的女生練習接球和托球，然後我們就聽到了可怕的煞車聲和撞車聲。」

她停下來呼吸，穩住自己。

「我看到有煙，就跑了過去。等我趕到時，有一輛車子已經起火了。我就在那時看到我母親，趴在起火那輛車的駕駛座上。我放聲尖叫，往她的車門跑，可是還沒跑到，車子就噴射出火焰了。」

我母親迷失在她的故事裡，不再輕拭流下臉頰的眼淚。「我看著我母親死——被活活燒死。我知道她沒有意識了，我只能禱告她感覺不到火焰。她的驗屍報告上說她闖過停車標誌時喝酒了。謝天謝地另外那輛車的女士沒有死。」

凱西的手仍握在一起，軟弱無力，就在我的手的咫尺之外。我緩緩伸出手，按住了她的手。我覺得這一點讓她驚訝，因為她短促地吸了口氣，然後含著淚微笑。

「我沒跟我父親說過我們那天吵架，我不想要他知道媽會酒駕都是我害的。她會死都是我的錯。」

「才不是，」我說。「妳也知道，對不對？」

我母親用雙手包住我的手，捏了捏。「我知道，」她說。「可是這麼多年來我都是這麼想的。」她很輕地笑了一聲，紓解緊繃。「你都不知道我有多亂七八糟。」

我微笑。「我有點概念。」

她又轉而嚴肅。「我想謝謝你做的事。」

「我做了什麼？」

她朝傑若米點頭。「你救了傑若米的命。那天你把他從這裡帶走，我……唉，我想內心深處我是慶幸的。我知道跟賴瑞在一起是越來越失控了。賴瑞把虐待再升級只是遲早的事，我是知道的。」

「我只是一時衝動，我不是故意把他的膝蓋打殘的。」我說，不過我其實也不怎麼相信。

「他活該，」凱西說。「只不過，我一直以為那是暫時的——你帶走傑若米。我以為我可以振作起來，我們就會回到從前。可後來你為了監護權跟我打官司。」

我硬起頭皮等著衝擊。

「要不是你那麼做了，我不知道傑若米會發生什麼事。」

我的肩膀放鬆了下來。

「他需要有人照顧他，而我連自己都照顧不了。我真的好為你驕傲，喬，我現在說不出我有多開心。我沒想到我還能見到你和傑若米。你們可以待一會兒嗎，還是今晚就得回雙子城？」

「其實傑若米跟我現在是在巴克利。」

「巴克利？」

「喬．塔伯特一世在週二晚上死在那裡了。妳知道他住在巴克利嗎？」

她把手抽走。「喬死了？我不知道。你是怎麼……我是說，你跟他有聯絡？」

「我是從新聞稿上發現的。他……嗯，有人殺了他。」

凱西拿起面紙，握成一團，眼睛迷失在某種憂鬱的霧靄中。「他會那種死法我一點也不意外，」她說。「他不是個非常好的人。」

「他真的是我父親嗎？」

「什麼意思？」

我考慮要把錢的事告訴她，卻迅速否決。事情已經夠複雜了。「我是說，有沒有可能他不是我的親生父親？」

她沒有立刻回答，我能從她的眼中看出我的問題戳中了一條神經。「他是你父親。」她的語氣卻不肯定。

「有可能不是嗎？」

「喬，我那時的生活並不順利。那不是藉口。我……我做了一堆傻事。我是從跟我交往的男人的眼中找到自己的價值。」她的臉頰變成粉紅色，有些窮於解釋。「說出口來很難……尤其是對妳自己的兒子，可是……我那時有好幾個男人。很難百分之百肯定，可是我確定喬是你父親。」

「可是不到百分之百肯定。」

「喬，拜託不要——」

「妳認識他弟弟查理嗎？」

凱西露出苦瓜臉，彷彿光是這個名字就足以讓她的口腔多了苦味。「查理‧塔伯特是個邪惡的人。我現在在康復期，都盡量在別人的身上看到善良，可是那個人……」

「我聽說喬和查理的關係並不好。」

「喬討厭查理。」

「為什麼？」

媽看了我一眼，彷彿是在說：別逼我往下說。接著她拿面紙擦鼻子，舔了舔嘴唇，點點頭。

「別人都以為是因為查理有喬沒有的一切：聰明、成功、光鮮。中學時，查理是那種頂尖的學生，無論是在哪個方面。他們兩個都是壞孩子，不過查理是那個妳會跟他約會，讓妳可以跟女性朋友吹牛的。喬嘛……呣，喬是那個沒有魚蝦也好的。」

我能看出我母親的眼睛積累出一波悔恨。

「我是在跟喬約會的時候才發現這一切的，可是查理有個秘密，是他們家的人不讓別人知道的。他們的母親以前會為了多賺點錢當保姆，類似違法的托兒所，而喬和查理會幫忙。有一天，喬進門就發現查理在性侵一個孩子，一個叫帕琵．桑切茲的小女孩。她就住在跟我小時候同一條街上。查理是青少年了，而帕琵那時才六、七歲。」

「要命喔。」我低聲說。

「對。喬嚇壞了，就告訴了他母親，可是什麼事也沒發生。他父母把整件事都隱瞞住了。查理繼續過他幸運的日子，沒有後果。而且他好像也從不後悔他對帕琵做的事。」

接著媽換上疑問的表情，向前傾，問我：「他們覺得是查理殺了喬的嗎？那我一點也不意外。」

「他們不那麼認為；事實上，想要喬．塔伯特死的人有好長一串。每個人都覺得他是混蛋——他們的話，不是我的。」

「我想他就是那種人，而且還更壞。」

「可妳卻給我取了跟他一樣的名字。」

我能聽到聲音中的指控。在我們兩個之中，我是那個落入舊模式的。但是凱西並沒有像過去那樣反應，她只緩緩呼吸一口，然後再呼吸一口，才說：「喬，我這一輩子對許多人都造成了很大的傷害，你和你弟弟受害最深。我有一大堆的問題，我正在盡全力面對——一次一個，我們都這麼說。我們可以……等一下再討論這個嗎？今晚我只想享受跟你和傑若米在一起的時光。」

我覺得很差勁，只想挑釁。「對不起，妳說得對。」

「你們今晚得回巴克利嗎？」

「嗯……」

「我還留著你們的上下鋪。」

「我不知道——」

「對不起，」她說。「我不應該……」

我沒想個透徹。我怎麼會沒預料到她的這個要求？我環顧公寓，尋找我母親打造的這個新生活的種種跡象，在這個新女人的文靜笑容裡看不到一點舊凱西的痕跡。可是我之前就錯過。我想在琢磨這條新皺紋時遠離我母親的影響之外。

「我有件事情要辦，」我說。這是謊言。「妳能稍微看著傑若米一會兒嗎？」

我母親眉開眼笑，根本不需要回答。

我離開了凱西的公寓，開車穿過奧斯丁，繞過熟悉的老地方，喚起了我為什麼不應該把傑若米留給我母親的種種回憶。但是公寓裡的那個女人和那個在監護權聽證會後咒罵我的女人沒有多少相似之處。我母親變了。布瑞摩看見了，莉拉看見了，而要是我捫心自問的話，我也看見了。

我讓傑若米看他母親就已經跨越一條線了。再跨越一條有那麼糟嗎？而要是我能把傑若米留在凱西這兒，在各個方面對我都有幫助。要是我決定去和穆迪．林區見面，我該把傑若米放在哪裡？我不能把他再丟在摩鐵。要是她能清醒個一兩天，我也許可以把事情處理好。而要是她失控了——萬一真這樣，我也只需要再過橋來。

回到凱西的公寓之前，我在一處商店停下，幫傑若米買了夠穿幾天的衣服——以及一把綠色牙刷。我坐回車上，打給莉拉——直接轉入語音信箱。

「嗨，莉拉。妳不會相信，可是我居然在奧斯丁。我想讓妳知道……我母親的事妳是對的。說來話長，不過傑若米跟我要在她的公寓過夜。然後早上我會回巴克利。一個晚上沒有他跟我們兩個之中的一個在一起會很奇怪，我想不起有哪個時候是我們兩個單獨在一起的。對不起，我在胡說八道。我只想說妳留著那封信是對的，我真的很抱歉我小題大作。我有很多事很抱歉。我希望妳讀書順利，還有……我真的很想妳。」

31

翌晨，我比預計的時間要晚出發。凱西早餐弄了煎餅、培根和炒蛋——真正的食物。我和傑若米是靠一堆速食長大的——任何可以放進微波爐或是裝在盒子裡的。當然了，我們偶爾也能吃到家常菜，但我記得只有寥寥幾次，而即使是那幾次，烹調的品質都得要打個問號。我覺得早晨最讓我驚訝的是貨真價實的楓糖漿。其他的東西可以作假，但是櫥櫃裡有真正的楓糖漿，隨時取用，意味著凱西可能經常做煎餅，而不是為了要招待我們。

我和穆迪・林區上次的簡訊說好要見面，我告訴自己我隨時可以變卦。而現在，我有兩個小時的車程可以決定。這條路我走過一次——去見一個可能是殺人犯的人——而我差一點就丟了小命。我的經驗和我的理性都在告訴我不要去。

可是他的簡訊裡有什麼讓天平向他傾斜。他上一則簡訊說：如果你是安潔的哥哥，那你需要聽聽我的說法。聽起來不像是個設下陷阱的人說的話。如果他計畫要殺我，為什麼覺得我需要聽他的說法？他跟我又沒有爭執。聽起來他是真心想要談一談，如此而已。我在回巴克利的路上委實是難以取捨。

早晨大約過了一半，我停在巴克利以東半小時車程的一處小鎮，買了兩個火腿三明治，一個給我，一個給穆迪，表示善意。而就這樣，我做了決定。因為我答應了傑柏我會在穆迪和我聯絡時告訴他，所以我一上路就撥了他的電話。

「傑柏。」

「嗨，傑柏，我是喬・塔伯特。」

「嗨，喬。」

「我昨天收到穆迪・林區的簡訊，他想見面。」

「見面？真的面對面？」

「對。」

停頓——「我覺得不太好。」

「我知道，可是我想了想，我要跟他碰面。我打給你只是因為我說過我會打。」

「你們要在哪裡見面？」

「你是在開玩笑的吧？」

「喬，告訴我你們要在哪裡見面，我會安安靜靜把他帶進局裡。他不會受傷的，我保證。」

「要是他看見警察，他就會消失，你明明知道。再說了，我不知道我們要在哪裡見面。我只知道是今天一點。我讓你知道只是萬一……」

「萬一事情出錯？」

「不會出錯的。」

「你要相信的話就不會打來了。」

「我打來是因為我跟你說過我會打。況且，我想看能不能提供穆迪什麼條件讓他主動出面。我想豁免是不可能的。」

「當然。」

「他不信任你們這些本地人。要是我能讓他同意，讓他自首，那也許，向州警？」

「喬，他想要的話是可以。告訴他我們只是想談一談。」

「你不想逮捕他？」

「你知道我不能保證。」

「那，我想我只能聽聽他的說法，再讓你知道他說了什麼。」

「我們可以幫你裝竊聽器，你就可以——」

「我才不要裝竊聽器呢。我又不是你們的手下。」

線路另一端一陣沉默，我猜傑柏是在想辦法讓他自己也能插入我的計畫裡。他一定是什麼也想不出來，因為他說：「我不能縱容你的所作所為。」

「我又沒要求你縱容。」

「那事後你起碼盡快過來一趟行吧？我會真的很感激。」

「當然，傑柏。」

我的手機在我的耳朵裡嗶一聲，我一看，發現有簡訊。「我得掛了。」我說，掛斷了和傑柏的通話。

我停進一處通往農田的小路，讀了簡訊：只有兩串數字，別無他物。是穆迪傳來的，可是沒道理啊。忽然，我恍然大悟。這是GPS座標。我從來沒用過，不過我把座標鍵入手機上的導航應用程序，讓我詫異的是它給了我方向，指引出一個巴克利北邊二十哩的地點。

我繞過了小鎮的外圍，這樣很好，因為我不想讓傑柏或是納森看見我，跟蹤我。我接近了地圖上的那一點，農田變成了一片片樹林，所以我知道我又靠近河邊了。

我駛下一條微微下坡的碎石路，看得見前方的河流，馬路轉而與河岸平行。大約兩百碼之後，我的導航系統宣布我抵達目的地了。我停下車，下了車。眼前唯一的建築是一棟穀倉，距離馬路大概一百碼，半隱藏在一片茂密的灌木叢中。他可能在穀倉裡，也可能躲在靠近河邊的樹林裡。換作是我的話，我會躲在穀倉裡，後面是樹林，萬一有需要，可以迅速逃逸。

我正要回車上手機就響了。陽光下我看不到號碼，所以我就接聽了。「喂？」

沒聲音，連呼吸聲都沒有。

「喂？」我又說。

我以為是連線中斷了，就把電話掛上。等個一分鐘，以防他們又打來，但是我的手機卻寂靜無聲。我又環顧四周，這一次伸長了耳朵，想要聽見有人在玉米田中爬行或是樹林裡的窸窣聲，卻什麼也沒聽見。我把三明治拿出來，邁步往穀倉走。

我討厭舊穀倉。明尼蘇達鄉下散佈著穀倉，每一個都比恐怖電影還要讓我心驚膽顫。我曾有一次差點就死在一座老穀倉的外面，我險些在那裡失去莉拉。現在我卻又站在一個老穀倉的入口，手裡拎著一袋三明治，心臟跳得比平常快多了。說來也怪，比起裡面可能有殺人犯來，這個建築本身灌注到我心裡的恐懼竟然更多。我凝聚決心，做個深呼吸，走了進去。

陽光從木板的縫隙中穿入，在我面前的地上畫下一條條金光。灰塵黏著牆壁，飄浮在空氣中，在一束束薄薄的陽光中閃爍。如果老舊有味道的話，這座穀倉就捕捉住了那種味道。牆上什麼也沒掛，不過我看得出木釘和三吋長的釘子突出來，以前曾用來吊掛東西。穀倉的另一邊有架梯子可以爬上乾草棚。

「穆迪？」我大聲喊。

無人回應。

「穆迪？」我又喊一聲，側耳傾聽是否有聲響，卻毫無動靜。說不定他是在河邊。我轉身要走，卻聽見：「別動。」低沉緩慢的話阻止了我。「你一個人來的？」他的聲音是從上面的乾草棚傳來的。我轉身卻一個人也沒看見。「我一個人來的。你是穆迪．林區嗎？」

乾草棚後部的木板吱嘎響，一條高瘦的人影站了起來，站在陰影中一秒，再跨步向前，站到一束陽光從屋頂照射下來之處。他的右臂重重地垂在身側，他走向乾草棚的邊緣，我能看見槍。

「喔，不行，」我說。「不能這麼來。」

「不能怎麼來？」

「不能有槍。我沒帶槍。我是因為相信你才來的。你把那玩意放下，否則我就走人。」我在腦子裡計算我的退路。全力向門口衝刺大概五、六步。他在那麼短的時間裡射得到我嗎？他的機會滿大的。只要必須用到一顆子彈以上，我就能逃出去。一直跑一直跑，跳進車裡，衝向公路。

「這裡不是你說了算。」他說。

「你想讓別人知道你的說法？那就把槍放下。否則的話，我要走了。」我退後一步，看他會不會舉槍。他沒有。我又退後一步。

「等等，」他說。「好，不用槍。」他俯身把武器拋在乾草棚的地板上，砰的一聲。「在那裡等，我馬上就下來。」

我呼出了一直憋著的那口氣。

32

穆迪·林區是個細長個子的孩子，比我高了足足六吋（約十五公分），但是體重卻不到一百六十磅（約七十三公斤）。他的左臉有一塊瘀青，下唇有一條細細的痂。瘀傷和冷硬的眼神讓他顯得老成，但是稀疏的鬍子只像豬背上的幾綹鬃毛，又透露了他的稚齡。在那副風霜的面貌之後，他有著一張親切的臉，不過如果他把鬆弛的下巴合上，可能會更親切一點。

「要吃三明治嗎？」我說，把袋子拋給他。

「謝謝。你是喬吧？」

「喬·塔伯特……二世，嚴格來說。」

他打開袋子，拿出一個三明治。「你戴了竊聽器嗎，喬？」

「我不替條子工作，」我說。「我是自己要來的。」

「你介意打開襯衫讓我看一下嗎？」

他咬了一大口三明治，我覺得他輕鬆得很奇怪，吃著我的食物卻要求我脫衣服證明我沒戴竊聽器。我解開了襯衫，轉了一圈，以示清白。「但是這次的談話是會記錄的，穆迪。這一點你了解吧？你說的話我都可以用在報導上。」

「對，我懂。你真的是安潔的哥哥？」

「我也不確定，」我說，扣好了襯衫。「我傾向於說是。你那晚去了托克家嗎？」

「托克家，很難把它想成是托克家。那個人渣混蛋不配。」

「可是你去了。你發簡訊給安潔說你要見她。」

他面露困惑，一秒之後才說：「喔！我都忘了。」

「你為什麼去農場？」

「安潔需要我。」

「可是托克曾放話再看到你去農場就會殺了你。」

「你戀愛過嗎，喬？」

「有吧。」

「那你就知道有些事就算冒險也是值得的。它們值得一切。我對安潔就有這種感覺。我有一天在鎮上去達伯修車廠那裡買零件，遇見了她。她去送東西給托克，還是去拿什麼的，我忘了。我一看到她就愛上她了。你見過安潔嗎？」

「幾天前我去醫院看過她。」

「她怎麼樣？」穆迪的眼睛亮了起來。「她會好吧？」

「他們不確定。她昏迷不醒。」

「我媽聽說了，可是我們不知道是不是真的。」

「你知道她那晚是出了什麼事嗎？」

「不知道。我是說，我知道出了事，可是我不確定是什麼事。」

「什麼意思？」

「她最後那幾天一直都怪怪的，就好像她有什麼秘密不告訴我。我問過她。我說：『妳最近是怎麼了？』她只說她不能講，還不能。我覺得那就是她那晚要我過去的原因。」

「是她說的嗎？」

「不是。可是我早一點跟她說過話，她真的很緊張。她說她要去警長辦公室找傑柏．路易斯說一件事，說她之後會打電話給我。」

「她打給你了嗎？」

「我就是那時收到的簡訊。說她很害怕，她需要我過去。我們約好在馬廄見面。我們一向都約在那裡，她會在托克睡著以後溜出來。」

「你是幾點過去的？」

「就在午夜之前。我把卡車停在一哩外船隻下水的斜坡道那兒，走小路穿過樹林。」

「橋下那個斜坡道？」

「對。那邊有一條舊的騎馬小徑，沿著農田邊緣，可以繞到馬廄後面。我通常都從後門溜進去，可是那天亮著燈。馬廄裡是從來都不開燈的。我以為托克可能是剛好忘了關燈，就在外面等了一會兒——」

穆迪不再說話，挺起了腰桿，就像一頭鹿聽見了小樹枝斷裂聲。我們兩個都文風不動，聽著周遭的空寂。他以眼角看我。「你確定沒人跟蹤你？」

「我確定，」我說。「幾哩外的公路有一段又長又直。要是有人在五哩之內跟蹤我，我會看到。」

「你開過來時我在看天空，也沒有飛機。」

我壓根就沒想到要看天空，我大概連當逃犯都不及格。

「總之，我打開了馬廄門，動作非常非常慢，我往裡面看，看到前門地上有東西。我不知道是什麼，就悄悄進去，關上了門。我豎起耳朵聽，看托克是不是在附近，就在那時我聽到她呻吟。」

「聽到誰呻吟？」

「安潔。」

「安潔？」

「對。她就是我在地上看到的東西。我是說，一開始我並不知道。我只聽到呻吟聲。」

「她是什麼狀況——描述一下。」

「她穿著平常的衣服，可是仍在那邊呻吟。我還以為她是摔倒了之類的。我蹲下來看，就，看她是不是撞到頭，可是我沒看到傷口。我想叫醒她。我把她抱起來搖晃，她還是不醒。就在那時我聽到了托克。我不知道他是從哪裡冒出來的，我一轉身就——」

穆迪猛地抬頭。「你聽到了嗎？」他問道。

「沒有，我什麼也沒聽見。」我們又默然對立。正午的太陽曬在穀倉屋頂和牆上，室內空氣變熱，變得又悶又重。我臉上的汗像小細流，我伸長耳朵聽，卻什麼也沒聽見。「托克看到了你，然後呢？」

「我跟他說安潔不對勁，結果他什麼也不做，反而打了我。他氣瘋了，還一直叫罵。他拿著一段繩子，就用繩子抽我的臉，一聲大叫說要宰了我。他說他說過不准我踏進他的土地，他要把我活活打死。」

「他看到安潔了嗎？」

「怎麼會沒看到？我搞不懂他怎麼會沒看到她。我往後倒在牆上，他就把繩子丟掉，換成用拳頭打我，一直打我。然後……然後我記得，我的一隻手打到什麼掛在牆上的東西，是個齒輪還是飛輪之類的。我只記得我抓住了就揮，結果打到了托克的頭。」

穆迪把沒吃完的一半三明治丟回袋子裡，丟在地上。「我不是故意要打得那麼重的。他想打死我，我只打了他一次，就這樣。他向後倒，面朝下倒在地上，可是他還在呼吸。」

「接下來呢？」

「我不知道該怎麼辦，就去掏托克的口袋，找他的手機。我撥了九一一，把手機放在他旁邊。我猜他們會來幫助安潔跟他。」

「你就丟下他們不管了？」

「沒有，我坐在安潔旁邊，一直到聽見有汽車過來。」

「是你把她抱進屋子裡的嗎？」

「抱她到屋子裡？」穆迪看著我，活像是被我問倒了。「我幹嘛要？他們可能會找不到她。我就坐在她旁邊等到他們過來。」

「等誰過來？」

「我沒看到是誰。我聽到有輛車子從公路上過來，沒有警笛聲。等我在樹梢上看到車燈，我就走了。」

「那個齒輪上會有你的指紋。他們知道那是兇器。」

「我又不是笨蛋，」他說。「我在等救護車的時候就把手機和齒輪都用抹布擦乾淨了。」

「你為什麼要跑？你是自衛啊。」

穆迪似笑非笑。「我是林區家的人。」他只說了這麼一句。

樹枝斷裂聲讓我們兩個都僵住，伸長了耳朵。我看著他，他開始搖頭，這時穀倉的前後門都被撞開。

「**趴下！趴下！快點！**」我聽見納森從後門衝進來，而傑柏和金寶警長則從前門。還有四名執法人員，都穿著黑色防彈背心戴頭盔。「**我叫你們趴下！快點！**」納森大吼。

穆迪抬頭看著他的槍所在的乾草棚——因為我。我跪了下來，希望他也會照做。他遲疑了一下才跪下來，雙手向天。我面朝下躺在泥地上，看著他也一樣。納森跑上來，用一隻膝蓋壓住穆迪的背。

「我一個字也不會說，」穆迪嘟囔著。「我要律師。」

納森拿手銬銬住了穆迪的手腕，仍用膝蓋把穆迪的臉壓進土裡，泥巴黏附著他的汗水，他的兩隻眼睛燃燒著怒火——瞪著我。

33

「你是怎麼找到我的？」我在傑柏的警車後座上問他，兩手被銬在背後。我思索著他是要把我帶到哪兒去，但我已經知道了。

「你的手機，」傑柏說。「你在一點接了通電話，記得嗎？」

我記得。那時我才剛下車。「沒人說話。」我說。

「那是我們的調度員打的。你昨天撥了九一一，因為你弟弟失蹤了，你在你的手機和調度員之間建立了連線。一旦有了連線，調度員就可以回撥，我們就能找到你的手機位置。是很方便的科技。說到我們接到的被切斷的攻擊電話之多的，你都不會相信。這個系統的設計就是讓我們在需要的時候可以回撥，使用GPS來鎖定現場。」

「這個手法真下流。」我說。

「穆迪是命案的通緝犯。我不能讓你照你自己的計畫走。必須保護你，喬。」

「那我為什麼也被上了銬？我做了什麼？」

「金寶警長想跟你談一談，匯報之類的。」

「你們抓到穆迪了，」我說。「你們可以向他匯報。」

「你也聽見他大叫要找律師了吧？」

「說不定我也要律師。我被捕了嗎？」

傑柏思索了一會兒，我的胃翻了個觔斗。「那還說不準。」

我們抵達了警長辦公室，傑柏把我押進去——仍戴著手銬——把我安置在一個兩端都是厚不鏽鋼門的房間裡——我猜是律師和犯人的會面室。桌子是拴在地板上的，塑膠椅子也完全不致命。他們把我丟在裡面將近一個小時才有人來盤問我。我猜拖這麼久是為了要讓我心急如焚，也許還順便嚇嚇我，但只是害我更生氣。

等他們終於來了，納森．考爾德帶路，坐在我對面，在桌子中央擺了個數位錄音機。

「可以麻煩解開我的手銬嗎？」我說。「快磨破我的皮了。」

「你的麻煩可不只是手腕破皮而已。」納森說。

金寶警長也坐了下來，傑柏留在門邊，雙臂抱胸，臉上的表情讓我知道此時此刻我們不是朋友。我看得出來納森是扮黑臉的，但是我環顧四周，看不到有哪個是扮白臉的。

「穆迪．林區在穀倉裡跟你說了什麼？」納森問道。

「你怎麼不去問他啊？」我說。

「我是在問你，」納森說。我沒回答，他又說：「你聽過什麼叫幫助罪犯嗎？」

我想過，卻選擇裝笨。我既然是記者有時就會走在取得情資和妨礙調查之間的一條窄線上。我可是從教訓中學會這些法律限制的，也滿肯定我並沒有逾越了哪條界線。「幫助罪犯？什麼意思？」

納森微笑。「如果有人幫助某個犯了罪的人而妨礙調查，那麼這個人就涉嫌重罪。」

「那，幸好我沒有幫助罪犯。」我說。

「喔，你幫助了穆迪——我們很清楚。問題是，你想不想讓自己脫鉤呢？」

「請問我和穆迪・林區談個話為什麼會上綱到幫助他的層級？」

「你帶吃的給他。」

我在內心大罵「幹！」外表上我使盡全力不動聲色。我給穆迪帶了個三明治，我送食物給逃犯。我在腦海中搜索法條。給逃犯一個三明治構成幫助嗎？我覺得是。

這時我完全準備要把他們想知道的事都說出來。我是說，何必保密？我向穆迪表明了我是來聽取他的故事的，而他給我的事實跟官方的版本矛盾。我可以幫他一把。所以就算看起來我是在自保又有何妨。

我剛開口想說話，腦子裡就又閃過了一個新的想法，讓我的臉上露出淡淡的笑容。他們是在唬我。沒有人來採我的指紋，我回想那個三明治袋子，塑膠的，有提手。交給我的店員是拎著提手給我的。我拿過塑膠袋的側面嗎？我留下了指紋嗎？我不認為。他們沒要我提供指紋樣本；也就是說他們在袋子上沒有找到可用的指紋。我付的是現金，也沒留下收據。穆迪不開口，他們就沒有辦法證明三明治是我給穆迪的。一切都是在虛張聲勢。

「什麼吃的？」我問道。

「少把我們當笨蛋，」考爾德說。「我們知道三明治是你帶給他的。」

我假裝憤怒。「你們把我銬在這裡一個小時，就因為你們認為我給穆迪・林區送了一個三明治？」輪到我唬人了。「我可有精采報導可以寫了。我來巴克利不是來找新聞題材的，不過你們剛剛送了我一個。」

金寶的臉上出現了擔憂，但是考爾德仍保持鎮定。「你是否認你帶三明治去給穆迪嗎？」

「我是在說你們在羅織入罪。我是因為什麼事被捕了嗎？是的話，把我關起來。不是的話，就把手銬解開。」

金寶和傑柏互望了一眼，隨即點頭。傑柏繞過桌子，挖出鑰匙，解開了手銬。

「你們用不著威脅我，」我說，按摩著手腕。「穆迪知道我會把他說的話都告訴你們，可是現在我就不是那麼肯定了。」我刻意展現我的傷。

又站回門邊的傑柏說：「喬，這是命案調查。我們需要知道穆迪說了什麼。」

「我會告訴你們，」我說。「不過你們得先讓我看托克的驗屍報告。」

「不可能，」考爾德說。「我們不透露那類詳情。你在這件案子上仍然是可能的嫌犯。」

「我聽你在放屁，」我說。「你們想知道我知道的事？那就讓我看驗屍報告。」

「為什麼？」傑柏問道。

「那是我的事，」我答道。「同意了嗎？」

金寶朝門口點頭，三人就離開了。我短促地喘了幾口氣，放鬆下來，不讓監視器拍到我的猶疑。十分鐘後，他們回來了，金寶帶著報告，丟在我面前。「這可不能公開，」他說。「同意嗎？」

「同意。」我說。

我翻閱報告，停了一分鐘看驗屍照片。我見過這種照片，所以有心理準備，但是這是我父親——有可能是。因為某些原因，這次不一樣。命案現場照片中他是面朝馬廄牆壁而躺，薇琪帶我看過血跡。他的眼睛張開，瞪著泥巴。頭骨的弧度在凹陷的那一塊中斷。他的頭旁有一個金屬齒輪，約莫一個麵包碟那麼大，再過去是穆迪用來擦淨指紋的抹布。

我翻到另一頁，發現了一份報告說明死因。驗屍官列出頭骨上的三處傷痕，是托克被重物擊打所留下的。傷口和現場發現的齒輪吻合，齒輪上也有明顯的頭髮、皮膚及碎骨，讓它很可能就是命案的兇器。

我合上檔案。

「首先，」我說，「穆迪的說法跟你們的推論是一致的。」

金寶俯身向前，彷彿我挑起了他的興趣。

「穆迪承認他去了托克的馬廄。他去是因為安潔發簡訊給他說她很害怕。可是之後的事，完全不一樣。據我所知，安潔是在屋子裡被找到的。」我看著傑柏，這個情資是他提供給我的。「可是穆迪說他抵達的時候安潔是在馬廄裡。他也說她昏昏沉沉的，跟用藥物過量的情況符合。如果他是對的，那麼用藥過量就是在命案發生之前。」

「穆迪．林區的話能信的話。」考爾德說，鄙視之情溢於言表。

我冷冷地看著納森。「你想知道穆迪說了什麼，那我現在就是在告訴你們他說了什麼。你要怎麼想那是你的事。」

「讓他說。」金寶打岔。

「穆迪說他正想幫忙安潔，托克就從後面出現，而且拿著一段繩子就動手打他——你們看到他臉上的瘀傷了吧？穆迪說他為了自衛用那個齒輪打了托克，但是他只打了一下。」

「他承認他拿齒輪打了托克？」傑柏問道。

「齒輪就掛在牆上，」我說。「托克打穆迪時，穆迪摔在牆上，就抓起齒輪打了托克。」

「穆迪真的說他只打了托克一次，還是你自己詮譯的？」納森問道。

「我們話才說了一半你們就衝了進來，不過他說他只打了托克一下，而托克摔在地上。」

「我猜他是不想承認他把托克的腦袋打凹了。」考爾德說。

「是穆迪打的九一一，」我說。「托克昏迷不醒，可是他還在呼吸，至少穆迪是這麼說的。」

「穆迪是這麼說的。」考爾德學我說。

「穆迪用托克的手機撥九一一。他沒對調度員說話，只是撥了號碼，然後就在那裡等。那你告訴我——那通九一一是不是就像這樣？」我假裝成傑柏並沒有早就把這些細節告訴我。「如果真是這樣的話，就證實了穆迪的說法。如果不是他自己打的，他又怎麼會知道那通九一一是無聲的？」

「那也不能就說他沒殺托克，」納森說。「他撥九一一是為了安潔，就這樣。」

「可是安潔到馬廄去做什麼？她又是怎麼回到屋子裡的呢？」

「穆迪在我們抵達之前就先把她送進屋裡了。」傑柏說。

「穆迪說他一直待在穀倉裡等看到有車燈才離開的。他何必說謊？何不就說他把她抱進屋子裡等？」

「因為她根本就不在馬廄裡，你個白痴，」考爾德說。「穆迪去馬廄殺了托克，然後就離開了。就是這麼回事。」

「那他就不會知道用藥過量的事了，不是嗎，你個白痴？」

納森作勢起身，輕蔑之情都能燒穿他的馬褲。

金寶一手按住副警長的胳臂。「納森，讓我來處理。也許你應該到外面去？」

考爾德看了金寶兩眼，再一臉不悅地看著我。

他離開後，金寶說：「你還有別的事能告訴我們嗎？穆迪說的話裡可能相關的？」

「沒有。我說過，我們才說到一半你們就衝進來了，可是警長，無論如何……我相信他。」

「沒關係。」金寶說，不理會我的看法。他關掉了錄音機，起身要走時一塊拿著。

「我可以走了嗎？」我問道。

「可以。」金寶說。說完他就走出去了，留下了傑柏和我。

「我需要有人載我去開車。」我對傑柏說。

他翻了個白眼。「我又不是開計程車的。」

「對，可是你們無緣無故就逮捕了我。所以我才會在這裡，我的車子被丟在荒郊野外。好啦，送我一程。」

「行。」他說，又翻了個白眼。

這一次他讓我坐在前座，沒有手銬。路上大半安靜無聲，他問了跟考爾德一樣的問題，我給了一樣的答案。一直到他在我的車子後方停車，我正要下車，他才提起一個新的話題。「在你走之前，」他說，「有件事你應該知道。」

「喔，什麼事？」

「你那時提供的DNA樣本，我們催他們加速比對。金寶警長覺得你有可能真的是嫌犯。」

「然後呢？」

「結果今天早上送來了。」

「然後呢？」我又說一遍，口氣有點氣惱。

「什麼然後？」

我給了他「少玩我」的一眼。

「好，好。結果是……你絕對是托克・塔伯特的兒子。」

34

我是百萬富翁！嗯，我就快是了。

像這樣子拿到免費的金錢可以改變一個人的觀點，一想到我就覺得驚異。就好像讓我舉步維艱的濕水泥一瞬間就在我的腳下變硬了，而我想要向哪個方向疾奔都隨我；一個總是讓我可望而不可即的世界感覺到它的輪廓了。一堆點子浮現，在我的腦子裡彈跳，快得我都來不及反應，只能停下車，讓思緒變得清明。我抓緊方向盤，繃緊了全身的每一束肌肉，把能量和興奮全部拉進胸膛，用力擠壓，直到最後我咬緊的牙關發出尖銳的一聲吱，然後我做了幾次深呼吸，努力鎮定下來。

一次處理一件事，我心裡想。我需要了解這代表什麼意思。遺產繼承的程序是什麼？又要如何開始？我決定先去找巴伯．穆倫才是明智之舉。說不定趁我還在鎮上，我可以讓文書工作先展開。

我開車到巴伯家，就是他的辦公室對面那幢美麗的維多利亞式房屋，按了門鈴。我看得見屋內有天花板吊扇在轉動，聽見隱約的音樂聲從一扇打開的窗戶飄出來，所以我就假設他在家。我又按了一次門鈴，正要按第三次，就聽到他喊我，他站在圍繞屋側的人行道上。

「穆倫先生，你有空嗎？」

「應該有。」

「DHA結果出來了，」我脫口而出。「我是托克的親生子。」

他的眼睛亮了起來，但只亮了一秒。接著他的臉就換上了棋手在思索下一步的表情。他輕撫鬍子，嘴巴下撇，仔細沉吟。「我很高興你過來，」他說。「我有件事想談一談。這邊請。」

我們順著人行道走到了他家後院，很漂亮的空間，點綴著楓樹和松樹，正中央有一處鋪著石頭的院子，環繞著一處烤火坑，擺著幾張戶外靠背椅。有個女人坐在椅子上，忙著填字謎。她有著銀色長髮，我認出她是巴伯辦公室照片中人，是他太太。巴伯揮手要我坐在椅子上。

「你還帶了客人。」女人說。

「莎拉，這位是喬．塔伯特二世。喬，這位是內人莎拉。」

莎拉給了我一抹溫暖的微笑，說：「很高興認識你，喬。你要喝茶嗎？」

我正要說不，巴伯就說：「喝點茶滿好的。我去弄。」

「別傻了，」她說。「一點茶還難不倒我。」莎拉頗費了番力氣才爬起來，巴伯還攙了她一把。站起來之後，她似乎滿穩的。她輕拍了巴伯的手一下，就往屋子裡走了。

她走了之後，他就在我旁邊坐了下來。我是抱著一肚子的問題來的，巴不得一古腦提出來，全部的問題歸根究柢只有一個要點——我要如何拿到我的錢？但是巴伯心事重重，比我的益智節目獎金要嚴重多了，所以我就靜待他先開口。

他向前傾，手肘架在膝蓋上。「喬，我要告訴你一些事，可是在我說之前，我需要知道你絕不會把我要說的話洩漏出去。我需要你保證。」

他嚴肅的語調讓我立刻清醒。我也前傾，姿勢和他一樣，方便聽見他壓低的說話聲。「我保證不會把這段交談說出去。」我說。

他點頭。「你也知道，我在國務院工作了幾年，那時我結交了許多朋友，建立了人脈——就是知道如何取得資訊的人，你懂我的意思吧。」

我點頭。

「嗯，你跟我說查理．塔伯特的合夥人死於一場火災之後，我就請一位好朋友幫我調查。結果發現，警方曾經調查過，但是並沒有起訴任何人。他們找到了有助燃劑的痕跡，所以他們知道是縱火。可問題來了：是誰放的火？起火點在樓上的辦公室，他們發現查理的合夥人死在樓梯腳，頭骨破裂。看起來像是那名合夥人開了瓦斯，點燃火柴後就從樓梯上摔了下去。」

「那查理呢？」

「他有不在場證明。不算牢靠，但是也能矇混過關了。」

「你不相信他？」

「相不相信不是我說了算。但是我的朋友跟調查案子的警員談過，他們不相信他。辦公室有自動灑水系統，他們在某個灑水頭上發現了環氧樹脂的痕跡。灑水頭是由高溫啟動的，上面的焊料會在溫度夠高時融化，用對了膠水的話，焊料就不會融化，啟動的時間就會變慢，甚至會讓灑水器完全失去功用。那種環氧樹脂需要一些時間才會變乾，而那名合夥人在火災那天下午才剛旅行回來。另外，那名合夥人的肺部和食道也都沒有煙燻的損傷，也就是說他是還沒吸入煙霧之前就死了。」

「查理殺了他？」

「問題就在這裡。這些證據都沒辦法坐實查理涉案。有可能是那名合夥人事前在灑水頭上塗了樹脂，而且他們也不知道他是躺在樓梯腳多久才死的。可能是一兩分鐘，這麼一來就可能是他自己放的火，也可能是他倒在那裡二十分鐘，而查理則在四處潑灑汽油。不過，後來查理並沒有被起訴，而他是保險金的唯一受益人。一百五十萬。」

「你可以用這件事來阻止查理成為安潔的監護人嗎？」

「沒辦法。嚴格來說這件案子仍在調查中。我剛跟你說的都是絕對機密，不能用在查理的背景調查中。表面上，他像個騎士英雄騎著馬來濟弱扶傾。我跟蜜莉恩．貝克談過，她是負責調查他的背景的人，而她對查理成為安潔的監護人有十足十的信心。他也博取了法官的好感。噓，整個鎮都愛上那個傢伙了。我從來就沒見過有哪次大家是這麼齊心合力要讓爭取監護權的訴願過關的。」

「查理是個陰險狡詐的混蛋。」我說。

巴伯聞言微笑。「不只如此，但是他讓每個人都相信你是個暴力又不負責任的淘金客。法院裡的傳聞是你是為了希克斯遺產來的。蜜莉恩逢人就說她看到你在『沙錐的窩』痛打了哈利．瑞丁一頓，說你連自己的自閉症弟弟都弄丟了。」

「那個王八蛋，」我說。「他一直在中傷我。」

「那人知道如何操縱體制。」巴伯說。

「可是他不會傷害安潔吧——如果他成為她的監護人。我是說，只有安潔活著他才拿得到她的錢，不是嗎？」

巴伯向後靠，蹺著二郎腿。「查理很聰明。如果他成為安潔的監護人，他在安潔滿十八歲之前會控制住她的錢。可是安潔甦醒之後——如果她能甦醒的話——很可能會有認知上的問題。無論是哪種情況，查理都可以一輩子控制她的錢。但是我不認為查理會就此滿足。」

「你是什麼意思？」

「查理的律師在星期五提交了領養申請。查理打算要領養安潔。」

「他不能吧？」

「我認為可以。安潔十四歲。十四歲的孩子不需要自己同意被領養，而她目前又是陷入了昏迷，這個問題就解決了。而他們唯一需要的同意是監護人的——而查理就會是那個監護人。我想如果法官有疑慮，法院是可以踩煞車的，但是查理把他們都迷住了。」

「可是當她的養父跟當她的監護人有什麼差別呢？無論如何他都會吸乾她的錢啊。」

巴伯看著我，嚴肅得像劊子手，說：「身為養父，萬一孩子死了，他就能繼承所有的財產。」

「你……你覺得他可能會殺了安潔？」

「他會偽裝成意外或是自然死亡，不過，對，我認為查理會為了拿到安潔的錢殺了她。查理很會做樣子，可是我的消息來源說他賭得很兇，目前債台高築。他的整個人生就是在演戲，他需要這筆錢，而如果他為了一大筆保險金而殺死他的合夥人，那殺死一個他壓根沒見過面的女孩子又有什麼難？」

「你能阻止他嗎？」我的話即使是聽在我自己的耳朵裡也是軟弱又無能。

「不能。但是我認為你能。」巴伯停頓，等著我領悟，但是我實在不懂。「喬，你一定得當安潔的監護人。」

「我？我已經有一個被監護人了。我不能——」

「要是你成為安潔的監護人，法院會需要你來同意是否讓她被領養。」

「我根本就不認識她。」

「不過我們得盡快把你的申請送進法院，查理已經領先一大步了。只有這個法子。」

「你不知道自己在要求什麼。」

「我知道我要求得很多，尤其是你自己也是個年輕人，可是安潔需要你。」

「我一直在照顧我弟弟傑若米，照顧了將近六年了。很辛苦；你都不知道。有時候我好沮喪，連呼吸都沒辦法。我覺得我好像一輩子都在照顧我弟弟，為他而活，為他犧牲。現在你又要我再多照顧一個？」

「我了解，」他說。「我真的了解。」

「我不覺得你了解。」我站起來，踱向對面的火坑，抗拒著要我撒腿就跑的衝動。「你全世界都跑遍了，你過了精采的一生。你想做什麼就做什麼，我卻連飛機都沒搭過。」我背對著巴伯，不讓他看見我的灰心喪志揪緊了我的下巴肌肉。「你對我的要求太多了。」

巴伯等著我氣消，這才說：「我可以說個故事給你聽嗎？」這只是場面話，因為他不等我回答就自顧自說起來了。

「我了解你想要見識這個世界。哈，我可是在巴克利這裡長大的。可是有時候世界從一段距離之外看才更漂亮。」

我轉身看著巴伯，他的目光落在遠處的一片松樹上，臉上露出心酸的笑容，整理著思路。

「莎拉和我從中學就開始約會，我覺得我在我們初吻之前就愛上她了。可是跟你一樣，我有那種去流浪的欲望，我受不了待在巴克利，或是明尼蘇達。是很難，可是在畢業之後我就和莎拉分手，向世界出發了。

「而且我的確看過一些奇妙的地方，大多數人只有在夢中才會看過的城市和鄉下。可是每次我在一張陌生的床上醒來——每次我凝視著窗外那個我從小就在夢裡看到的風景——我覺得……唉，空虛。水有多藍，雪有多白都無所謂，就是少了什麼。我逐漸明白我非常不快樂。很寂寞。

「有一天，我坐在陽台上俯瞰著阿爾卑斯山脈，努力回想我這一生可曾快樂過，我想到了莎拉。我就是因為她才回來巴克利的。莎拉那時是寡婦，而我一直沒結婚。我猜人生有時候也真是會捉弄人。我不知道該如何解釋，喬，只能說有時候家不是什麼地方，而是什麼人，而我的家一直都在這裡，和莎拉一起。」

巴伯把目光從松樹那兒拉回來，直視著我。「不過你還年輕，你得自己想通。唷，我年輕的時候要是有哪個老東西跟我說外面世界沒那麼偉大，我會叫他少管閒事。你知道有什麼風險，我只能請求你在拒絕之前先考慮考慮。」

莎拉端著茶盤出來了。

「可是你有那些偉大的經驗，」我說。「那一定算點什麼吧。」

巴伯瞧了瞧太太，煩躁之情似乎消融了。「每一天結束的時候，喬，只有一件事是重要的。其他的不過是閃亮的裝飾和空洞的噪音。」

35

我離開巴伯家時比來時更加迷惘。回到摩鐵，我坐在床上沉思他對我的要求，自私的算計和悔恨和美德七嘴八舌，想要讓我聽見。我知道什麼是對的，可也知道我自己要什麼，而兩樣東西之間隔著十萬八千里。

我掏出手機，考慮要撥給莉拉。這樣會太自私嗎？我想要她的意見，可更重要的是，我需要她令人鎮定的影響力。她會知道怎麼做，可是她就要大考了我還拿這件事煩她，好像不公平。我瞪著手機，來來回回滑動，發現我漏掉了一通愛麗森・奎斯的電話。嘜，好像我的麻煩還不夠多似的——又一隻生氣的貓得丟進麻布袋裡。我回電給她。

「嗨，愛麗森，有什麼事嗎？」

「嗨，喬。我需要跟你談一件事。你有空嗎？」我聽得出愛麗森的語氣不是好兆頭。

「有啊。」我說。

「我要你知道我們在你的達賓思參議員報導上又寫了篇後續報導。」

「後續報導？」

「對，喬。我們刊登了文章說明我們是如何知道達賓思攻擊他太太的。我們要公布消息來源。」

「可……妳不能這麼做。我保證過的。」

「對不起，喬。這是高層的意思。由我親自執筆，週三會見報。」

「妳會毀了她的婚姻。潘妮信任我，你們不能出賣她。我不允許。」

「喬，」她語氣犀利地說，隨即放軟了聲調。「喬，你是阻止不了的。上面已經做了決定。我打給你只是知會你一聲。」

「他們連問都不問我一聲就做了決定？」

「又不是你當家作主。」

「哼，我要不要為一個會做出這種事的組織工作可就由我自己作主了。」

「喬，不要。」

「愛麗森，妳要是刊登那篇報導，那我就沒有別的辦法了，只有辭職。」

這句話說出口比我想像中容易，而我不禁納悶要不是我的後口袋裡可能會有個三百萬，我是否還會說這句話。說不定我本來就不是幹記者的這塊料，說不定我的使命是把跟我有一半血緣的弟弟妹妹都找到我家裡來，照顧他們。或許愛麗森的這通電話就是我需要在安潔這件事上下定決心的契機。

「我很不願聽到你這麼說，喬，但是我了解。換作是我，我八成也會做同樣的決定。你是個好記者，我很捨不得失去你。」

「妳一直是個好上司。」我說。就這樣，我們道別了。

我環顧空蕩的摩鐵房間，覺得有一股衝動要到別的地方去。巴克利可能沒有夜生活，但是它有一大堆新鮮空氣和人行道。而要是這樣還不行，總是有「沙錐的窩」可去，正好迎合了我想沐浴在即將落袋的財富之中的小小心願。

我朝主街前進，能聽到附近公園有歡笑聲和響亮的說話聲，一群人站在那兒邊聊天邊喝啤酒。我覺得看到了查理叔叔的汽車停在那邊的一排車輛裡。我轉身往相反方向走，走了半條街後，我發現自己來到了「沙錐的窩」門口。我進去前先張望了裡面一下，只是確認哈利．瑞丁不在裡面。酒吧裡幾乎沒有客人，並不意外，因為現在離晚餐時間還早著呢。

薇琪正靠著吧檯研究面前的紙張。

「廚房開著嗎？」我問道。

「不開也不行，」薇琪說。「我們不能在星期天賣啤酒，除非也賣餐點。你要什麼？」

「可以來份起士堡籃和薯條嗎？」

她把我要的餐點傳給馬孚，我瞧了瞧她剛才在看的紙，發現是曼卡托明尼蘇達州立大學的申請書。「妳要申請大學？」我問道，壓抑不住臉上擴大的笑容。

「對，我在申請，」她說，調皮地一笑。「可不等於人家要我，或是我有足夠的經濟支援讓我念得起大學，不過，對……我在申請。」

「嗯，了不起。」

「我還有一段好長的路要走呢——如果美夢成真的話——所以別太興奮了。」她把申請書收起來，拿起一只乾淨酒杯。「啤酒？」

「好啊——不，等等。知道嗎？我今天晚上想來點特別的。我有好久沒喝威士忌可樂了。來一杯吧？」

「馬上來。」她舀了一勺冰塊到酒杯裡，開始倒威士忌，倒了雙倍的量。「是要慶祝什麼嗎？」

「喔，我想我是在慶祝沒錯。」

「慶祝什麼呢？」

「我是托克・塔伯特的兒子，」我說。「DNA檢驗結果今天送到了。」

「唉唷喂呀，那可值得店裡請客呢。」她把我的調酒滑給我，然後抓起一瓶伏特加，為她自己倒了一杯。我們兩人碰杯，喝了一口。威士忌入口有如奶油。

「那你是打算怎麼辦……你知道的……」

「遺產嗎？」我幫她說完。我又喝了一口，對她的問題略加思索。「不知道。妳會怎麼做？」

「我會離開巴克利，那是一定的。我是說，有了那樣的底氣，什麼地方你都能去。」

「那如果妳什麼地方都能去，妳會去哪裡？」我問道。

「我哪兒都想去。我會去看看歐洲。你知不知道在德國有城堡可以讓你租一個房間的，就跟旅館一樣？」

「我不知道。」我說。

我的威士忌可樂很好喝。我喝完了，放下杯子，讓她再幫我弄一杯，她也照辦了。

「你能想像在一座有上百年歷史的城堡裡做愛嗎？」她說話時眼睛炯炯發亮。「一絲不掛地躺在一張某個國王為皇后準備的床上？」

「或是為他的侍女準備的。」

「沒錯。」她舉起了酒杯，我們又碰杯。

「憑我的運氣，我會訂到那個以前是茅房的房間。」

「茅房？」

「就是廁所。」

「喔，得了。還有什麼比在城堡裡做更酷的？」

「海灘呢？」我說。

「你顯然從來沒在海灘上做過。」

「我根本就沒去過海灘，更別說是還附帶海洋的。」

「你沒看過海？」

「沒。」

「喔，喬，你還有好多事沒做呢。」

「嗯，我現在就快拿到錢了，我打算要什麼都去嘗試一下。」

「來，敬托克．塔伯特。」她第三次舉起酒杯，我也舉杯。

「敬吃喝玩樂的創立人。」我說，略模仿查爾斯・狄更斯。

這一次，薇琪不是乾脆俐落地和我碰杯，而是緩緩舉杯，直到杯緣碰到我的，停在那裡，這才舉杯就唇。

說時遲那時快，「沙錐的窩」的前門打開了。

「唉呀呀，看這坨大便，」哈利・瑞丁大吼大叫，已經喝得大舌頭了。查理叔叔站在哈利旁邊，臉上拉出大大的笑。兩人朝我們過來，哈利抓著吧檯保持平衡。查理似乎並沒有喝醉。

我在位子上轉身，正要站起來，查理就把哈利往我的位置的幾呎之外的包間推。哈利跌進了包間，哈哈大笑。

查理高聲喊薇琪：「一杯啤酒和一杯威士忌給我和我的這位新朋友。」

「我什麼也不會給那個喝醉的討厭鬼。」她說。

哈利的一個腦袋在脖子上搖來晃去，身體向包間外倒。「是要……在這裡幹誰……才能喝到他媽的一杯酒啊？」說完他捧腹大笑，指著薇琪。「對了。」他笑得好厲害，幾乎說不出話。「我要幹妳。」

薇琪轉向廚房，馬孚正在弄我的晚餐，她向他低聲說了什麼——我猜是在告訴他情況。我從眼角看到查理站了起來往吧檯過來。我沒轉身。

「我可以要兩杯威士忌嗎？」他有禮地說。

薇琪聽見只是挑高一道眉說：「我不會給哈利酒。他已經太醉了。」

「不是給他的，是給我的——兩杯都是。」

薇琪筆直盯著查理，同時舉瓶倒酒。

我血液中的酒精讓我的胸口暖洋洋的，鬆弛了我的四肢。這個在我旁邊倚著吧檯的人是我的叔叔——不再有疑問了——我覺得有必要把好消息告訴他。

「嘿，查理，你猜怎的？」我說，一面在位子上轉身。「薇琪跟我，我們剛才在慶祝。你知道是為什麼嗎？」

「我一點也不在乎。」

「得了——你是這樣跟親姪子說話的嗎？」

「還在發夢是吧？」他說。

「問題就在這裡，」我說，拋下了這次是友善閒聊的偽裝。「不是發夢。DNA檢驗送來了，是正式紀錄。托克是我爸，也就是說你是我叔叔，安潔是我妹妹。」

他的假笑裂解了。

「還有，說真的，我不確定我會喜歡你當她的監護人。」

他向我瞇起了眼睛。「你少管我的事，」他說。「你這個不負責任的火爆浪子。你離那個女孩遠一點。」

該是讓他看看我的硬漢本色了。「知道嗎，查理，那天你說只要知道去哪裡找就能找出別人有趣的地方來。事實證明，你說得很有道理。」

「少嚇唬我，小子。你還差得遠呢。」

我死盯著他的眼睛，說：「帕琶．桑切茲只怕不會苟同。」

他想維持一張撲克臉，但是豬肝紅顏色卻浮現在他的假古銅色臉頰上。他的眼睛閃過一抹聽過這名字的光芒，但是他說：「沒聽說過這個人。」然後他抓起兩杯威士忌，轉身要去哈利那裡，潑灑了一些酒出來。

馬乎把我的漢堡籃滑出了窗口，一面對薇琪吆喝。我扭頭看見查理俯身越過桌面，向哈利耳語了什麼，他正拿著一杯威士忌在喝。然後哈利看著我，眼珠在我和薇琪之間滴溜溜地轉。

「你的餐點。」薇琪說，把食物放在我面前。

我才剛伸長手去拿番茄醬就聽見了後面的地板吱呀叫，但還是薇琪的表情驟變讓我知道不對勁。我及時轉身看見哈利．瑞丁搖搖晃晃向我過來，右臂向後縮，憤怒地咬著牙。我還沒能說話，他就對準我的臉出拳。

我的反射神經被威士忌弄慢了，沒有時間阻擋他，所以他的拳頭打中了我的側面，害我的脊椎一陣痙攣。我的眼前炸開了一道閃電，緊接著有一秒鐘的漆黑。他那拳的力道把我從高腳凳上打落，我踉蹌向後，手腳揮舞，想讓自己不跌倒。我碰到了一個包間的邊緣，緊抓住桌面。房間歪斜，我極力站穩。

哈利蹣跚後退了二十呎，靠著吧檯，右手緊貼著胸口。我盡全力眨掉了模糊的視線，掙扎著站穩。我們都受傷了，但是我恢復得夠快，可以採取攻勢了，我撲向了哈利。

就在這時查理跳出了包間，攫住我的手肘，把我的雙臂反翦在後。

「住手，」薇琪大喊。「我要報警了。」

「幹，騷娘們。」哈利咆哮著向我踉蹌衝來。

我用力甩開查理，但是他把我的胳臂抓得牢牢的。

哈利讓受傷的右手垂在一側，用左手在我的肋骨上結結實實打了一拳，打得我喘不過氣

「哈利！不要！」薇琪大喊。

他收回手，第二拳又打在同一個地方，我的右側身體痛得像爆裂了。我抬腿就踢，但是哈利退後，我的腳踢了個空。但是我仍曲膝等著哈利再攻擊。

這時查理放開了我的一邊手肘，反而勒住了我的脖子，使勁把我的頭往左邊扭，好像是想把我的頭從肩膀上扭下來。我順勢轉身，然後他又把我的脖子猛力往右一扭。我一隻腳抵著桌子，用力一蹬，查理失去了平衡，摔倒在地上，我也跟著往下跌，摔在他身上，他一條胳臂仍箍著我的脖子，勒得死緊。

我向後伸手，擊打查理的太陽穴，而就在這時我看到納森．考爾德破門而入。查理放開了我，我也從他身上滾落，大口喘息，不斷咳嗽。

哈利想從我面前跑過去，從後門逃走，但是他兩腿併攏躍過我時我踢了他的膝蓋，他就摔到查理的身上，還沒能站起來，納森已經壓制住他了。

納森把哈利的一隻胳臂壓在背後，把他的臉壓在地上。「可惡，哈利，不要再掙扎了，不然

我就要電擊你了。」

「是他先動手的，」哈利大吼。「我是自衛。」

「沒錯，」查理也跟著附和。「是自衛。」他指著我。「那個人撲向哈利，我正想勸架你就來了。」

「你才沒勸架呢，」薇琪大喊。「你也有份，我看到了。」

「才不是，副警長，」查理說，臉上掛著義憤填膺的表情。「我是在勸架，我發誓。」

「你可別相信他，納森，」薇琪說。從吧檯後出來了，站在衝突之外的幾呎後。「哈利攻擊喬。而這一個……」她指著查理。「他跳進來打架，還想扭掉喬的頭。」

「你在幹嘛，納森？」哈利大吼，但是醉得話都說不清。「我是被害人欸。」

納森給哈利戴上了手銬，把他拉起來。我設法挪到一邊去，讓考爾德副警長有空間能逮捕他。查理站了起來，拍掉熨燙得平整的卡其褲上的塵土。

「馬孚，你看見是怎麼回事嗎？」納森問道。

「我就在這裡，」我說。「我可以告訴你是怎麼回事。」

「怎麼樣啊，馬孚？」

馬孚這時已經走出了廚房，俯在吧檯上。「薇琪跟我說哈利沒打什麼好主意，可是打起來的時候我在廚房裡打電話叫你們。」

查理一隻手指點著胸口。「我是想勸架，我只有這個說法。」

「放屁。」我在地上說。

「我要把哈利送去坐牢，」納森說。「你，」他說，指著查理。「大概應該離開這裡。」

「你不逮捕他嗎？」我說。「他也有一份。」

「我等會兒再給你們錄口供。」納森說。

「我會在卡斯本客棧，」我說。「八號房。」然後，更像是自言自語，我又說：「我覺得我需要躺下來。」

納森把哈利從前門帶出去了，而查理則從後門溜走了。

「你沒事吧？」薇琪蹲下來一手按著我的肩膀。

我連呼吸都痛，可是我說：「以目前的情況來說，我沒事。」

「你站得起來嗎？」

「當然。」我作勢要把自己撐起來，胸口卻痛得要炸裂，又坐回了地上。「我覺得他打傷了我的肋骨。」

「摟住我的脖子，」她說，把我的左臂掛在她的肩上。「馬孚？幫個忙好嗎？」

馬孚從吧檯後面出來，搭住了我的右邊腋窩。兩人合力把我從地上扶起來。天啊，痛死了。

「對，」我說。「他絕對是打傷了我的肋骨。」

他們鬆開了我，房間立刻變得白花花的一團。我向後倒進隔間椅子上，腦袋裡的燈光熄滅。

「慢一點，」馬孚說，抓住我的胳臂不讓我倒下。「你可能會腦震盪。你看到我的手指頭嗎？」

我看了，而且能看到他豎起了兩根手指，像和平的手勢，可是馬上變得模糊。我眨眨眼，想看清一點，但是他的手指仍舊模糊。「兩根手指，」我說。「可是別的就有點花。」

薇琪說：「我們可能應該要叫個救護員來看看你。」

「我沒事。我只是需要休息一下。」我在馬孚和薇琪的攙扶下站了起來，我的膝蓋沒我希望的那麼有力，不過我沒跌倒。「我回旅館好了。我不會怎樣的。」

馬孚說：「薇琪，妳最好扶他回去。可別讓他昏倒在馬路上。」

「我覺得我一個人就行。」我說。

「大家都是這麼說的，」馬孚說。「然後就摔倒了。我以前是橄欖球教練。讓她送你回去。」

薇琪握住我的手肘，把我從前門帶出了「沙錐的窩」，傍晚的陽光更害我頭痛。我的眼睛適應了之後就看到查理坐在他停在酒吧前面的汽車裡，兩隻眼睛盯著我，眼裡燃燒著憤怒之火。

36

走了一條街之後，我的肋骨仍然刺痛，但是兩條腿恢復了一點力氣。我覺得有點怪怪的，讓薇琪攙扶我回摩鐵，但如果不是她帶路，我就會錯過轉彎了。「看吧，」她說。「馬孚叫我送你還是有道理的。」

我打開了門鎖，說：「送到這裡就可以了。」

「亂講，」她說。「我會待到納森過來錄你的口供。我不想要你昏過去。」她把我帶進房間，用腳踢上門，扶著我坐在床沿上。「我以前也肋骨受過傷，就算是最小的動作也痛得要命。」她動手把兩張床上的枕頭都拿過來堆在我的床頭板邊。「哈利的行為我真的很抱歉。」她說。

「又不是妳的錯。」

「這就難說了。」她爬上床到我的背後拍拍枕頭，鋪疊整齊好讓我躺下來。「哈利跟我以前在中學約會過，我覺得他對我還是有意思。他有時候會很衝動。」

「是查理唆使的；至少我是這麼覺得的。」

「我覺得哈利．瑞丁不需要多少刺激。他就是個麻煩精。再說，你是托克的孩子，而那輛車的事他可能還在記恨呢。」

「妳覺得托克的死會和哈利有關嗎？」

這問題讓薇琪頓住，跪在我這邊的床上，兩手捏著大腿，靜靜思索。「哈利？殺人？」

「妳也看見他今天衝向我的樣子了。」

「哈利會脾氣失控，可是我看不出他會殺人。」

「連騙走他心愛的汽車的人也不會？」

「他確實是愛那輛車，」她說。「可是為了那個就殺死托克？我不覺得。」她翻身下床，繞到我這邊來。「我們要讓你躺下來。會痛喔。」她兩條手臂圈住我的肩膀。「盡量不要用到胸部肌肉。讓我來出力。」

我盡量鬆懈下來，靠著她，可是右側仍一陣劇痛。我全身僵硬，她把我抱得更緊，讓我躺進枕頭堆裡，她的長髮落在我的臉頰上。我能感覺到她支撐我背部的手勁以及她貼著我胸口的柔軟胸部。她的香水讓我忘了疼痛。

我躺在枕頭堆裡，她跟著我移動，我胸口的張力隨著最後吐出的一口氣釋放了，但是她仍摟著我，一條手臂環著我的肩膀，另一條手臂扶著我的頭，臉頰貼著我的臉頰。然後她輕輕移向我的嘴唇，吻了我。

而我讓她吻。

一瞬間，我的腦子裡有幾千個碎片彈跳，一半是軟弱無力的理性，爭論著為什麼這樣子沒關係。我受傷了。這是憐憫，如此而已。她在吻我，不是我在吻她。我喝多了。我可能有腦震盪，所以腦袋不清楚。只是一個吻而已。

不過這些都是謊言，而我心知肚明。

她的嘴唇柔軟，有肉桂口香糖的味道。她的一根手指按著我的後腦勺，把我拉過去。這一吻溫暖柔和，只持續了幾秒鐘就被敲門聲打斷了。

她退後了一吋，頭髮仍搔著我的臉，眼中有失望。「納森。」她低聲說。

我一聲也沒吭。就算想說話，我也不知道該說什麼。內心深處，我很開心納森來打斷。他中止了某件我不能——或至少是沒做的事。此時此刻，我感覺有一百個不對。

薇琪給了我靦腆的一笑，站起來去應門。「納森，你真是很會掃興……」

她一句話沒說完，所以我就看著門，以為會看到納森．考爾德。結果我卻看到莉拉，站在敞開的門口，表情困惑。她來來回回看著我和薇琪，接著困惑消失，換上的是傷心，深刻又強烈。她轉身就跑，已經淚水盈眶。我想爬起來，一時間忘了我肋骨的傷，但立刻痛得倒回枕頭上。我躺著不動到能再呼吸為止。然後我翻身側躺，下了床，一瘸一拐走到門口，正好目送她駕車離開。

37

我開車回聖保羅途中打給莉拉兩次，她都沒接，而且說真的，我也沒指望她會接。

我有兩個半小時的時間可以思索即將而來的交談。哈利的拳頭打出的迷霧已經消散了，要是我呼吸淺促，微微側向右邊，就可以稍微壓抑一下肋骨的劇痛。疼痛既然可以控制，我就把心神轉向我要對莉拉說的話上。

她沒看見那一吻，我知道。薇琪開門時，我躺在床上，而薇琪跟我都衣著整齊。莉拉不會知道有那一吻，除非是我告訴她。「不是妳想的那樣子，」我會這麼說。「什麼事也沒有。」可是確實發生了什麼，而我自己清楚。我知道薇琪的雙唇是什麼味道，她把我拉過去，胸脯壓著我的胸口是什麼滋味。我知道自己的話在交戰：是和不，在我的喉嚨眼扭絞，卻都發不出聲音。我知道告訴莉拉真相會傷害她，而且是絕對無法彌補的。

這一切我都知道，但是我也知道我不會跟莉拉說謊。

我在我們的公寓門廳裡駐足。我該敲門嗎？這裡也是我的公寓啊。然而我違犯了某種神聖的東西，而逕自進入突然間似乎是錯的。我採折衷之道。我敲了門後就打開了門，探進頭去看，卻沒在客廳看到她。

「莉拉？」

沒有回應。

步入黑暗的公寓，我關上了門，走了幾呎，最後看到了臥室門下有一道光。「莉拉？」我又喊了一次，這次比較大聲，這樣我走進臥室就不會嚇到她。

我在門口傾聽，又輕輕敲門。她沒回應。我打開門發現她坐在床上，縮成一團，背抵著床頭板，雙臂抱著膝蓋，臉埋在臂彎裡。我慢慢走過去，像是不想驚嚇了一隻野生動物。

「她是誰？」莉拉抬起頭來問。

「她誰也不是。」這句話一出口我就後悔了。我這一路上的練習都拋到九霄雲外了。

「別說謊！」莉拉抬起頭來看著我，兩眼哭得通紅。「她在你的房間裡。她可不是誰也不是。」

「妳說得對，」我說。「對不起。」我坐在床沿上，小心拉開一點空間。「她叫薇琪，是那邊的酒保。我……我今晚跟當地的一個人打架，薇琪送我回去。」

「就這樣？」莉拉搜尋著我的眼睛，找她預料中的謊話。

「不是，」我說。「還有。」

莉拉的呼吸卡住，停下來消化我的話。嘴角往下撇，但是她吞嚥一口，接著追問：「你……跟她上床了？」

「沒有。」我說。

「你吻她了嗎？」

我想回答，但最多也只能點頭。

「還有呢？」

「沒了——我是說，她有一晚用重機載我，去看希克斯的農場。我們聊過。而今晚，在打架之後，她送我回去，然後……」我聳聳肩。

「被我壞了好事？」

「我們只吻了這一次。」

「你真的覺得這樣會讓我比較舒服？」莉拉的傷心轉化為憤怒。我硬起頭皮來等著聽更難聽的話，但是她撤退了，兩隻眼睛又充滿了淚水。我記不起幾時看過莉拉哭，而現在看到了，我的胸口好像被挖了一個洞。

「你怎麼能這樣對我？我……我不懂。」

「對不起，」我低聲說。「只是……」

「你敢說『就情不自禁』試試。這種事不會就情不自禁。少侮辱我的智商。」

「不，不是……我不知道我是什麼意思。」

「我不懂。」她說話時淚珠滾滾落下。「我只要求你是個好人，我只要求這麼多。你不必是超人才能讓我開心。你只需要是個正人君子，你不能做那種事。我的要求太多嗎？我真的不懂。幫我弄懂。你為什麼需要另一個女人？」

「我沒有需要另一個女人。我不要別人，我愛妳，莉拉。我不知道是怎麼回事，她跟我在酒吧裡聊天，我們有點像是在慶祝，因為DNA檢驗結果出來了，我絕對是托克的兒子。莉拉，我們再幾個月就會有一大筆錢了。」

「你以為我在乎的是錢？」莉拉恨恨地說，彷彿這件事比一吻更令她反感。「你怎麼能這樣看我。你是誰啊？」

「不，我不是這個意思。只是我們的手頭一直都很緊，如果我們有錢了——」

「原來日子有點辛苦我就得忍受這種鳥事？」

「不是。」

「我信任你。我跑去巴克利是因為我覺得心慌，我想在參加律師考之前有你陪我一晚。我對你最近遇上的事情覺得很不安，我要你知道我支持你，我想給你一個驚喜……結果我卻發現你跟另一個女人在一起。」

我險些就脫口說我們只親吻了一下，但是我管住了自己的嘴巴。她沒有錯。這件事不是和那一吻有關。是不是只有一個吻並不重要。莉拉信任我。她愛我，她看待我的樣子讓我覺得我是世界的核心。這下子我猜她是不會再那樣子看我了。

「我覺得你應該走了。」她說。

「走？可……」我找不到一句不老套不空洞的話說。

「如果你想待在公寓，那我就走，可是我一陣子不想看到你。我不想聽你的聲音，所以別打電話給我。」

「莉拉，對不起。我不想這樣子。」

「拜託，」她說，兩手摀住臉。「別再為難我。我需要一個人。我需要讓我的心思回到通過律師考上，然後我才能考慮我們的事。走吧，拜託。」

我走向臥室門口，停了下來。我想轉身為我們戰鬥，我不想離開。可是這是她的決定，我無權否決她的要求。況且，我滿肯定要是我現在硬是不讓步的話，我們兩個可能就完了。她需要我離開。有時候，如果撤退能打開一個重返的窗口，即使那個窗口十分狹窄，那麼撤退才是上上之策。

所以我離開了。

第二部

38

我躺在引擎蓋上，背靠著擋風玻璃，膝蓋彎曲，十指交纏，置於腹部。今晚很美，氣候宜人。夜深人靜，輕風從北方吹來，足以讓蚊子不靠近，而目前，我肋骨上的刺痛感覺不到。寧靜之中，白天的殘影復活了，在點點星空下飄移。有太多的悔恨繞著我轉圈，但是最讓我難以忘懷的是莉拉說她只要求我做一個正人君子——而我連這一點都做不到。

一個半小時之前我離開了公寓，那時我是個漂流的人。我知道我要去哪裡，可我假裝那不是我的選擇，彷彿我是被自己的意志之外的力量拉扯的，被扯到一個我曾發誓絕不會去的地方——明尼蘇達州奧斯丁市。

我不覺得我還能回去巴克利。不公平，我知道，可我想把自己的墮落歸罪給那座小鎮。我也想怪罪薇琪——純粹是出於我自己的怯懦。我告訴自己我必須離她遠一點，即使是我自己沒有在任何的對話中提到莉拉。我看見了薇琪的調情。早在她俯身吻我之前我就知道她的香水味道和胸罩的蕾絲輪廓。所以怎麼會是她的錯呢？我漸漸認為我一直都是個爛人，而巴克利只是打開了一盞探照燈罷了。

開車到奧斯丁的這一路就在一陣噪音和噁心之中度過，越是接近，我就越明白我還沒準備向我母親坦承她的金童是個騙子，我被趕出公寓是因為我連當個人都當不好。我沒辦法面對。忽然我想起了一條小路，中學時我都帶女孩去那裡，那是一條漫長的荒野小路，被樹木包圍，方便我們親熱而不被看到。我向那邊開，停在兩棵巨大的三角葉楊之間，茂密的樹葉在我的頭頂搖動。荒野小路跟我的記憶中一樣，幽黑、隱蔽——是過夜的好地方。

現在，我躺在我的汽車引擎蓋上，覺得前所未有的孤獨。我的車和我的衣服，我只有這麼多。我沒有家，我毫無羈絆。夜間動物的啁啾鳴囀充盈了周遭的天空，似乎不因我的存在而驚擾。為了淹沒這些聲響，為了不耽溺在我的罪惡中，我回想我知道我愛莉拉的那一刻。我始終認為這一刻來臨會有彩紙和音樂，但是在我，這一刻只是沐浴在燭光下。

我們那時還沒有同居，我們三個計畫有天晚上要看電視吃爆米花。那時是四月，有個春天暴風雨過境，造成停電。沒了電視，無聊的傑若米早早上床了，所以莉拉跟我就窩在沙發上聊天。

我們那晚並沒有聊什麼深刻的話題。她跟我說她最愛的聖誕節——她得到了一隻小狗，叫安妮。她跟我說她八歲時去聽仙妮亞．唐恩的演唱會，被她從觀眾席裡叫到舞台上。她跟我說她去阿姨的公司找她，她是一家法律公司的律師助理，而她也就是在那一次燃起了念法學院的火焰。

而我呢，我向她坦白我有多常感覺自己像個騙子。我完全不是那種靠勞動謀生，指甲縫裡有土的人。我告訴她我覺得自己不屬於學校，而我很確定會有人想通，把我趕回奧斯丁。

就在這時她依偎到我的胸口，美麗的臉龐煥發著真誠。她跟我說我錯了，說我不是騙子。她說我了不起，說我心靈手巧，我聽著她說話，漸漸相信了。我真的完全沒想過我會成為記者，但是那晚我在她的眼中看見了。而我因此而愛她。

她比我先睡著，我記得看著她柔美的臉，想著我這一生除了和她相守之外什麼也不想要了。

我在引擎蓋上換個姿勢，胸口的痛爆裂，讓我想起了我身在何處，又做了什麼。我想要回莉拉的回憶，我想要全部要回來。我待在引擎蓋上幾個小時，瞪著星辰，回想著，直到最後睡眠來臨，減緩了痛苦。

39

隔天早晨醒來我仍躺在引擎蓋上，我的衣服被汗水和露水沾濕了，我的頭腦被一隻哀叫的鴿子從睡夢中喚醒。我動了動，肋骨的疼痛立刻活了過來。我從引擎蓋上爬下來，坐進駕駛座，覺得像是個生鏽的樞紐。我查看手機，知道她不會打給我，也不會發簡訊。而我沒猜錯。

我開了十分鐘車到凱西家，敲門之前先頓了頓。我從來沒有敲過這扇門。多年來這裡是我的家，可不再是了。我的指關節才敲到木頭，就聽見我母親的聲音從屋內傳來。

「我不敢相信，傑若米，我要拿你怎麼辦？」

我不等人回應，直接開門走了進去，卻沒發現我預期的事。沒有爭吵，沒有凱西的故態復萌。我反而看到我母親和我弟弟在玩牌。凱西向我微笑，傑若米看著我這邊，隨即又回頭盯著手上的牌。

「還好嗎？」我問道。

「糟透了，」媽誇張地說。「我們玩『釣魚趣』，傑若米一直贏我。他真的是個大老千，到現在為止每一次都贏。」

是她讓他贏——我們的母親又一個小小的改變。我記得她老是說讓孩子贏並不能教會他們任何事。「外面的世界是很殘酷的，」她會這麼說。「你們越快了解越好。」讓傑若米在玩遊戲的時候贏只是一件小事，但是卻和我認識了一輩子的那個母親那麼的違和，我幾乎沒辦法接受我眼前的情景。

「我做了馬芬，」她說，指著流理台上毛巾覆蓋的一只盤子。「我沒煮咖啡。我現在不喝咖啡了，不過你要喝的話，我可以幫你煮。」

「妳不喝咖啡？」

「那玩意也會上癮。」她聳聳肩，向我一笑。「既然要戒，那就戒個徹底。」

我抓起兩個馬芬，倒了杯牛奶，在餐桌落座。「你喜不喜歡住在這裡？」我問傑若米。我猜想凱西知道我的問題不只是在閒聊。我想的是我們母親當家長的行為報告，以及傑若米的舒適程度，至少是他能夠報告的程度。

「也許我喜歡我的床。」他說。

這就把我需要知道的事告訴我了。

媽問：「你今天就要把傑若米帶回家了嗎？」我能聽出她的聲音中有一絲傷心。

「沒有，」我說。「還沒有。」我還沒辦法跟我母親說我被趕出公寓了。「其實呢，我是在想傑若米是不是能再住個一兩天。」我在腦子裡計算。律師考是明天開始，連考兩天，之後我就會弄清楚莉拉和我之間究竟會怎麼樣。光是用想的，我的胸口就又痛了。

「我沒問題。」媽說。

「傑若米，那你可以嗎？」我問道。

「嗯。嗯……妳有八嗎？」他問凱西。

「唉，討厭，你又贏了。」凱西抽出了一張八，給了傑若米，他放下了一對牌。凱西發出誇張的嘆氣，傑若米哈哈笑。趁著傑若米在沉思下一張牌要什麼，凱西問我：「那你是要回巴克利嗎？」

「不一定，」我說。「我可能會去曼卡多。」

「去曼卡多幹嘛？」

「喔，我沒告訴妳嗎——我有個妹妹。」

凱西聽得一頭霧水。

「托克娶了一個巴克利的女人，叫吉妮．希克斯。他們生了一個女兒，她叫安潔。所以……她就是我的異母妹妹。」

凱西消化著我的話，搖頭說不。我覺得這樣脫口而出實在很差勁，我沒停下來想托克在她懷孕時是如何對她的。

「不，不是他。不可能。」凱西看著我，表情是全然的困惑。

「我見過她。」我說。

「傑若米，我們可以暫時休息一下嗎？」

傑若米點頭。「也許我可以去看電視。」

「好啊，甜心。我想跟喬講幾句話。」

傑若米離開餐桌後，凱西走進臥室，拿了個盒子回來。我小時候見過這個盒子在她的衣櫃裡，但我從來沒打開來看，因為盒子上了鎖。凱西用奶油刀從側面撬開了鎖，在盒子裡挖，挖出幾張照片，交給了我，又回去翻找。我在一張照片上認出了我的母親，年輕漂亮，坐在草坪椅上，旁邊的男人我現在知道了是我的父親。他們各自拿著一罐百威啤酒，彷彿是在向拍攝的人敬酒。另一張照片中，他站著，一臂搭在她的肩上，她兩條手臂都摟著他的腰。

「你父親並不是一直都是個混蛋。你也看到了，有一段時間我會說我們是幸福的。可是在我懷孕之後，他就變得既殘忍又惡毒。」

「我查到了他打妳肚子的警方紀錄。」我說。

回憶湧上，凱西頓住，我看得出她抿著唇，視線向下，一臉尷尬。「我想你可以說我們就是在那晚分手的。你出生之後，我偶爾會在鎮上看到他。我真的以為要是他看到你，他可能就會回心轉意。」

「所以妳才給我取了他的名字？」

她點頭。「這一點我很抱歉，那麼做很蠢。別的不說，反而是反效果。害他更生氣。後來，有一晚，你那時才幾個月大，我收到了喬的信。他很生氣，因為郡政府跟他要孩子的撫養費。他們要從他的薪水裡扣。他在信裡寫了一些非常可恨的話，其中一件就是撫養費的事氣得他要死，所以他就跑去結紮了。他說他結紮了就……就不會有該死的臭女人再陷害他結婚。」

媽停下來喘口氣，我看得出她的手指在微微發抖。「那是喬的道別信，他說他要離開明尼蘇達了。之後我就再也沒有他的消息了。」

「天啊，真是個……混蛋。」

「對。所以你看，喬不可能有女兒。」

「嗯，就算結紮的事他沒說謊，那種事也是可以逆轉的，對不對？」

「有可能。可是喬連想到孩子都深惡痛絕。那……」凱西又在盒子裡掏摸，拿出了另一封信，遞給了我。

「這是什麼？」我問道。

「喬在打了我坐牢之後寫的。你想要的話就給你。這是最接近你父親說再見的東西了。不過這封信裡沒有一句好話，你不想看的話可以不要看。」

我打開了信，白紙上寫著不流暢、歪歪扭扭的文字。

凱西，

妳個臭娘們，妳真以為這樣有用？妳真以為我會留下來？哼，妳慢慢等吧。我不會跟任何一個小屁孩扯上關係。妳自己作的孽就自己受吧。還有別想要我付妳撫養孩子的錢。妳敢要老子就辭職不幹，走得無影無蹤，讓妳永遠找不到。妳從我這裡一個子也弄不到。就算要我住在森林裡，吃漿果，我也什麼都不會給妳。妳的小遊戲八成沒弄到妳想要的結果。下地獄去吧，把那個小屁孩也帶著。

幹
喬

我讀完了信，抬頭看見我母親瞪著我們之間的餐桌。我想說點什麼讓氣氛輕鬆一點。「他寫得像個小五學生，」我說。「幸好他走了。」

這句話逗笑了我母親。

40

如果媽說托克做了結紮手術是真的，那金寶的調查就是盲人騎瞎馬。這件事可能沒什麼，但是話說回來，也可能很要緊。

儘管我對返回巴克利有所遲疑，我還是想要把這個消息親口轉告金寶警長。我想看著他的臉，看他受到的衝擊是否和我一樣。如果有結紮手術，他們可以用第二次驗屍來證實。唯有托克去做了逆反手術，安潔才有可能是托克的女兒，而根據我對我父親的了解，他不像是一個為了不當父親而願意費那番手腳的人。但是話說回來，誰知道他為了拿到希克斯的財產會採取什麼手段呢。

我駕車進鎮，陡然間又想到一件事，就轉了個彎，先到巴伯．穆倫的辦公室。我一進去就發現巴伯正緊盯著電腦螢幕。我敲了牆壁引起他的注意，他抬頭看我，額頭佈滿了擔憂的皺紋。

「他們以殺人罪起訴穆迪．林區了。」他說。

「什麼？怎麼會？」

「二級謀殺。」巴伯揮手要我進入他裡間的辦公室。

「不可能。他們沒有足夠的證據起訴他，不是嗎？」

「他們有，而你是關鍵證人。」

巴伯交給我一份文件——一份刑事訴狀——我讀了起來，上頭說明他們是如何相信穆迪・林區殺害了托克・塔伯特的。他們說：穆迪・林區告知了一名證人，喬・塔伯特二世，他（被告）與（托克）喬・塔伯特一世相遇，而被告以金屬齒輪擊打了塔伯特先生的頭部。

「他們漏掉了我說他是自衛的話。托克拿繩子攻擊穆迪，把他打得半死，這個部分呢？而且穆迪離開時托克還活著。媽的，報警的還是穆迪呢。」

「他真的拿齒輪打托克？」

「他說托克打他時他從牆上抓了下來。他並沒有要殺死托克。」

「你的供詞是證據，」巴伯說。「他們想怎麼運用都行——就跟我也會往反方向運用一樣。」

「你代表穆迪？」

「他的家人剛走。我會是他的律師。」

「我不相信穆迪殺了托克。」

「很好，喬，但是相信不能拿來當證據。」

「你可以拿到證據，」我說。「你是他的律師，所以你可以拿到一切的報告和錄影那些玩意，對不對？」

「對，我早晚會去調閱。」

「多少時間？」

「嗄？喔，我想他們會在明天首次出庭時把大部分的證物交給我。」

「你今天能拿到嗎？」

「你有什麼打算？」

「我有個消息也許能夠幫穆迪洗冤。你今天能拿到證物嗎？」

「我如果有好理由的話。」巴伯指著一張椅子，我坐了下來。「你要告訴我你是在想什麼嗎？」

「我知道一件警長不知道的事情。我剛從奧斯丁我母親家來。我們在談托克，我提到我有個異母妹妹，然後……」我停了下來，以免興奮得過頭；我重整思緒，問了那個我來此要問的問題。「穆倫先生，有沒有可能吉妮．塔伯特有婚外情？」

巴伯往後一躲，彷彿聞到了什麼臭味。「婚外情？」

「她在這裡工作，你跟她很親近。」

「吉妮就像是我的女兒，所以也就是這段對話極其不合體統的一長串理由中的一個。」

「托克離開奧斯丁之前跟我母親說他做了結紮手術。他是在故意揭我媽的瘡疤。」

「那種事是可以逆轉的。」巴伯說。

「他對待安潔的態度像是痛恨她。」

巴伯一聽兩道眉毛都豎了起來。「就像是他知道孩子不是他的。」

「一點也沒錯。如果吉妮有外遇，那就說明了很多事了。她為你工作，你一定看過什麼。」

巴伯扯鬍子，不是在專心回憶就是在決定是否要把他知道的事情告訴我——我看不出是哪一種。接著他向前傾，手肘架在桌上，兩手交握，表情傷心。「我覺得可能有一個人，」他說，「她從沒告訴過我，我也不問，可是……現在回想起來，我想可能是在她懷孕的時候。托克酒喝得很兇，我記得。她會掛著眼袋來上班，注意力也不集中。她那時才來我這裡沒多久，所以我也沒追問，不過我真希望我問了。她好像有很長一段時間相當傷心，可後來她像變了一個人似的，一百八十度的大轉變，既開心又活潑。我甚至還聽見她在她的位子上唱歌。她的歌喉很不錯。我只是猜想無論她有什麼心事都已經解決了。」

「她是外遇了？」

「有可能。有天晚上托克到我家來找吉妮，我的感覺是他以為她還在上班。我跟他打哈哈，直到最後他才說了真話。他說吉妮告訴他要加班，但是辦公室已經關門了。我的回答簡單，避重就輕，跟他說她最近常常加班。我跟他說我提早回來是因為頭痛，我不知道吉妮是幾點下班的。我沒說真話。吉妮那天提早下班了。」

「托克猜出來了嗎？」

「不知道。我說過，我沒追問。隔天早晨吉妮來上班，我跟她說托克來找過她。她毫無反應，可是之後她又變回了以前的那個吉妮，不再上班時唱歌了。」

「她把外遇結束掉了。」

「那會是合理的推斷。」

「你知不知道她會是跟誰外遇？」

「不知道。但是我可能猜得出來。我辦公室的電話都有個程式會記錄打出去的電話，包括本地電話。我用來精準計算委託人的帳單。那些紀錄我都保留下來了，以防有人對帳單有疑問。我在這方面是滿像囤積狂的。」

巴伯站了起來，走向辦公室外的一道小門，消失到樓梯間裡，下去地下室了。我等待著，聆聽著牆上的時鐘一分一秒流逝——總共十二分鐘——他才回來。他一手拿著一份黃色檔案夾，坐下來時一面讀著裡頭的幾張紙。

「這些是安潔出生前九個月吉妮外撥的電話。」他研究著紙張，我盯著看，發現他的臉上閃過了一線曙光。「這裡有個號碼——她一天中和這個人交談了多次，每次都是二、三十分鐘。我竟不知道。」

「那人是誰？」

「我不認得這個號碼，可是我們可以打看看。」

「隱藏號碼，免得他們發現是誰打的。」

「好主意。」巴伯按下了桌上電話的擴音鍵，撥了號碼。電話響了一次、兩次，我們面面相覷，然後，喀一聲。

「傑柏・路易斯。」

巴伯掛斷了電話。

41

我們擬定了計畫之後，巴伯和我一起離開了他的辦公室，往法院廣場前進。途經警長辦公室時我和他分手，巴伯繼續向前，一跛一跛地步上法院的大理石台階，去找郡檢察官。他負責的是在辦公室裡守候，直到他們把穆迪案的證物交給他。

我走進警長辦公室，要求見金寶。起初接待員跟我說他很忙，沒空見我。

「告訴金寶警長我有新的證據，需要讓他知道。告訴他我能證明他的調查有誤，他需要見我。」

她翻個白眼，拿起電話，說了幾句話，惱怒的表情始終沒有軟化。一分鐘後，金寶警長出現在門口。

「你最好不是來鬧的。我很忙。」

「有地方可以讓我們私下談一談的嗎？」

金寶一臉厭惡，搖搖頭，卻把我往會議室帶。「好了，究竟是什麼事？」他說。

我看著天花板一角的監視器。「傑柏在聽嗎？」

「不，傑柏出外勤了，所以你只能跟我說。」

「我就是來找你的。我覺得你抓錯人了。」

「喔，幫幫忙。」

「聽我說完，」我說。「我知道你和納森連穆迪說的一個字都不想相信。」

「你就是為這個來的？」金寶站了起來，往門口邁步。「你在浪費我的時間。」

「不，我不是為這個來的。」我舉起雙手，擺出請他留下的手勢。「我有新的線索，而且可以解釋穆迪口供裡的一些問題。」

金寶雙臂抱胸，站在門邊。「好吧，說來聽聽。」

「穆迪說他進去馬廄時就發現安潔倒在地上——昏昏沉沉的，好像已經吃了藥。可是傑柏說他是在屋子裡找到她的。這樣一點也說不通。所以你們自然就假設是穆迪謊稱在馬廄看到安潔。」

「當然是他說謊。傑柏發現她時她躺在床上昏迷不醒。」

「可如果說謊的是傑柏呢？」

金寶的態度從氣惱變成威嚇。「小子，你最好注意你自己在說什麼。」

「如果傑柏．路易斯和吉妮．塔伯特外遇呢？」

這顆小炸彈並不如我預期中一樣炸掉金寶的怒火，但是我看得出來裂痕漸漸出現了。他瞇起了眼睛，走向桌子，坐了下來。「我對鎮上的八卦不熟，小子。你要是知道什麼，最好要很有把握。」

「托克．塔伯特做了結紮手術，」我說。「在我母親懷了我之後，托克氣瘋了，就去做了結紮手術。他是為了不讓別的女人再套住他。」

「你有證據？」

「這是我母親說的，不過要證實應該很容易。我猜托克的屍體仍然在哪個冰櫃裡吧。要是他沒有辦法生兒育女，那安潔就不是他的女兒。」

「那你是如何從這一點跳到傑柏和吉妮外遇的？」

「他們在中學是情侶。你知道的，對吧？」

「中學是很久以前的事了。」

「吉妮以前為巴伯・穆倫工作。巴伯記錄了從辦公室撥出的電話。他說吉妮懷孕前幾個月打了一堆電話到一個特別的號碼——傑柏的號碼。」

「那也證明不了什麼。」

「對，警長，證明不了什麼，可如果是真的，那就表示托克命案的一名調查警員本身就有殺死托克的動機。」

金寶用力吞嚥，我盯著他的眼睛看，只見他的眼珠子來回亂轉，彷彿是在把腦子裡的各個點連接起來。然後他拿起了電話，按了三個鍵。「雪莉？傑柏還在處理那件家庭糾紛嗎？」停頓。「納森在局裡嗎？」停頓。「叫納森過來偵訊室找我，叫他把塔伯特檔案一塊帶回來，拜託。」

金寶摩挲著下巴的鬍碴，重重地嘆了口氣。門打開了，考爾德副警長走了進來，抬了一個箱子，放在金寶旁邊的一張椅子上。金寶抽出一份檔案，翻閱起來。「納森，我有個問題要問你，而且我需要你老實說。我知道你跟傑柏走得很近，可是這件事很重要。」

考爾德坐進了金寶旁邊的椅子。

「納森，你知不知道傑柏和吉妮．塔伯特外遇？」

考爾德聽見問題臉皮變成深紅色，他看著我，又回頭看金寶，下巴鬆弛，可能在研讀我們的表情，希望能找到一些解釋。「我不確定。」

金寶放下檔案，抬起頭。「什麼意思，你不確定？」金寶說。「你要不然就是知道，要不然就是不知道。」

「那是很久以前的事了。我記得有幾個月的時間傑柏要我幫忙，就，偶爾接個電話，什麼問題也不問。我不知道怎麼說才清楚——就是感覺很奇怪。我以為……有可能，你知道的。可是我一直不能肯定。」

金寶搖頭。「我操。」他又抽出一份檔案，我看得出那是驗屍報告。他開始翻閱。

「這是怎麼回事？」納森問道。

「這個小托克認為他能證明傑柏和吉妮外遇。」

「那又怎樣？」納森問道。「又關他什麼事？」

金寶不理考爾德，只顧看報告。「你注意到的這個奇怪的活動，不會是剛好在吉妮懷孕之前吧？」

納森挺直了腰。「我不記得了。那是很久以前了。我說了——」

金寶豎起一根手指阻止納森，注意力集中在手上的檔案上。金寶回頭去看第一份檔案，這時我能看到封面上寫了安潔的名字。他拿起電話，又按了三個鍵。「雪莉，妳能把吉妮・塔伯特的自殺檔案找出來，送過來嗎？」

「是什麼事，警長？」納森問道。

「可能沒什麼，不過我們可能有個問題。是這樣的，小托克也——」

「別這樣叫我，」我說。「我的名字是喬。」我的語氣把金寶的注意力從閱讀中拽過來，但只有一瞬間，他立刻就聳聳肩，又回頭沉思去了。

「喬有理由相信托克做過結紮手術。」金寶等著納森看出癥結。「托克可能不是安潔的父親。」

「你覺得傑柏有可能是……」納森說。

我問納森：「傑柏去曼卡多看望過安潔幾次？」

「關你什麼事。」

「多少次？」金寶也跟著問。

納森回答時一臉洩氣。「差不多每隔一天就去一次。」

「他太太知道嗎？」金寶問道。

「他叫我別說出去。」

接待員走了進來，交給金寶一份檔案就離開了。

我說：「你覺得像是關心的副警長還是擔心的父親？」

「喔，耶穌基督，」金寶脫口而出。臉上的表情像是一個剛逮到兒子注射海洛因的父親。他把吉妮的自殺檔案摜到桌上。

「這是什麼？」納森問道。

「托克．塔伯特的血型是O型陰性，吉妮是B型。」他看著納森。「根據安潔的病歷，她是AB型。」

納森沒有回應。

「可惡，納森，O型和B型是生不出含A型的血型的。」金寶說話時一臉沮喪。「托克不可能是安潔的父親，醫學上是不可能的。」

「而你認為傑柏……」納森開口說。

金寶兩隻手肘架在桌上，十指按摩著太陽穴。「我們用兩點假設來研究：第一，穆迪說的是實話；第二，傑柏知道或是至少懷疑他是安潔的父親。傑柏抵達馬廄後就看到安潔不省人事躺在托克的旁邊。第一個問題：那時托克是死是活？」

納森說：「我說他已經死了。」

「那樣的話，傑柏就會很容易認為這個可能是他女兒的女孩犯下了殺人罪，然後畏罪自殺。為了保護她，他把她抱回屋子裡，不讓我們追查到她。」

我說：「可是根據穆迪的說法，他只打了托克一下，而第一輛汽車抵達時托克仍活著。驗屍報告說托克被打了三次。第二次和第三次是誰打的？」

金寶抬頭看，臉色幾近灰白，思忖著這個最壞的情況。「傑柏不想讓托克醒來指證安潔，所以……他必須滅口。」

「胡說八道，」考爾德說。「你聽聽你說的是什麼話，警長？我們說的可是傑柏欸。可惡，你又不是不認識傑柏，你明明知道他是不會殺人的，再過一百萬年也不會。」

「我沒有說傑柏殺了托克，」金寶說。「我只是說就算只有一成是真的，我們都麻煩大了。一個可能是嫌犯的人卻在負責調查。我們需要把他帶進來問話。」

「你們合適嗎？」我問道。

「你是在暗示什麼？」考爾德說。

「我沒有暗示什麼，我是擺明了告訴你們。你們需要叫刑事逮捕局過來，你們涉入太深了。」

「我們可以處理，」金寶說。「我們會把他帶進來，取得他的說詞。如果情況像是你說的那樣，那我們就會置身事外。可是我們會是和傑柏談話的人。在此同時，你老實待著。」金寶的手指對著我。「這是絕對機密的事情。我們不想外洩，聽懂了嗎？」

我點頭同意，儘管心有疑竇。

42

我走回巴伯的辦公室，坐在我的汽車引擎蓋上等他回來。我的肋骨痛，但是稍早吃的四顆止痛藥讓痛變成了悶痛。我告訴金寶時在血管中流貫的興奮被一種影影綽綽的憂傷取代了。可能是莉拉的話的餘韻未消，也可能是我想到傑柏竟然涉及托克的死而傷心。我喜歡傑柏，部分的我希望埋藏在巴伯拿到的檔案深處能夠找到證據說我錯了。

我後方的遠處傳來重機引擎聲，用不著轉身我就知道是薇琪。我兩隻手肘架在膝蓋上，彎腰駝背，減輕我肋骨上的壓力。我投射出一條很小的影子，因為太陽正攀上頭頂，而她騎過時我就保持這個姿勢，希望也許她會沒發現我。沒成功。

薇琪把她的勝利虎調頭，往回騎，停在我旁邊的馬路上，關掉了引擎。「嗨，陌生人。」

「嗨。」我覺得我應該要對她冷淡，但是我的情況不是她的錯。

「那，有多糟？」她問道。

「非常糟。」我說。

「她跟你分手了？」

「我不知道。」

「不知道？」

「我們……暫時冷卻一下吧。」我看著薇琪。她的臉頰被風吹成了玫瑰紅，而且她似笑非笑，讓她的臉多了一種充滿希望的表情。

「這個意思是我可以……就……等一下去你那兒嗎？」

我低著頭，看著路面。「這不是好主意。」

「這樣啊。」

「我真的愛我的女朋友，」我說。「我猜我應該要把話說清楚。」

「你大可一開始就跟我說你有女朋友。」她的聲音中沒有恨意，聽來幾乎像是她在道歉，而這害我心情更差。

「對不起。」我說。

「對……我也是。」這句話帶著渴望，很像是最後的道別。她發動重機，迴轉，絕塵而去。

我努力讓自己回去思索傑柏和托克的事，卻只看到莉拉的倩影掠過，坐在我們的床上，叫我離開。律師考明天開始，考完之後就要算總帳了，一想到這裡我就害怕。

我以為巴伯現在也該回來了，但是一分鐘又一分鐘過去，慢得就像是受傷的士兵在蹣跚而行。一個小時過去了，我正想走到法院去看看情況，巴伯就繞過轉角，兩手捧著手風琴式檔案夾，招手要我跟著他進去他的辦公室。他似乎步行得上氣不接下氣。

「我都快擔心死了。」我說。

「我到警長辦公室去了一趟，看他們對於傑柏的消息有什麼反應。」

「然後呢？」

「他們在那裡快把屋頂掀了。我聽見金寶大嚷大叫，然後他們帶著上銬的傑柏走過，把他帶去監獄。」

「傑柏招認了？」

「金寶跟我說傑柏承認把安潔抱進屋子裡，就這樣。傑柏一定是知道自己的麻煩大了，因為他援引了他的緘默權。」

「可他們是以托克的命案逮捕他的吧？」

「還沒有。他們是以破壞命案現場逮捕他的。不是重罪，不過他們可以關押他一夜，趁機釐清情況。」

「穆迪說的是實話。」

「金寶建議釋放穆迪。他們的控訴是錯的，他們也知道。」巴伯把林區檔案放在吉妮的桌上。「我要回去監獄。我想告訴穆迪這個好消息。」

「你介意我看一下那份檔案嗎？」我問道。

巴伯考慮了幾秒，說：「可以。只是幫我一個忙，我不在時別在我的辦公室裡東翻西找。」

「我哪敢。」我說。

巴伯正要出門又停下來，緩緩轉身面對我，他腦子裡的念頭在額頭擠捏出深深的紋路。「你知道這代表什麼吧？」

「什麼代表什麼？」

「如果傑柏是安潔的父親……你知道情形會有什麼變化吧。」

「知道，傑柏就有了動機殺死托克，你是想說這個吧。」

「不，我不是這個意思。吉妮的財產全部都檢驗認證了，一切都簽署封緘了。那份財產現在是屬於托克的，托克一人獨有。」

我不明白他是想說什麼。

「如果托克不是安潔的父親，那麼按照無遺囑死亡法，她就不能繼承。財產是托克的，而每一分都會歸於他唯一的繼承人。那個人要能證明他是托克的親生兒子。」巴伯的手指對準了我。

「那不……我不知道。」

「安潔什麼也得不到。」

「可是她是吉妮的女兒啊。」

「我想安潔的監護人可以提出訴願重啟案子，分割安潔和托克的繼承權，可是此時此刻她並沒有監護人。」

「本來就該這樣啊。」我說。

「你現在這麼說，可我做這一行很久了。錢如果還沒有影子，那話說得清高很容易；可是錢一旦是真的了，就是另一回事了。你會開始覺得六百萬比三百萬可要多得多了。這種事我見過。」

二十四小時前我會很肯定巴伯看錯了我。但是經過昨夜，我什麼都沒把握了。「我不會改變心意的，」我說，但即使話是出自我口，我也能看到自己站在薇琪帶我去的地方，俯覽那片田地。我把那個畫面甩掉，又說：「我不會改變心意的——我保證。」

巴伯說：「別介意，喬，可我得等到親眼看到了才會相信。」說完，他就走出了門口。

43

巴伯的辦公室在他離開後安靜無聲，我把穆迪・林區檔案攤開在吉妮的辦公桌上。風琴式檔案夾裝了四份卷宗，各自以黑色的大迴紋針固定。另外還有一個大牛皮紙信封，上頭寫著「錄音檔」。我打開信封，讓光碟片滑到桌上。最上方是納森的警車錄影片，我想從這裡著手應該不錯。

我花了一分鐘才啟動了吉妮的電腦，又過了兩三分鐘才打開了影片。影片一打開螢幕就劃分為五格，左一右四，大的這個顯然是正對前方的攝像頭，一個小的指著後座。略加研究後，我發現另外三個是警車兩側和車尾的位置。

影片一開始，納森的警車正奔馳在一條鄉間公路上，引擎蓋上反射出警示燈。我聽到調度中心通知納森二八〇四在現場附近，雖不值勤卻前往處理。我翻了一些報告，確認二八〇四是傑柏的警員編號。納森回覆：「了解。」聲音平靜得就像在看報紙。

我看了十五分鐘才看到一點東西。我認出來了——是薇琪的母親出事的那條橋。我現在知道納森幾乎快抵達現場了。他接近農場，放慢車速，我俯身查看影片的每一秒。

從前擋風玻璃上看，納森駛入庭院，面對房屋停下，世界像在旋轉，二樓有扇窗子亮著昏暗的燈光。警車的右邊是馬廄，門開著，燈光流瀉到院子裡。警車的攝影機對著左邊，拍到了傑柏的私人汽車，就是他載我們到曼卡托的那輛。

納森下了警車，走向馬廄，進入，彎腰查看躺在門裡的黑色物體。然後他站直，走向馬廄門，按住肩上的對講機。「呃，中心，我們有個十……呃……十……嘍，瑪琳，這裡有命案。最好叫救護車和驗屍官來。順便把金寶警長叫醒。」

調度中心回應。「了解。二八〇四通報進來，他和一名救護員在屋子裡。」

「了解。」納森拔腳要跑向屋子，卻停下來看著公路。什麼東西引起了他的注意。我按了車尾的攝影機，從納森的警車後方看見薇琪坐在重機上。我能聽見她對納森喊了什麼，聲音模糊。納森大吼回去：「這是警察的公務，回妳家去待著。」

薇琪把重機騎進她家車道，我看著她停車時紅色煞車燈映照在白色的穀倉牆上。

納森小跑步到屋子那兒，消失在裡面。

接下來幾秒鐘什麼動靜也沒有，可是接著雷伊．派克的門廊燈亮了。薇琪和她父親走了出來，走到分隔他們的草皮和公路的木圍籬那兒。兩人在那裡就位，看著警方行動。

幾分鐘後，納森走出屋子，往馬廄前進。他又接近了那團黑色的東西，我這才明白那是托克。因為警車對著馬廄的角度，所以我只能看見他的腿。再來的十五分鐘我盯著救護車的閃光映照在房屋上、馬廄上和樹林間，等待著什麼事發生。薇琪和她爸在搏動的燈光中就像雕像一樣，隨著警車車頂的紅燈閃動而時隱時現。

然後，大軍抵達。第一個是金寶警長，後頭緊跟著救護車。納森指示救護員到屋子去。他們進去了，一分鐘後回到救護車來拿推床。他們把安潔推出屋子時，傑柏就在她身邊，握著她的手。他們把安潔抬上救護車離開了，傑柏則駕駛他的Explorer尾隨。之後情形就放慢了，更多警車趕到，更多警察拿著手電筒在庭院裡走動，可能是在尋找跡證。我看了大約四十分鐘之後，看到有輛車開過來，一名女性下車走入馬廄。我猜是驗屍官，是來確認托克・塔伯特的死亡的。接著又一輛救護車抵達，用屍袋把托克・塔伯特從他的土地上運走。

我看著救護車離開庭院，警示燈關閉，沒有緊急事故可處理了。車子經過了薇琪和雷伊前面，父女倆仍倚著木圍欄，而我忍不住納悶雷伊看見托克被裝進屍袋裡是不是在心中暗自竊喜。不過話說回來，他知道袋子裡裝了什麼嗎？

這個想法只不過是一閃而逝的好奇，正要從我的腦子裡永遠消失，卻突然攫住了我的注意力。我按了暫停。這裡有個地方不對勁，遺漏了什麼極其重要的東西。

我從頭播放影片，仔細觀看，這一次聚焦在車尾的攝影機上。我看到薇琪騎著重機過來，跟納森說話，然後把她的重機停進車棚裡。我放慢影片，一格一格往前放，瞧見了她的輪廓從穀倉走向她家。我只能在幾格裡看到，納森搏動的紅色警示燈閃過才有畫面。然後她和她父親就走向木圍欄邊，站在那裡，一直到最後。

我第二次盯著看時，想到了我第一天來鎮上她帶我到希克斯農場的那一趟——那天薇琪帶我看馬廄牆上的血跡。她說了什麼？她說托克靠著牆，面朝下躺著。可是在影片中，薇琪始終都和她父親站在馬路對面。她那個位置是不可能看到托克的屍體的。

那她又是怎麼知道他是面朝下躺著的？我看過驗屍照片——她卻沒有。她知道他的頭被打了，她知道他跌在何處，又是如何被殺的。然而，她卻始終站在木圍欄邊直到托克被運走。

一定解釋得通。也許是某人把命案現場的情況告訴了她——傑柏，或是別的警察？也可能是她父親殺了托克，而他跟她說了托克是如何摔下去的。這就說得通了。他恨托克．塔伯特，怪托克害死了他太太。托克剛執行了那份期權合約，雷伊的農場的最後一塊地會被奪走。

我再一次從頭播放影片，這次我聚焦在納森駕車趕往農場時警車側面和車尾的攝影畫面。納森經過了雷伊家，開始進入庭院。我按了暫停，開始一格一格向前移動。

納森駛入庭院。停車。另一個鏡頭角度吸引了我的注意，但是我牢牢盯著車尾的畫面。喀，喀，喀。我緊盯著雷伊的屋子尋找動程。喀，喀，喀。

然後我看到了——隱藏得太好，要不是我刻意在尋找，一定會漏掉。我放大了畫面，把雷伊房子旁的一小片空地放大。真相一直都在這裡，隱藏在黑暗中，只被一次一閃即逝的紅燈照到。

我低頭嘟囔：「他媽的。」

44

夕陽耷拉在西方地平線之上，我發現自己駛入了希克斯農場的庭院，準備在日光下看一看我在納森的警車錄影中在闇黑中看見的東西。我越過馬路，站在薇琪和雷伊旁觀托克死掉那晚的情形之處。我沒弄錯——薇琪的位置是不可能看到馬廄內的托克的。

我轉身面對雷伊的房子。我的左邊有一條林線，前方的屋子死寂。但是在屋子和樹林之間卻橫陳了一片約莫四十呎寬的草皮，納森的攝影機拍下了有人朝那棟小屋跑的畫面。我正倚著欄杆，調整我心中的影像，薇琪從屋子裡走了出來。我等著她走過來，但她只是坐在門廊台階上。

「我有點意外會看到你。」她大聲說。

「我覺得我要再看一遍農場。」

我走向房屋，掃瞄窗戶，看雷伊在不在。我在幾呎外停住。「而且，我想跟妳談一談。」

「你大老遠跑來看我？」她挪了挪，讓出地方讓我也坐在門廊台階上。我猶豫了一下才坐下。

「妳聽說他們逮捕傑柏．路易斯了嗎？」我問道。

「他們什麼？」

「今天早晨。」

「為什麼？」

「我聽說他們指控他的罪名是變動命案現場，可是他們羈押他是因為他們覺得可能是他殺死托克的。」

「傑柏為什麼要殺托克？」

「妳沒聽說嗎？」

「沒。聽說什麼？」

「傑柏可能是安潔的親生父親。」

薇琪驚得下巴合不攏，但是她仍不說話。

「是真的。傑柏和吉妮兩個人外遇。金寶認為托克會死這就是關鍵。」

「沒道理啊。我不覺得傑柏會殺人。」

「要是他連違法都願意，那何必只改變命案現場？」

「改變命案現場跟殺人哪能相提並論，」她說。「我是說，對啦，如果安潔是他的孩子，那我也許能了解他搬動她，可是順便把托克殺了？那可得跨出很大的一步。不過現在查理的角色完全不一樣了，我能看見他……」

她不說話了，因為我低下頭，緩緩左右搖晃。

「怎樣？」她問道。

「薇琪，我知道妳做了什麼。」我並不是在指控，而是在坦白，我的聲音比耳語大不了多少。

「你在說什麼啊？」

「我知道是妳殺了托克。」

「你是瘋了嗎？我沒殺托克。我幹嘛要做那種傻事？」

「比方說，他殺了妳媽。」

「天啊，那都是十年前的事了。你覺得我會等這麼久才——」

「他就要執行期權合約了，那妳爸的最後一塊地就會被奪走。」

薇琪驚訝地看著我，但立刻就把注意力轉到面前的土地上。

「對，我也知道。」我說。

「我沒殺他，」她說。「他死的時候我根本就不在這裡。」

「那妳是怎麼知道傑柏把安潔抱進屋的？」

「什麼？」

「妳剛才說如果安潔是傑柏的孩子，妳能了解他為什麼會移動她。妳是怎麼知道傑柏移動了安潔的？」

「你自己剛才說的啊。」

「不，我說的是傑柏變動了現場，我沒說是怎麼變動的。是妳說傑柏移動了安潔的。」我把話說得很平靜，旨在解釋，而不是指控。「妳如果沒有親眼看見是不可能會知道的。」

「我一定是在哪裡聽到的。」她聳聳肩。「你也知道鎮上的人多會八卦。」

「八卦？」我說。「沒有人知道傑柏搬動了安潔。連警長都是在幾小時前逮捕傑柏後才知道的。妳連傑柏被關押了都不知道，所以妳的消息來源不是八卦。」

「你是什麼意思？」她又看著我，而我能看見她的眼中有一絲恐懼。

「妳又是怎麼知道托克是面朝下倒地死的呢？」

「面朝下倒地？」

「第一天妳帶我去馬廄時，妳說托克靠著牆面朝下倒在那裡。」

「我看到的，在……」她沒說下去。「你為什麼這樣做？」

「因為我知道真相。」

「你什麼也不知道。納森看到我回家來，那時托克已經死了。他的警車錄影機可能有拍到。我不可能殺了托克。」

「影片上有，這倒是真的。巴伯・穆倫的辦公室裡有一份拷貝，我今天看了。」

「那你就看到我回家了。」她的聲音分岔，告訴了我她在害怕。我不想把她嚇得太厲害，我要她繼續說話，我才能假裝接下來的部分是我很難啟齒的。

「我看到妳停下來向納森・考爾德說了什麼，妳騎著妳的勝利虎。」

「看吧？我不可能……」

她看著我的眼睛，眼神在懇求我相信她。我替她難過，而我也不再需要假裝我要把我知道的事告訴她很難過了。我說：「納森趕到的時候——時間足以讓妳把機車停在馬路中間，建立妳的不在場證明——我看見妳了。」

薇琪用力吞嚥，眼神變化，不是出於恐懼就是出於領悟。

「妳從那邊的樹林跑過去。」我指著那片防風林。「跑到妳停機車的棚子。幾秒鐘之後，妳把機車推到妳家後面的小路上，我看到了妳的煞車燈反映在棚子的牆壁上。」

「我不信。」

我從後口袋抽出一張紙，折了起來，所以她看不見裡面的照片。我用食指和中指夾住，在夜風中輕輕拍動，勾起薇琪的好奇心，直到紙張變成她的目光焦點。然後我攤開照片，遞給她。她在她家草皮上奔跑的身影粗糙模糊，但是我已經盡力了。她的反應——尖銳地倒吸一口氣——告訴了我她不會否認那是她。

她的肩膀下垂，用手摀住臉，她有罪的照片掉落在門廊台階上。「你不懂。」她說。

「沒關係，」我說，儘管我是在說謊。薇琪在哭，我伸臂摟住她的肩。她在跟我說話，而我不想要她停止，所以我哄著她。「如果天底下有哪個人死了都不可惜，那一定是托克。」

「他罵我婊子，」她咽哽著說。「我去馬廄幫助他。他幾乎沒在動——好像他是想要醒過來什麼的。我蹲下去幫忙，他一看到我就罵我婊子。我不知道是怎麼回事。我好生氣。他殺了我媽，現在又罵我婊子？我忍不住了，我看到地上的齒輪，就……」

我們背後有樓板吱吱響，我扭頭看到雷伊．派克站在門口，頭髮亂糟糟的，像是打盹剛醒。他看著我，再看著哭倒在我懷裡的薇琪——一張臉立刻因憤怒而扭曲。

「他在這裡幹什麼？」雷伊大吼。

薇琪嚇了一跳，一躍而起，慢慢退後。她用手背擦掉臉頰上的淚，說：「爸，他知道了。」

「閉嘴！」雷伊大喝。他是對著薇琪說的，但是手指卻比著我。「不准妳跟這個雜種說話。他不是妳的朋友。」

「爸，他——」

「我說閉嘴！」雷伊衝下台階，一把揪住我的襯衫，把我拉了過去。我能聞到他的呼吸中有威士忌和咀嚼菸草的味道。我等著他把我往牆上甩，結果，他卻把我的襯衫撕開。他和薇琪看到貼在我胸前的麥克風都呆若木雞。

45

夜空飄蕩著遠方的警笛聲。

雷伊把我摔在地上。「走，」他大喝一聲，轉身跑進屋子裡。我不確定他是在跟我說話還是跟薇琪說話，我想她也不知道，因為她並沒有動。他又大吼：「去妳小時候我帶妳去露營的地方。我會找人去幫妳。快走！」

薇琪轉身跑向穀倉，她的重機所停之處。雷伊走出屋子，手上端著獵槍，但並沒有瞄準我，而是從我面前走過去，彷彿我根本就不在場，在他的院子中央就定位。

最近的一輛警車是納森的，停在幾棵樹後，約莫半哩遠，近得足以監聽。剩下的警力在橋那邊等。納森帶頭衝鋒，但是他一靠近車道，雷伊就舉槍開火，嚇得納森把警車開進了水溝裡。其他三輛警車停在考爾德後方的路肩上，形成了一堵防守牆。

雷伊一直拿槍瞄準副警長，而薇琪則把機車退出棚子。雷伊在自言自語，我聽見他說：「我的女兒不會為了殺死托克．塔伯特去坐牢——我他媽的敢保證。我早在多年以前就該宰了那個王八羔子。」

薇琪回頭看了她父親最後一眼，發動了勝利虎，沿著屋後的小路奔逃。

薇琪安全逃離之後，雷伊就把槍靠在臂彎上，槍托抵著腋窩，從襯衫口袋掏出了一包菸，叼了一根，點燃，吸了長長的一口，再把槍舉高。「來啊，孬種！」他大嚷大叫。又開了一槍，卻沒有對任何警車造成損傷。

「可惡，雷伊，把槍放下。」我認出是金寶警長的聲音從一輛汽車後傳來。

「去死吧。」雷伊吼回去。

重機聲消失在遠方，雷伊的臨時計畫奏效了。他的女兒逃走了。

「把槍放下，免得事情更嚴重，」金寶大喊。「我們不想要有人受傷。」

「有膽子就來啊，你個狗娘養的。」雷伊大吼，而在他吼叫時，他的兩條手臂都向一側伸，露出了胸口。他離我大概二十五呎，左手持槍，槍口對著天空，手指頭完全不在扳機附近。

我爬了起來，衝向那條大漢，希望納森和其他人都在看。我盡全力衝刺，肩膀放低，距離大概八呎處，雷伊聽到了我，作勢瞄準我，但是我以全力撞上他的背。我的脖子痛得像有火星亂濺，受傷的肋骨又活了過來，疼痛全面升級。我們向前翻滾。

我坐在雷伊的背上，他兩手前伸，獵槍仍然緊緊握在一隻手上。我向前翻滾，抓住獵槍，想要奪走。我開始左右扭動，想掙脫他的掌握，但是他用上了另一隻手來往回奪。槍管朝天，所以我把大拇指插進扳機，獵槍開火，槍托撞到地面，子彈無害地射向了天空。他沒辦法再安裝子彈，就無法開槍。而我只需要撐住，不讓他再上膛。

他跪著，我仍然仰面朝天，拿腳踹他，使盡吃奶的力氣拉扯著獵槍。疼痛讓我的胸口像著火，我覺得像是被一支釘滿了鐵釘的大棍子痛打。雷伊的手指和手非常有力，但是他累壞了，呼吸不順，嘴角冒出白色的小泡沫，噴在他暗紅色的臉頰上。

我拉扯獵槍，以為他會往回拽，跟我玩起拔河，誰知雷伊卻撲了過來，槍托壓住了我的喉嚨，他沉重的身體把我釘死在地上。我沒辦法呼吸。我用手指去抓他的手背，但是他繼續施壓。他臉龐四周的光在變暗，在萎縮，我很肯定我就要昏過去了。

說時遲那時快，什麼東西撞上了雷伊的側面。起初我不知道是什麼，但是我看到了納森・考爾德，趴在雷伊的背上，兩個人在傾斜的草皮上翻滾。我又能呼吸了，大口吞下熱熱的夏天空氣。我的視線中有小小的光點在蠕動，我的血壓恢復正常，我的一隻手仍抓著獵槍。

又兩位副警長壓在雷伊的背上，兩個人各抓住一條胳臂，扳到他背後。納森從雷伊身下爬了出來，正伸手拿手銬。

「不要動，雷伊，不然我就電擊你。」納森大吼。

「幹，納森。」雷伊來回扭動，甩不開三名警察。納森銬住了他的一隻手，然後是另一隻。

「薇琪去哪裡了？」金寶警長問道，從車道笨拙地走來，這時候才出場。

「她騎重機跑了。」我說，指著屋子後方。

金寶看著穀倉的方向，咬著牙，低聲咒罵。然後他轉向那兩名副警長，我不知道他們的名字，說：「去開車。坦克，你往東；約翰，你往西。留心聽她的機車聲。」

「你們是找不到她的。」雷伊喘著氣咆哮。

「閉嘴，雷伊，」納森說，一隻膝蓋跪在他旁邊，像是獵人擺姿勢要和戰利品合照。「沒人問你。」

金寶走過來，他和納森一塊把雷伊提了起來。「我帶雷伊回去，」金寶說。「你可以幫忙搜捕。」

納森和金寶各抓住雷伊・派克的一條胳臂，把他押上金寶的警車，而我仍一個人坐在院子裡。我猜我是在等一句謝謝之類的，但是他們根本無視我。

金寶警長駕車離開之後，納森留下來，檢查他的車子是否挨了子彈。我撕掉身上的膠帶，走過去把監聽器交給考爾德。「我就說她會承認，」我說。「你聽到了，對吧？」

他把竊聽器丟進警車裡，悶不吭聲。他在生氣，我覺得是因為戴竊聽器是我的主意；案子是我破的。是我看到了那名女性跑過雷伊的草皮以及棚子牆上的勝利虎尾燈。是我弄懂了薇琪在納森抵達之前就去過馬廄。而在我把發現的事拿給金寶和考爾德看時，納森等不及要批評。

「太模糊了，」他說。「就算是她，也不能就說是她殺了托克。我跟你保證只要找到好律師就能合理解釋她為什麼會跑過那塊空地。」

「給我戴竊聽器，」我說。「我可以讓她說話。我知道我可以。」

納森擺明了反對，但是我說服了金寶。我會先進去，誘她說話，纏住她，然後他們再衝進來逮捕她。要是她稍後要行使緘默權，他們也會有我的錄音可以當呈堂物證。這個計畫很簡單。

「有哪裡會出錯呢？」我當時這麼說。現在我知道會出錯了。

「你把她的認罪錄下來了吧？」我又說一遍。

「你應該走了。」納森說。

「你為什麼這麼混蛋？」我說。「我是哪裡得罪你了？」

納森不再檢查警車，反而轉過來看著我，眼神死寂。「我今天得打電話給傑柏．路易斯的太太，說我們逮捕了他。我得告訴他傑柏和吉妮外遇。她的心都碎了。你知不知道那是什麼滋味？傳遞那種消息？傑柏有兩個女兒，他太太現在不成人形，而一切都是因為你。」

納森看著我們之間的馬路，頭搖得像是還有很多話要說，只是他忍住了。「回家吧，」他說。「你造成的傷害夠多了。」

46

我沒回家，因為我無家可歸。剩下來的晚上我一個人在卡斯本客棧度過，納森．考爾德的話在四壁間彈跳迴盪。我揭穿了傑柏的婚外情，粉碎了他的家庭，害他被捕——卻是白忙一場。

薇琪．派克，殺死我父親的人，目前在逃亡之中。我是應該要為薇琪做的事恨她的，可是我似乎找不出那種情緒。她殺了一個想要讓我在我母親的子宮裡就死掉的男人。他是個一級的混蛋——隨便問個人都會這麼說。而現在，因為某種詭誕的連鎖事件，我踏上了成為百萬富翁的道路。要是托克沒有鑽進希克斯的繼承排序裡，要是薇琪．派克沒有殺了那個王八蛋，這一切就不會發生。矛盾的情緒讓我睡不著覺，我搜尋著一種有鎮定效果的想法來讓自己寧靜下來。

我回想起今天早晨傑若米跟我們的母親玩牌的事，凱西讓我弟弟贏。我在生命中的不同階段看過我母親快樂，但都不像今天這樣。這不是那種又打開一瓶伏特加的無憂無慮快樂，或是一條新牛仔褲的短暫快樂。我今天早晨看到的是一種深刻的快樂，嶄新的東西。我想傑若米也看到了。

然後我把思緒轉向安潔。如果托克不是安潔的父親，那查理和她就沒有關係，而單是知道她不會受查理戕害就讓我更深入夢鄉。在查理得知他不是安潔的叔叔後——也就是說他的監護權申請不會成功——我真想在場看看他的表情。

可是我一直到構思了一個白日夢才睡著。我夢到我走進巴伯．穆倫的辦公室簽署了文件，把吉妮的財產平分為二，一份歸托克，一份歸安潔，如果世人早就知道傑柏是安潔的父親，本來就該是這樣的分法。我會繼承托克的財產，安潔會繼承吉妮的。三百萬我可以過得很好。這個夢讓我微笑，因為穆倫不相信我會說到做到，可是我會。我在腦子裡一遍又一遍轉動那一幕，脈搏變慢，於心無愧。不知不覺間，我睡著了。

不知是半夜幾點我從夢中清醒，我不記得是什麼夢，只記得什麼東西從山坡上滑落到湍急的河流裡。我記得那條河，因為起初它是泥巴和腐爛的味道，但是臭味變成了汽油味。越來越濃，我醒了過來——但是汽油味仍揮之不去。

我還沒搞懂是怎麼回事，我的摩鐵房間就火光迸現，燃料著火的轟隆聲襲來，我像被一支棍棒打中，打得我掉下了床鋪。房間亮了起來，火舌竄向天花板。我倒在我的床和牆壁之間，瞪著一片火帘擋住了我跑向門和窗戶之路。高溫讓人無法忍受。

我得穿過火焰。我掀掉了床墊，拋向在我和門之間燃燒的地毯，接著我抓起牛仔褲和鞋子就從火焰中衝過去，跳在床墊上，用我的一隻褲管充當防熱手套去開門。

門把轉動，可我一拉，門把就滑掉了，門又關上了。我再去拽，感覺到門卡住了。然後，從小小的門縫中我看到有人在門把上綁了一小條鐵鍊，纏在一根鐵條上，橫擋在門框上。

我向後退，高溫炙烤我的皮膚。房間裡充滿了黑色的濃煙，燙傷了我的眼睛。我無法呼吸。

我退進浴室，關上門，打開水槽和浴缸的水龍頭，塞住了排水孔。我浸濕了一條毛巾，塞到門下，再套上鞋子和牛仔褲，同時思索著我想逃出房間的失敗嘗試。有人把門封住了，有人想殺我。我甩掉這個念頭；我需要專心逃脫。想啊。

窗子？整面牆都著火了我也沒辦法把冷氣機扭下來。更何況，襲擊我的人不會沒想到把這個出路也封死。我還沒能逃出去就會活活被燒死。

而且灑水器為什麼會沒有作用？我站在浴缸邊緣，抓住灑水器頭。不對勁。有人用樹脂把它封死了。「王八蛋！」我大吼。

我看著鏡子，濃煙滲透進來，形成了一片薄紗，讓我的倒影變得模糊。我可以躺在裝滿水的浴缸裡，可是即便我逃過了火焰，吸入濃煙也能殺了我。我的喉嚨灼熱。我的鏡中倒影越來越模糊。忽然，我想到了一個點子。我可以從鏡子逃走。鏡子後面是牆壁，牆壁後是另一間浴室和另一間摩鐵房間——沒著火的一間。

我一躍而起，舉起了馬桶的水箱蓋，砸向瓷磚地面。它碎成了十幾片，有一片的形狀像是一大片披薩。我拿起那一片楔形，閉上眼睛，砸向鏡子，不理會肋骨的疼痛。玻璃應聲碎裂，一陣玻璃雨落在洗手台上。

我在手上纏了一條毛巾，以免被工具割傷，接著把那片碎瓷磚插入石膏板，插出的凹洞沒有我想像中大。我換個角度，開始劈砍，每一下都在牆上砍出更深的凹痕。我的胸口痛得要命，但是我仍不停手，白色石膏噴飛，打在我的手臂上。

凹痕擴大，我看到石膏板有兩層——是防火牆。我更用力砍，火焰竄向了浴室門，長條的黃色手指正要舔穿裂縫。我被濃煙嗆得直流眼淚。

我更用力砍削，感覺到我的刀刃穿破了絕緣層。我把工具放下，手指插入凹縫裡，又扯又扒，最後露出了一些釘子。快成功了。我咬緊牙關，又拉又扯，一條縫裂開了。再一扯，一塊寫字板大小的石膏板掉了下來。

火焰正燒穿門的上方，高溫刺激著我左側的皮膚。我能聞到我自己的汗毛燒焦了。我抓緊另一段牆，用力拉扯，又撕開了一塊盤子大小的石膏板。這就打開了一道口子足以讓我用力擠過去。

我把牆裡的絕緣物抓出來，給對面的石膏牆重重的一踢，它文風不動。我再踢一次，還是一樣。

我面前的水槽裝滿了水，我用手捧水潑向火焰。沒有用。我把一條毛巾浸到水裡，披在頭和肩上。煙實在太濃了，我什麼也看不到。我摸索著洗手台，最後兩隻手落在我的瓷磚工具上。我閉上眼睛，拿著工具戳牆，連續打了五下。我聽見隔壁的牆裂開，玻璃碎裂，我丟下工具，抬腳就踢。牆外推了一丁點，我再踢，這一次釘子鬆脫了。我的第三踢直接踢穿了牆壁。我看不見。我一直在憋氣，我的肺就要爆炸了。我把臉貼著洞口，吸入新鮮空氣。我頭昏眼花，可是我不能等暈眩過去。我再次閉氣，閉上眼睛，使出全力撕扯石膏牆，最後終於扯掉了一大片的牆。

我旁邊的門著火了，我側身跳上洗手台，把頭鑽進了洞口。我的肩膀被卡住了，因為洞實在是太小了。我的兩條胳臂得先過去。我退後，先把手臂穿過去，然後是頭。我的兩隻手亂抓，想抓住什麼穩固的東西，讓我把軀體拉過去。鏡子的玻璃劃破了我的皮膚，我爬出了地獄。我的腿穿過來之後，我摔在地板上。一縷煙也跟著我從洞口飄過來，擴散開來，在這間新浴室的天花板上蔓延。

我花了一分鐘咳嗽，喘氣，讓呼吸平穩下來。可一旦安全了，我的恐懼就轉化為盛怒。我唯一的想法是揪出那個想殺了我的混帳王八蛋戽斗臉，終結掉他那條可悲的爛命。

47

我衝出了十八號房，嚇了夜班經理米契一跳，他正在逐個敲門，叫醒最後幾位客人。他一看到我，臉就亮了起來。

「你沒死。天啊，怎麼……？」

「你今晚看到有誰在我的房門外嗎？」

「警鈴響的時候我在睡覺。你是從哪裡逃——」

「稍早有人在這邊出沒嗎？」

「我在午夜的時候出去倒垃圾，九號房的客人坐在他的車子裡。」

查理。

我跑到摩鐵的後面，火光製造的影子在樹木間舞動。我沿著邊緣跑到正對著我起火房間的停車場。一群客人聚集在火焰不及之處，其中有傑柏．路易斯，光著腳，穿著牛仔褲和一件T恤。

我聽得見遠處有義消從小鎮的另一邊趕來，我掃瞄人群找查理，沒看到他。然後，消防車駛入摩鐵，大燈掃過隔壁空蕩的停車場，我瞥見了查理的凌志。而查理叔叔倚著前擋泥板，雙手抱胸。

我不理會受傷的肋骨，拔腿就跑，衝過停車場上的那群客人。我聽到傑柏喊我的名字，但是我沒有放慢速度。我的眼睛沒有一刻離開查理。

天色很黑，但是灰濛濛的晨光正從東方篩濾進來。在那個半影中，我能看到查理看著我，但是他一定是沒認出我來，因為他動也不動。也許他是不相信自己的眼睛，眼看我的摩鐵房間的屋頂都燒穿了，他遲緩的大腦拒絕接受我居然沒被燒死。

等他終於明白了是我向他殺過來，已經來不及了。他拔腿就跑，兩條老腿使出了全力，但是查理一點機會也沒有。

他逃到了一條巷子口，但是我在他還沒轉過彎之前就撲倒了他。我們一塊摔倒，我壓在他背上，把他當雪橇一樣騎。滑動停止後，他做出伏地挺身的姿勢，想要從地上爬起來，我一拳就往他的背上打，直接打在肩胛骨之間。我聽見他喘不過氣來，我又給了他一拳，指關節脫臼，手腕內彎。疼痛射穿了我的胳臂，我把手縮到胸口。

查理又一次想爬起來，我就用肩膀去壓制他，把他壓回碎石地上。他大喊大叫什麼，但是我不甩。我抓住他的後腦勺，把他的臉往地上壓，唯一聽見的聲音是我腦子裡的尖叫聲說：*殺了這傢伙*。

我沒聽見從後面接近我的腳步聲，但是突然間，兩條胳臂圈住了我的肩膀，把我從查理身上拽開來。我一轉身就送了某人的下巴一個拐子，掙脫他後，我又跳回查理身上，打他的背。我想打碎他的脊椎，我想打爛他的肺葉。

那人的胳臂又抱住了我的胸部，把我往上拉。這一次我聽見傑柏．路易斯大吼：「喬，夠了。」他把我往旁邊扔，我跌在地上。等我再抬頭，就看到傑柏伸長手，做出「冷靜點」的姿勢，站在我和查理之間。

「他想殺我。」我說，手腳並用爬起來。傑柏的體格魁梧，但我是吃了秤砣鐵了心了。我向他跨了一步。

「你在說什麼啊？」傑柏問道。

「失火的是我的房間，」我說，指著烈焰。「他把我的門堵死了，他把我鎖在裡面，然後縱火燒我的房間。」

查理翻身側躺，不停咳嗽，噴出的東西可能是血。他開口說話時像是吞了玻璃。「你看到他攻擊我了。」查理在向傑柏說話，一面指著我。「他想殺我。你看見了。」

「閉嘴，你個變態！」我又撲向查理，但是傑柏攫住了我的手腕，把我拖回來，但我還是設法踢了查理的肋骨一腳。

「他縱火燒你的房間？」傑柏問道。

「對。」

「為什麼？」

「為了希克斯農場。他想拿到安潔的監護權，好方便他掌控她的錢。他覺得我擋了他的路。那個混蛋不知道他根本就和安潔沒有血緣關係。」

「她是我姪女，」查理說。「我願意的話就有權做她的監護人。」

「她不是你姪女，你個他媽的智障，」我大吼。「托克不是她父親，她跟你根本沒關係。」

這句話讓查理始料未及。他坐在巷子中間，只能挑高眉毛看著我，像頭疑惑的黑猩猩。他瞧了瞧傑柏，再回頭看我。「你放屁，」他說。「托克是她老子，我有把握。」

「不，」傑柏說，轉過去面對查理，彷彿是要給他接下來的話額外的分量。「托克不是她父親，我才是她父親。安潔是我的女兒。」傑柏的話帶著深深的哀傷。

「你騙人。」

「不，」傑柏說。「我沒有。」

「所以想燒死我根本一點好處也沒有。」我說。

「我才不會做那種事情。」查理說，一面爬起來跪著。

「別動，」傑柏說。「你給我乖乖待著。」

「去你的，我不需要聽這些屁話。」他作勢站起來，而傑柏已經衝了過去，把查理的一條胳臂反剪在後，把他又押回了地上。

「你他媽的是在幹什麼？」查理大嚷。

「你身上有汽油味，」傑柏說。「為什麼？」

「因為他用汽油在我的房間放火。」我說。

傑柏從口袋掏出手機，撥了九一一。「對，我是傑柏．路易斯。是納森來處理火災嗎？」他頓了頓，聽調度員說話，然後回答：「我在畢林五金行後面的巷子裡，你能叫他過來這裡嗎？」又一頓。「我知道，但是我這裡有情況——算是公民逮捕吧。我需要一個配警徽的人來接手。」

48

「你沒有理由逮捕我。」查理說，嘟嘟囔囔的，因為傑柏把他的胳臂扭高，一隻膝蓋壓著他的背。

「縱火，」我說。「殺人未遂。隨你挑。在火勢爆發之前，我能聞到汽油味。他不知怎麼把汽油灌進了我的房間，可能是從門縫，也有可能是他趁我不在的時候在我的窗戶上打洞。」

「胡說八道。」查理咕噥著說。

「我想逃出去，門卻被堵住了。他拿鐵鍊綁了根棍子在門把上。我看到了，我就知道是他。」

「你知道個屁。」查理說。

「還有樹脂。」我模仿手指摸索浴室灑水器的動作。「灑水器的頭被樹脂封死了。」

「你最好讓我起來，」查理說。「這是警察暴力。」

「我不是警察，」傑柏說，又扭了查理的手腕一下。「這只是很平常很傳統的公民暴力。」

傑柏就著街燈開始檢查查理的手指。「唉呀呀，」傑柏說。「我相信你的手指上確實有某種的殘留。是樹脂嗎？」

我彎腰去看——果不其然：他的食指和拇指指尖有乾掉的樹脂污漬。

一輛警車滑行到巷子裡停住，大燈照著我們三個。考爾德副警長下了車，傑柏叫納森拿點證物袋來。納森走到傑柏把查理按在地上之處，傑柏說：「納森，我需要你逮捕這個傢伙。」

「什麼罪名？」納森問道。

「我滿肯定摩鐵的火災是他造成的。把你的刀子給我。」

考爾德抽出了刀鞘裡的折疊刀，交給傑柏，而傑柏就用刀刃把查理指尖的一小片樹脂剝下來。「把這個放進證物袋裡。你也會需要把他的兩手套袋，再保存他的衣物。我能聞到汽油味。」

「他為什麼要放火燒摩鐵？」納森問道。

「他想燒死我。」我說。

考爾德看著傑柏，傑柏點頭。「我們……我是說你，最起碼已經有足夠的證據以縱火嫌疑關押他了。喬認為他房間的灑水器被樹脂封住了，不讓噴頭灑水。這跟查理過去的另一件案子的作案手法吻合。」

納森彎腰嗅了嗅。「對，的確是汽油。」

「放屁！」查理在被納森上手銬時又扭又罵。「這樣不對，我才是被攻擊的人！」

納森和傑柏把查理拎起來，考爾德把他押上警車。

「我被攻擊了！我是被害人！」查理被塞進警車後座時還在大吼大叫。車門砰地一聲關上，也擋住了查理的叫聲。

納森離開後巷子裡一片彆扭的沉默。街燈下我看到我的身上有十來處的小傷口在流血，有的地方還插著細小的玻璃碴，但都不嚴重。我的左前臂的汗毛燒掉了，我能聞到蛋白質燃燒的味道。我摸了摸頭皮，感覺像是頭髮都還在。

「要不要借一件襯衫？」傑柏問道。「我想我的房間裡還有。」他邁步往著火的摩鐵走。

「你的房間？」

「我暫時住在卡斯本。我太太……唉，就說家裡的情況有點複雜吧。」

傑柏和我並肩而行，他的樣子不像是在生我的氣，而我不禁猜想他是否知道讓他的婚外情曝光的人就是我。

「對不起。」我說。

「為什麼？」

「是我害你變成眾矢之的的。」

他停步。「你……做了什麼？」

「你會惹上麻煩都是我的錯。我知道了托克在我媽懷孕之後就去做了結紮手術，我就開始想，然後……嗯，就一加一等於二。我是那個猜出你和吉妮有婚外情的人。」

我們停在摩鐵停車場邊緣，傑柏盯著火災，說：「不怪你，喬。是我自找的。我才是把一切都搞砸的人。」

「你知道安潔是你的女兒嗎？」

「不。我是說，我懷疑過我可能是她的父親，我甚至還問了吉妮一次。她否認了，可是，內心深處，也許我是知道的。」

「所以那晚你才會把安潔抱進屋子裡？」

傑柏沒有立刻回答。我們看著兩名消防員爬上摩鐵的屋頂，移向烈焰二十呎之內的範圍，鮮豔的黃色火焰竄向天空，形成迷濛的光圈。另外三名消防員在地面上用水柱噴灑曾是我房間的門，一股蒸氣沖天，和濃煙混合在一起。

「我沒動腦子，」傑柏最後說。「我看到她躺在地上，我真的以為是她拿齒輪打了托克的。我能聽到納森的警笛，我就直接行動了。我覺得在塵埃落定之前我會想出一個說法來解釋。我搞砸了，而我也會為此付出代價。」

「代價有多大？」

「我被停職了。而我的婚姻也很難說。」

「對不起，」我又說一遍。「你是個好警察。」

傑柏搖頭。「我更動了命案現場，這可不是好警察該做的事情。這是警察所能犯下的最大的罪惡。現在我得接受懲罰。」

我們看著屋頂上的消防員拉著水管前進，這一次對火勢有立即的減緩效果。

然後傑柏說：「我把外遇的這個秘密藏了十五年，一直很愧疚，現在見光了。我搞婚外情，我是安潔的父親。現在有了一個新的日常，我們也只能挺身面對。」

「你太太也是這個看法嗎？」

傑柏聳肩。「我想她遲早是會回心轉意的，她是個好女人。她現在很傷心，但是我覺得她會回心轉意。她不得不——為了安潔。」

「安潔怎麼樣了？」

「我昨晚接到了醫生的電話，她出現了清醒的跡象了。我等會兒就要去曼卡多——等我梳洗一下，這裡的情況恢復之後。要來嗎？」

「她不是我妹妹，」我說，彷彿這是個十足完美的回答。然後：「我可能不應該去。」

「我了解。」

「她會需要你的，」我說。「可能比任何女孩都更需要父親。」

聽了這句話，傑柏點頭。

夜晚漸逝，粉紅色的黎明之光出現，義消逐漸控制了火勢，現在是煙多於火。他們一面遏止火勢擴散一面大聲喊出他們的進度。我的房間沒了，隔壁房間半毀，但是摩鐵保住了大半。時機適合之後，傑柏走進房間，他的房間距離火場很遠，等他再出來，他腳上穿了皮鞋，手上拿著一件襯衫，拋給了我。

我穿上時，一輛消防車移動，我看到了我的車，就停在我房間的殘骸旁邊。我的車頭焦黑，兩只輪胎都燒掉了，我不得不假設引擎蓋下的一切也完了：安全帶、管路、電線，所有是塑膠和橡膠的東西。我不再有車了。

49

火場只剩下冒煙的煤炭之後，他們把我的汽車拖到達伯修車廠，我仍坐在一條水泥車擋上，看著消防員忙碌。我沒有車，沒地方住。我的皮夾和手機都在我的牛仔褲口袋裡，所以我應該覺得幸運——但是我沒有。我現在巴不得回到聖保羅的公寓，回到莉拉身邊。可是我不能那麼做。

太陽已經變熱了，而時間還不到八點。我沒離開停車場是因為我無處可去。我又餓又灰頭土臉又像失根的植物。後兩種情況我無能為力，但是我可以去弄點吃的——而也就是這個原因讓我動了起來。

我不要去「沙錐的窩」——倒不是因為它這麼早不營業——我是怕馬孚會在我的食物裡吐口水，因為都是我的關係薇琪才會被通緝。我很好奇他是不是知道了她在跑路。

我步行穿過鎮上，看到一家小咖啡廳，我來的第一天看見過，就走了進去，坐了最後一個空位。店裡全是老人，戴著破棒球帽，商標有「拓荒者」、「強鹿」和「Peterbilt」。他們在談莊稼和天氣，但主要還是在談火災，而且我入座時有好幾雙眼睛都盯著我。

女服務生是個豐滿的女孩，臉頰紅潤如草莓，滿臉笑容為我送上蛋和培根，而且隨時幫我續杯咖啡。莉拉現在應該已經開始第一天的律師考了。我猜想她會不會想著我。希望不會，我已經太讓人分心了。

我吃著早餐，一面列下我今天需要做的事情。包括找一輛新車、給舊車申請保險理賠、找出今晚的過夜處。我還得再待一晚才能回聖保羅，而我不認為卡斯本客棧會繼續營業。我確信我母親會讓我在她那兒過夜，只要我能找到一個過去的法子。

我問服務生巴克利有沒有車商，她說最近的就是達伯修車廠，在馬路下方。「那兒有一些修理好的中古車。」

我坐在咖啡廳裡，計算著要如何支付買車的錢，驀地想到我是鎮外一處大農場的半個主人——至少在不久的將來就會是。而這讓我不由得猜想農場上或許會有一輛舊卡車是我可以暫時借用的。心裡懷著這種隱隱約約的想法，我付了帳，大步走向巴伯．穆倫的辦公室。

我到時發現門沒鎖，所以就自己進去了。巴伯在辦公桌後看文件，一見到我，就走出接待室來招呼我。

「我聽說你今早很忙。」他說。

「你聽說火災的事了？」

「在巴克利消息傳得很快，我也知道雷伊．派克家昨天發生的事。」

「對，我想我把事情弄得一團亂。」

「你是怎麼猜到的？」

「薇琪逃走了。」我說。

「逃沒多久。他們今天一大早就抓到她了。」

「是嗎？在哪裡？」

「雷伊從牢裡打電話給他的弟弟唐恩，那些電話都會錄音，他們聽見雷伊叫他弟弟帶露營裝備和食物去給薇琪，她躲在南達科塔的一處沙洲。要查到並不難。」

「他們把她押回來了嗎？」

「她現在關在洋克頓的監獄裡，必須先引渡。」

我不知道為什麼想到薇琪在坐牢就心裡難過，但就是會。「你要代表她嗎？」

「不，」他說。「雷伊的妹妹今早打電話給我，我會為他昨天的持槍對峙辯護。我一直在四處打聽有哪位律師可以幫薇琪。我想雷伊得變賣一切來幫薇琪脫身。」

電話響了，巴伯道歉後去接電話，順手關上了門。

我坐在吉妮辦公桌後的椅子上等待，穆迪．林區案的文件就放在我昨天放的地方，所以我決定要識相點，把檔案收拾好。我正把文件插進風琴式檔案夾裡，就看到有一張格外顯眼，和其他的都不一樣。那張紙的上端寫著：對不起。我把紙抽出來讀，只有一頁，底下的名字是吉妮．希克斯．塔伯特——打字的，沒有簽名。是吉妮的遺書。

我讀了。

對不起。我再也沒辦法了。我抵擋不了傷心。我這一生都相信我的巴普恨我我也恨他。現在我知道我錯了。我的人生變成了一個沒有終點的惡夢而我受不了我變成的那個人。我傷心好久了我承受不住了。我的世界是黑色的。我是個可怕的人因為我做的事而我不配活下去。安潔我知道妳會傷心我知道我很自私可是我只剩下這一條出路了。我看不到別的出路。請原諒我。托克我也求你原諒不過我知道沒有我你也會找到方法湊合著過的。對不起就這樣子丟下你們兩個。我愛妳安潔。再見。

吉妮・希克斯・塔伯特

這封信掉在我的大腿上，字字句句在我的腦海中飄浮，排列得像個密碼鎖的內部機制。我不相信眼前的情況。新的事實開始排列有序，讓最後的一個未解之謎條理分明。我聽見隔壁房間裡巴伯的聲音揚起，是在結束電話時會有的腔調。他很快就會出來。我不知道我該拿我剛發現的秘密怎麼辦，我需要時間思索。我拿了遺書，跑出了門。

托克的死還有內情，而且除了我誰也不知道。我頂著風走，盲目不知去向。我抬起頭來，發現就在一張公園長椅附近。我一腳高一腳低地走過去，坐了下來。我的手上握著證據——是一個我素未謀面的女人寫的遺書。要是我把這張紙丟掉，我離開巴克利時就會是阿文・希克斯的廣闊農地的繼承人。我只需要把這張遺書丟進最近的垃圾筒裡，我就會變成金童。

我想到傑若米。要是我有那麼多錢，就可以為他做很多事。我可以設立一份信託基金，他永遠不需要工作，他永遠不會匱乏。我還能幫助其他的自閉兒。我可以創立一個基金會。要是我是百萬富翁我就會這麼做，我會做一個那樣的好人——我發誓。

一個好人。四個字向我飛來，打得我啞口無言。莉拉向我展示她破損的心時不就是這麼說的嗎？我又在騙自己了，想要把我知道是錯的事情合理化。莉拉會以我為恥，要是她在這裡，知道我心裡在想什麼。我聽見她的聲音，柔軟傷心，而且是孤伶伶在我的腦海中：*你只需要做個正人君子……而你卻做不到。*

我身體的每一束肌肉好似都向前下墜，我把手肘架在膝蓋上。我知道我必須做什麼。「不是我的錢，」我對著空氣說。「無論我做什麼都改變不了。只有我能糾正錯誤。」

我站起來，準備走向警長辦公室，猛地想到要是我對遺書的猜測是真的——我知道是——那麼密碼鎖的最後一個號碼就會在達伯修車廠裡。那是托克死的那晚他做了什麼的關鍵。我折好遺書，放進口袋，往達伯修車廠出發。

50

「你介意跟我說說是有什麼重要得不得了的事你不能在電話上說的。」金寶說著，一面和巴伯・穆倫走進修車廠。

「我本身也有點好奇。」巴伯說。

「為什麼要來這裡？」金寶對著修車廠的四壁揮揮手。

「巴伯，」我說，不理會警長。「你看過吉妮的遺書嗎？」

他一臉驚訝。「我沒有副本……所以，沒有。」

我說：「我在穆迪的檔案裡找到一張副本。」

金寶彷彿是需要解釋，說：「我們是在安潔的枕頭下面找到的，以為可能和調查相關。」

我對金寶說：「你們也在吉妮的自殺檔案裡保留了一份遺書，因為你以為她的死因可能不是自殺那麼簡單。」

「我們確實是有些疑慮。」

「事實上，你是懷疑吉妮的死可能和托克有關。」

「托克有不在場證明。」金寶停下來環顧修車場。「他那晚在這裡工作。」

我從口袋裡掏出那份遺書，交給巴伯。「這是她的遺書。看一遍，告訴我你的想法。」

「你把她的遺書從檔案裡偷走了？」金寶咆哮，不過巴伯已經在讀了，眼睛瞇了起來。

「不對，」巴伯說。

「哪裡不對？」金寶問道。

「這封信。吉妮是我的法律助理，她的文筆流暢。」

「所以呢？」金寶說。

「這封遺書裡有錯誤。她寫湊合，不是d-o，卻拼成d-u-e。再見也是一個字而不是兩個，還有出路也是。」

「你可能不知道，」金寶說，「可是吉妮自殺前服了抗焦慮的藥，她那晚吞了很多顆，藥效可能影響了她。我們並沒有把這個細節對外發布。」

「就算是因為藥效，我也看不出這封信是吉妮寫的。整封信裡一個逗點也沒有，我以前都叫吉妮是我的逗點納粹，因為我漏掉了逗點她都會受不了。」

「再看看她是怎麼拼巴普的。」我說。

巴伯讀出來：「B-A-P-O-O。」他抬頭看我，嘴巴張開，想說話，卻找不到言詞。

「怎樣？」金寶問道。

我轉向金寶。「吉妮對她父親有個暱稱，她叫他巴普——B-A-P-U。這是印度語裡表示父愛的一個詞彙。她絕對不可能會拼錯，無論吃了多少藥。」我停下來讓金寶消化，然後又說：「昨天，我媽給我一封信，是托克在攻擊她被捕之後寫的。」我從後口袋抽出托克的信，從離開我媽家之後就一直插在那裡。我交給了巴伯，金寶警長也湊過去看。

我繼續往下說。「他犯了兩個同樣的錯。他拼錯了湊合和出路，跟遺書上的一模一樣。」

「托克寫了吉妮的遺書。」巴伯低聲說。

「那他的不在場證明呢？」金寶說。「他有不在場證明，所以這些都不管用。」

「跟我來，」我說，帶著他們走進修車廠內部。葛瑞哥．達賓斯基正在等我們，他和巴伯和金寶警長握手。然後我接著解釋案情。「托克知道吉妮的死他會被懷疑：他知道他會需要不在場證明。」

「他在這裡修理他的GTO，」金寶說。「我們有監視畫面可以證明。」

「托克知道有監視器，」我說。「他知道鏡頭對著停車場和辦公室，他知道他會被看見進來離開。可是他在修車的時候——並沒有監視器。他只需要從那扇窗戶溜出去。」我指著車廠後牆上的一排窗戶。「他爬出去，佈置了吉妮的自殺，再爬回來，讓安潔發現她母親吊死在馬廄裡。」

「這個推論是不錯，」金寶說。「我也願意打賭是真的，可是我們需要證據。」

「別急，」我說。「我們還有一個地方需要處理。我們現在知道了托克不是安潔的父親：托克也知道。這一點改變了一切。」我能看見金寶警長的腦筋在轉，對我來說卻還不夠快，所以我就從另一個角度說明。「從最後倒回來想。托克死的那晚——萬一他是計畫要殺害安潔呢？」

巴伯一臉驚恐。「他為什麼要那麼做呢？他已經拿到遺產了。」

「可是傑柏在安潔的枕頭下發現了吉妮的遺書，還有一張吉妮、安潔和希克斯的合照，」我說。「在那張照片的背後吉妮寫了我巴普、我的寶寶和我。巴普——B-A-P-U。安潔所有的遺書裡卻把巴普拼錯了。她就在那晚發簡訊給穆迪，說她好害怕。萬一她是把真相拼湊出來了呢？萬一她知道了是她父親殺死了她母親呢？」

「托克一定是知道了安潔抓到了他的把柄，」巴伯說。「也許安潔當面質問他了，也可能他發現了她藏在枕頭底下的東西。」

「這些都還不能讓我們繞過吉妮死時他的不在場證明，」金寶說。「監視畫面上我們看到影子在這裡面移動。」金寶說。

「他弟弟查理？」巴伯問道。

「信不信由你，」金寶說。「我們也調查過了。查理那晚的不在場證明也一樣滴水不漏。」

「更何況，」我說，「托克和查理討厭彼此，所以風險這麼大的事要托克信賴查理在道理上說不過去。查理可能會勒索他。不，托克完全是靠他一個人。其實呢，並沒有多困難。」

我轉向達伯。「說吧。」我說。

達伯清清喉嚨，說：「托克把他的GTO停在這邊，就是他跟哈利．瑞丁買的那輛。」達伯指著最遠的一處修車區，一輛黑色流線型肌肉車停在那裡，車身一側覆蓋著一塊塊灰色的鈑金補土。「前一陣子他問我能不能用那個地方修理他的車，他願意付我錢，因為他有錢了。呃，有天早上，我過來店裡……呃，過來看看。」

達伯帶我們三人走向那輛車，後擋泥板上擺了一盞手提燈，還有台電風扇，上頭用線綁了一個汽球。「這一個不是我在托克被殺之後的第二天早晨發現的那個氣球，是這位喬要求我照我發現的樣子裝上的，所以……就是這樣。」

我打開了電風扇，它開始來回轉動，吹動了氣球，讓它在燈光前隨意舞動。我們都看著辦公室門邊的牆壁，看到牆上有氣球的影子，極像一個人在光圈之中進進出出。

「吉妮死的那晚監視器畫面拍到的就像這樣嗎？」我問道。

「那個王八羔子，」金寶低聲罵。「托克死的那晚有說要來修理車子嗎？」

「他不用說，」達伯說。「他有鑰匙，而且那晚我去了格倫科給我媽過生日。我是隔天早上發現氣球和電風扇的，我把它踢到一邊，沒有多想，只覺得奇怪怎麼會有氣球。可是托克有時候本來就是很怪。」

我說：「我要達伯把托克死的那晚的監視畫面調出來了。」

「我都整理好了，」達伯說。「怕你們會想看，可是，對，托克那晚來過。」

「監視畫面拍到他離開嗎？」金寶問道。

「沒有，只拍到他進來，然後就是我們剛才看到的牆上的影子。我沒看到他離開。」

金寶揉著下巴的鬍渣。「哼，我真是瞎了眼了。他是想弄出一模一樣的不在場證明。」

「所以他才會拿繩子打穆迪，」我說。「他是要用那段繩子來製造安潔的死亡，讓她看起來像是跟她母親一樣的死法。穆迪打斷了托克的計畫，然後薇琪再殺了他。他始終沒能回來這裡清理掉氣球，或是走出車廠讓監視器拍到。」

巴伯說：「安潔用藥過量根本就不是真的。是托克給她下了藥，再把她搬到馬廄裡。他打算像吊死吉妮一樣吊死她。」

「穆迪救了她一命。」金寶小聲說。

「那薇琪呢？」我問道。「這會影響她的案子嗎？」

巴伯說：「很不幸，薇琪的罪仍然是謀殺。沒錯，她殺的人不是個東西，可是以法論法，這一點不能算數。」

「有可能，」金寶說。「但是我懷疑這個郡的居民要是聽說了這件事，恐怕是沒有多少意願要懲罰她的。媽的，他們八成還會給她頒獎呢。」

穆倫點頭同意。「我確信檢方會給她從輕量刑。郡檢察官明年就要選舉了——我看他是不會在這個案子上嚴刑立威的。」

然後巴伯轉向我，表情嚴肅，說：「喬……你了解如此一來對你是什麼情況……對吧？」

我點頭。「殺人者法規。」我說。

「殺人者法規？」金寶問道。

巴伯說：「一個人不能因殺人而受益。如果他殺了某人，他就不能繼承他的財產。這就是殺人者法規。希克斯死後，農場留給了吉妮。吉妮死後，所有產業都歸托克。但昨天之後，因為安潔不是托克的女兒，喬就是希克斯產業的唯一繼承人。」

「好，」金寶說。「到目前為止我都懂。」

巴伯接著說：「可是托克如果殺了吉妮就不能繼承財產。因為喬現在揭發的真相，那個財產轉移就沒有法律效力了。」

金寶疑惑地看了我一眼，隨即傷感地一笑。「那，喬因為查出了這件事反而斷了他繼承希克斯財產的指望。」

「一點也沒錯。」巴伯說。

「而你把我們叫過來這裡時就知道了？」金寶問道。

「對，」我說。「可是那不是我的錢。我不想要。托克．塔伯特什麼也沒給我，我也靠自己長這麼大了，我看不出有什麼改變的需要。」

「喔，那倒不是百分之百正確。」巴伯說。

我一頭霧水，而且我相信我的表情也是這麼說了。我反覆檢驗倒下的骨牌至少十來次，而每一次最後一張倒下的骨牌都是我繼承的遺產。「我漏掉了什麼？」我說。

「托克．塔伯特還有一項財產是不屬於希克斯產業的——有一項物品在他的名下，而且只歸他一個人。」

我搖頭，仍迷惑不解。

巴伯朝那輛GTO點頭。「我聽說你可能需要一輛車？」

51

翌晨我在上鋪醒來，這張上下鋪從我有記憶以來就是我和傑若米的，我曾在這張床上發誓絕對不會去找我父親。我能聽見媽已經在廚房裡走動了。很顯然少了酒精毒品以及憂鬱來讓她萎靡不振，她是個早起的人。我發現她在餐桌看書，她現在也愛看書了。她問我要不要喝茶，我婉拒了。

「那來杯咖啡吧？」

「好啊。」我說，坐在餐桌上看著她把水加入咖啡機裡。

「你要回去巴克利嗎？」

「不，我得去聖保羅。莉拉今天下午就考完了。」

「你應該買花給她。」

「對，我也許是應該。」

「知道嗎，喬，你很幸運，生命中有這樣的人。千萬別覺得是理所當然的。」

「其實呢……」我摳著桌上的一小塊污漬；我沒辦法和她視線接觸，否則的話就說不下去了。「莉拉跟我……我不是很確定我們的情況怎麼樣。」

「我很遺憾，喬。」

「是我的錯，不是她的。是我搞砸了。」

媽點頭，好像她了解，即使我沒有細說。然後她說：「喬，我對搞砸事情倒是有幾分了解。你看到的東西……」她的手指小小地轉了轉，指著公寓的四周。「這是我最好的樣子。我每天起床都會祈禱我不會又搞砸了。」

她說話時兩手動個不停，一隻手揉搓著另一隻手，彷彿是在讓僵硬的關節暖起來。「你記不記得以前掛在那邊的照片？」她指著客廳白茫茫的牆壁。「那張你抱著還是寶寶的傑若米？」

在監護權聽證會上她指控我用那幀照片砸傑若米的頭。我當然沒有這麼做。

「我現在放在我的房間裡。我每天醒來都會看見它。我放在那裡是為了要提醒自己我在我是成癮者的時候失去了什麼。每次我覺得再也熬不下去了，我就會看著照片，記起我對你和你弟弟做的事。我以前都會祈禱有一天你們兩個都會回來；我知道除非我能保持清醒，否則那是不可能的。」

「我很為妳驕傲，」我說。「超出了妳的想像。」

她聽了我的話面露笑容。「你不知道我聽到你這麼說有多高興。」她的眼睛閃著淚光。她伸出手，按著我的手腕。「有傑若米在這裡，睡在他的床上，我差不多就跟任何一個母親一樣開心。」

「說到傑若米，」我說。「妳能不能再讓他住個一兩天？」

「我再開心不過了。」

「我不確定跟莉拉的情況會怎麼樣。」

「如果你愛莉拉，就別放棄。要原諒並不容易，也不是過一夜就會發生的。我是說，看看我。我花了三十年和一大堆治療才為我母親發生的事原諒了我自己，而我還有一堆事仍在努力。這是很花時間的事——有時候可能還需要好幾年——可是別放棄。」

我花了一會工夫來佩服我母親，這是我從未做過的事。她脫胎換骨之後好像很平靜；很容易就會忘記以前寄居在這副軀殼裡的大浩劫。她說的話給了我撫慰，而我很羞愧在她的話中找到智慧竟會讓我意外。我把她的傷感藏進一塊空洞了很久的地方。

媽起身幫我倒咖啡，我的手機在口袋裡響了。一瞬間，我以為可能是莉拉，但我隨即想起她應該正在考場裡考第二天的律師考，而他們是不會准許考生帶手機的。

我掏出手機來看，是美聯社的愛麗森。

今天能過來一趟嗎？

我想起了今天是達賓思參議員的後續報導會上報的日子——我辭職不幹的日子。我猜是有些手續要辦吧。她八成是想叫我在他們改變大門的密碼之前把東西都搬走。我敲了回覆：

我今天下午過去。

然後我就上網去讀報導，卻還沒刊登。我想到潘妮，我的吹哨人，以及她可能會失去家人的恐懼，她在要我保證不揭穿她的身分時聲音中的絕望。我也辜負她了。

52

我抵達雙子城時仍然穿著我逃離摩鐵火場的衣服——以及傑柏的襯衫。我考慮要回公寓去換衣服，可那就會不尊重莉拉的意願。所以我就把早晨一部分的時間花在到二手衣店購物上了，至少不會一身煙味。然後我又花了一兩小時坐在明尼哈哈瀑布的草地上，在灰不溜丟的天空下，沉思默想該去哪裡找新工作。我吃著午餐，是便利商店買的穀物棒和香蕉，在車上吃的，我的GTO。拖延了夠長的時間之後，我駕車進城去找愛麗森。

房間裡的其他記者在我經過時都抬頭看我，葛斯是唯一一個面帶笑容的。愛麗森的辦公室門開著，但我還是敲了門。

她一看見我就說：「你怎麼一副鬼樣？」

我有些彎腰駝背，因為受傷的肋骨，而且我的臉上和脖子上有爬過鏡子時割傷的傷口。「我感覺像隻孤魂野鬼。」我說。她示意要我坐下，我坐了。

「妳的報導還沒上報。」我說。

「那篇報導不會上報了。」愛麗森微笑著告訴我這個好消息。「達賓思參議員撤告了。」

我萬萬沒想到我們的談話會是這個走向。「為什麼？」

「費了一番口舌，不過我設法說服了法務部的人你的報導是真實的。這麼一來，他們提告的底氣就完全在於參議員有信心我們會撤回報導而不是說出消息來源。我們揭穿了他的虛張聲勢。」

「那後續報導——？」

「我昨天寫好了，」愛麗森說，變得嚴肅了。「我們真的打算要今天刊登，可是我們想給參議員和他太太一個評論的機會。我們把報導寄給了他們，告訴他們我們是因為訴訟案才被迫做這篇後續報導的。我們給他們一天回應，答應要把他們想讓我們刊登的任何評論刊登出來。我猜是他太太叫停的。反正呢，他們今天早上撤告了。」

「妳唬了參議員？」我說。

她又微笑。「大概吧。」

我從分隔愛麗森辦公室和其他員工的玻璃牆看出去，看到我的隔間是空的。

「很抱歉害妳那麼為難。」我說。

「你是在做分內的事，喬。我核准了那篇報導是因為它很重要。我們有個參議員把老婆打到昏迷——而他卻會逃過制裁。我真的很驕傲你願意冒著風險據實以報。你做了正確的事，喬。無論結果可能會是怎樣，你都不應該後悔。」

「那我們會怎麼樣？」

「我們還是在這件污糟事發生之前的老樣子。你說要是我刊登了報導就會辭職，我沒刊登——所以照我看來，你只要想回來就能回來。」

一股放心的感覺籠罩全身。我又有工作了——或者應該說我保住工作了。我反覆感謝愛麗森，跟她說我早上就會回來上班。她真是個好上司。

我和莉拉的約會就快到了，我緊張得要命。她在布魯克林中心，明尼蘇達的郊區，正坐在厄爾・布朗傳承中心的一張桌子後，拿她的二號鉛筆塗滿小卵形。八小時的複選題。我知道下午的考試在四點半結束，但是我想提早到。我要她一走出來就看見我。我會從她的眼神知道我的罪惡是否得到了寬恕。

停車場滿位，但我在最後面一排找到了位子。天空越來越陰霾，灰雲聚集在我的頭頂上，要見證我的命運。幾滴雨點打在我的頭和肩上，我站在入口外面，持著一枝我從明尼哈哈公園偷摘的黑心金光菊。現在剛過四點，第一批滿眼疲憊的律師應考生開始慢慢走出來。細細的人流變多，最後擴大成兩排。四點半，考試結束，考生像洪水一般湧出。而在洪峰的盡頭我看到了莉拉，我的呼吸立刻卡在胸口。我好像是第一次看到她，我自己的自鳴得意的灰塵現在擦拭得一乾二淨。

她起先沒看到我，只忙著跟和她並肩前進的一個人說話。他高大英俊，而她仰頭笑望著他，就像她以前笑望著我一樣。我知道這只是我自己的想像，但並不見得就沒那麼傷心。她看見了我，笑容立刻消逝。那傢伙一臉疑惑，一秒鐘後，他也看見了我。然後他對莉拉說了什麼，就走掉了。

莉拉仍站在門口，像顆溪流中的石頭，最後的一些人從她身邊流過。我等著她的笑容，但就是等不到。我們瞪著彼此，時間凍結。然後她搖頭，低頭看著人行道，走開了。

我的五臟六腑好像被挖空了，裡頭什麼也不剩。我想跟上去，追上她。我想說服她她錯了，可是我能嗎？是我造成的。

我走回我的車子，卻直接經過，一直走到試場邊緣的一處小圓丘，那兒有一條草地，松樹和一道白籬笆為界。我讓黑心金光菊掉在地上，坐到草皮上，把臉埋進臂彎裡。我閉上眼睛，看到了六年的回憶在心頭浮現。即使是在最壞的時候，跟莉拉的生活都是美好的。我應該要哭的，但是那似乎太自以為是。她只是在做保護自己需要做的事，我了解。

沒多久，汽車駛離停車場的聲音停止了，我滿肯定只剩我一個人。就在這時我聽到附近草皮有什麼聲響。我一抬頭就看到莉拉坐在籬笆邊，在我搆不著的地方。我不知道她在那裡多久，但是她在默默觀察我。

「你真的害我很傷心，喬，」她說。「我不覺得你自己知道。」

「對不起」似乎不夠，但我還是說了。

「為什麼？」她問道。「我只想知道這一點。你為什麼要那麼做？我不懂。」

我回頭看地上，才能冷靜不失控。「我也一直在問自己同樣的問題。我一直在追問自己答案。可是我想得出來的答案都很軟弱可悲。說真的，我做的事沒有藉口。」

「我對你來說還不夠？」她的問題潑灑出來，像是在她的舌尖好幾天了。

「對我不夠？」我牢牢盯著她的眼睛。我要說的話是我跟她說過最誠實的話，而我需要她相信我。「莉拉，妳是我今生最愛的人。就算妳離開我，妳還是我今生最愛的人。可能太遲了。我可能把這件事弄到無法修補的地步，可是請妳知道我會一直愛妳愛到我死的那天。無論以後會發生什麼事，我只需要妳知道這一點。」

莉拉看著腳下延伸的草皮，而我的話如露水消散得無影無蹤。我們之間的沉默持續，最後我實在是受不了了，就想填補真空。「考試順利嗎？」

「大概要過一陣子才知道吧。」

然後我們落入了彆扭的沉默。我絞盡腦汁想找話說，最後想起了這麼一句：「傑若米在我媽那兒。她現在滿不錯的。」

「我知道，」莉拉說。「我們說過話。」

「妳跟……凱西說話？什麼時候？」

「我昨晚打電話給她。我想知道傑若米怎麼樣。妳知道她說了什麼嗎？」

我搖頭。

「她覺得我應該要再給你一次機會。她顯然是不相信有誰是無可救藥的。」

我看著莉拉，希望能看到笑容，但她還是瞪著草地。「那妳呢？」我問道。「妳覺得我無可救藥了嗎？」

她猶豫了一下才回答：「我不相信有人是無可救藥的，記得嗎？」她露出脆弱的微笑，對我卻代表了一切。

「我不是百萬富翁。」我說，覺得為了某些理由我需要讓她知道。

「我從來就不認為你是。」

「而且我也沒有妹妹。我有一陣子有，但不是真的。」

莉拉給了我迷惑的一眼。「那個死掉的人……是你的父親嗎？」

「他是，而我覺得全世界都應該要感激他死了。這件事說來話長。喔，我的車子被燒掉了。」

「你的車子被——」她環顧停車場。「那你是怎麼來的？」

我指著那輛GTO，孤伶伶停在三十呎之外，一邊車身上滿是補丁。「這也說來話長。」

這下子她的笑容是發自內心的了——我猜她是實在忍不住了。她撿起了那枝黑心金光菊，在指間旋轉。「也許我們應該回家，你可以把你的故事告訴我。」她說。

「回家。」我喃喃自語，而且想到了巴伯．穆倫說的一句話。有時候家不是一個地方，而是人。我緩緩吸了口氣，聞到了清香的青草和松樹味道——以及希望的味道。

謝辭

我想感謝羅伯特・斯班德、愛咪・佛利提、提姆・沃茨、瑪格麗特・柯貝羅斯基、泰咪・彼得森以及蓉妲・若夫斯・丹佛，多謝他們的洞見和專業；我希望我把細節都弄對了。

我也要感謝我的第一批讀者，我太太喬莉以及我的好友南西・羅辛和泰利・柯蘭德，謝謝他們的協助與支持。

謝謝妳，愛咪・柯勞利，我的經紀人，持續不斷的支持。

另外要格外感謝雷根・亞瑟、約書亞・肯道、安娜・古德雷、瑪姬・蘇薩德、雪儂・漢尼西、潘蜜拉・布朗、麥可・能恩、仙儂・藍格尼、銷售團隊以及我在Mulholland圖書的新團隊。跟你們合作是我的榮幸。

Storytella 226

無聲的暗影

The Shadows We Hide

無聲的暗影/亞倫.艾斯肯作；趙丕慧譯. -- 初版. -- 臺北市：春天出版國際文化有限公司, 2024.12
面 ; 公分. -- (Storytella ; 226)
譯自 : The Shadows We Hide
ISBN 978-957-741-973-6(平裝)

874.57 113016169

版權所有·翻印必究
本書如有缺頁破損，敬請寄回更換，謝謝。
ISBN 978-957-741-973-6
Printed in Taiwan

Copyright © 2018 by Allen Eskens
Published in arrangement with The Fielding Agency, LLC. through The Grayhawk Agency

作　者　亞倫・艾斯肯
譯　者　趙丕慧
總編輯　莊宜勳
主　編　鍾靈

出版者　春天出版國際文化有限公司
地　址　台北市大安區忠孝東路四段303號4樓之1
電　話　02-7733-4070
傳　真　02-7733-4069
E—mail　bookspring@bookspring.com.tw
網　址　http://www.bookspring.com.tw
部落格　http://blog.pixnet.net/bookspring
郵政帳號　19705538
戶　名　春天出版國際文化有限公司
法律顧問　蕭顯忠律師事務所
出版日期　二〇二四年十二月初版

定　價　420元

總經銷　楨德圖書事業有限公司
地　址　新北市新店區中興路二段196號8樓
電　話　02-8919-3186
傳　真　02-8914-5524
香港總代理　一代匯集
地　址　九龍旺角塘尾道64號 龍駒企業大廈10 B&D室
電　話　852-2783-8102
傳　真　852-2396-0050